MW00413721

Francesca Zappia

YO TE INVENTÉ

Para mis padres (Se los dije)

Este libro es una obra de ficcion. La referencia a personas, eventos, establecimientos, organizaciones o lugares solo tienen la intención de proporcionar un sentido de autenticidad y se utilizan para la ficción narrativa. Todos los personajes, incidentes y diálogos son creados por la imaginación del autor y no deben interpretarse como reales.

Título original: MADE YOU UP

ISBN 978-607-97897-0-1

Traducción: Fabiola Lozano Robledo

Mariano Escobedo No. 62, Col. Centro, Tlalnepantla, Estado de México,
C.P. 54000, Ciudad de México. Miembro núm. 2778 de la Cámara Nacional de la Industria Editorial Mexicana.
Tels. y fax: (0155) 5565-6120 y 5565-0333
EU a México: (011-5255) 5565-6120 y 5565-0333
Resto del mundo: (0052-55) 5565-6120 y 5565-0333
informes@esdiamante.com ventas@esdiamante.com

www.editorialdiamante.com
facebook.com/GrupoEditorialDiamante
twitter.com/editdiamante

IMPRESO EN MÉXICO / PRINTED IN MEXICO
Esta obra se terminó de imprimir en enero de 2018 en los talleres de:
Litográfica Ingramex, S.A. de C.V. Centeno 162-1, Col. Granjas Esmeralda
Ciudad de México C.P. 09810
ESD 1e-0-1-M-3-01-18

Cierro los ojos y el mundo se muere;
Abro los párpados y todo vuelve a nacer.
(Creo que en mi cabeza te inventé).

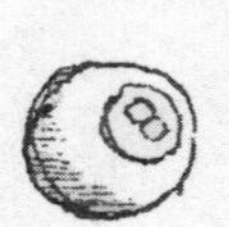

De verdad no sirves para nada.

Definitivamente sí.

Me da gusto que estemos de acuerdo.

Prólogo

La liberación de las langostas

Si me portaba bien en el supermercado, me compraban una leche sabor chocolate. Si me portaba *muy bien*, me llevaban a ver las langostas.

Hoy me porté muy bien.

Mamá me dejó junto a la pecera de las langostas, en medio del pasillo principal, mientras iba a la sección de embutidos a comprar las chuletas de cerdo que pidió papá. Las langostas me fascinaban. Me gustaba todo de ellas: su nombre, sus tenazas y su increíble color rojo.

Mi cabello era del mismo tono, el tipo de rojo que se ve bien en todo menos en la gente, porque las personas no deberían tenerlo de ese color. Naranja, sí. Castaño, seguro.

Pero no rojo langosta.

Tomé mis dos trenzas, las presioné contra el cristal, y miré directamente a los ojos de la langosta más cercana a mí.

Papá decía que mi cabello era rojo langosta. Mamá decía que era rojo comunista. Yo no sabía lo que era un comunista, pero no parecía ser algo bueno. Tampoco pude comprobar si papá tenía razón, ni siquiera cuando puse mi cabello contra el cristal. Una parte de mí no quería que ninguno de ellos la tuviera.

—Déjame salir —dijo la langosta.

Siempre decía lo mismo. Froté mi cabello contra el cristal de la pecera, como si fuera una lámpara mágica y el contacto pudiera despertar la magia. Tal vez podría sacar a las langostas de algún modo. Se veían tan tristes, todas amontonadas una encima de otra, con las antenas retorcidas y sus tenazas amarradas con bandas elásticas.

—¿Vas a comprar una?

Vi el reflejo de Ojos Azules en el cristal de la pecera antes de que me hablara. Unos grandes ojos azules, como las moras. No, ese tono era muy oscuro. Azules como el océano. No, demasiado verde. Azules como todas mis crayolas derretidas en una sola.

El popote que había metido en el cuello de la botella de mi leche con chocolate colgaba de mis labios.

—¿Vas a comprar una? —preguntó otra vez.

Negué con la cabeza. Se acomodó los lentes sobre la nariz, empujándolos hasta que regresaron a sus mejillas llenas de pecas doradas. El sucio cuello de su playera se había deslizado hacia abajo dejando al descubierto un hombro lleno de pecas. Olía a pescado y agua podrida.

—¿Sabías que los fósiles de las langostas con tenazas se remontan al período Cretácico? —preguntó.

Volví a negar con la cabeza y le di un gran trago a mi leche. Tendría que preguntarle a papá lo que era un "Cretácico".

Ojos Azules no estaba viendo a la langosta, sino a mí.

—*Animalia Arthropoda Malacostraca Decapoda Nephropidae* —dijo.

Se atoró un poco en la última palabra, pero no importó porque no había entendido nada de lo que dijo.

—Me gustan las nomenclaturas científicas —comentó.

—No sé qué significa eso —respondí.

Volvió a acomodarse los lentes.

—*Plantae Sapindales Rutaceae Citrus.*

—Tampoco sé qué significa.

—Hueles a limones. —Eso sí lo entendí.

Sentí una oleada de alegría delirante porque había dicho: "hueles a limón" en lugar de "tu cabello es rojo".

Ya sabía que mi cabello era rojo. Todo el mundo podía ver que era rojo. Pero no sabía que olía a frutas.

—Tú hueles a pescado —le dije.

—Ya sé. —su cara palideció y sus mejillas pecosas se pusieron rojas.

Miré alrededor buscando a mamá. Seguía formada en la fila de los embutidos y no parecía tener planes de regresar muy pronto. Lo tomé de la mano. Dio un brinco y se quedó mirando fijamente nuestras manos, como si acabara de pasar algo mágico y peligroso al mismo tiempo.

—¿Quieres ser mi amigo?

—Bueno. —levantó la vista y se volvió a acomodar los lentes.

—¿Quieres un poco de esto? —le ofrecí la bebida.

—¿Qué es?

Acerqué la leche un poco más a su cara, por si no la había visto bien. Tomó la botella e inspeccionó el popote.

—Mamá me dijo que no debía compartir bebidas con nadie. Es antihigiénico.

—Pero es leche con chocolate —respondí.

Estudió detalladamente la botella de leche antes de darle un débil sorbo y empujarla hacia mí. Se quedó quieto y en silencio por un segundo. Luego se inclinó para dar otro trago.

Resultó que Ojos Azules sabía mucho más que nomenclaturas científicas de plantas y animales. Sabía todo: los precios de lo que había en la tienda, cuánto dinero costaría comprar las langostas que había en la pecera (101.68 dólares, sin incluir el impuesto de venta), los nombres de los presidentes y el orden en que habían ocupado el cargo. Conocía todos los emperadores romanos, y eso me impresionó todavía más. Sabía que la circunferencia de la tierra mide cuarenta mil kilómetros, y que sólo el cardenal macho es de color rojo brillante.

Pero lo que más sabía eran palabras.

Ojos Azules tenía una palabra para todo.

Palabras como *dactylion*, *brontide* y *petrichor*. Palabras con significados que se escapaban de mi comprensión como agua entre los dedos.

No entendí casi nada de lo que dijo, pero no me importó. Era el primer amigo que tenía. El primer amigo real.

Además, me gustaba mucho tomarlo de la mano.

—¿Por qué hueles a pescado?

Empezamos a caminar lentamente mientras hablábamos, dando vueltas por el pasillo central en largos círculos.

—Estaba en un estanque.

—¿Por qué?

—Alguien me aventó.

—¿Por qué?

Se encogió de hombros y se agachó para rascarse las piernas, que estaban llenas de banditas adhesivas.

—¿Por qué tienes heridas?

Era mi primer amigo y quería saber todo de él.

—*Animalia Annelida Hirudinea.*

Las palabras sonaron como una grosería. Sus mejillas se pusieron muy rojas mientras se rascaba las piernas con más fuerza y los ojos se le pusieron llorosos. Nos detuvimos junto a la pecera.

Uno de los empleados de la tienda salió de atrás del mostrador de los mariscos e, ignorándonos, abrió la tapa de la pecera. Metió una mano enguantada y sacó al Señor Langosta. Cerró la tapa y se llevó al crustáceo.

Y entonces se me ocurrió una idea.

—Ven conmigo. —Jalé a Ojos Azules hacia la parte trasera de la pecera. Se secó los ojos. Lo miré fijamente hasta que me devolvió la mirada—. ¿Me ayudas a sacar a las langostas de la pecera?

Se sorbió la nariz, y asintió con un movimiento de cabeza.

Puse mi botella de leche en el suelo y alcé los brazos.

—¿Puedes cargarme?

Puso sus brazos alrededor de mi cintura y me levantó. Mi cabeza pasó por encima de la pecera y mis hombros quedaron al nivel de la tapa. Yo era una niña regordeta, y Ojos Azules pudo haberse partido a la mitad, pero sólo gruñó y tambaleó un poco.

—No te muevas —le dije.

La tapa tenía una manija cerca del borde. Tomé la manija y la abrí, temblando por la helada ráfaga de aire que salió de la pecera.

—¿Qué haces? —preguntó Ojos Azules. Su voz sonaba ahogada por el esfuerzo y por mi playera.

—¡Cállate! —me apresuré a mirar alrededor. Nadie nos había visto.

Las langostas estaban apiladas justo debajo de la tapa de la pecera. Metí la mano, y un escalofrío me recorrió la espalda. Mis dedos tomaron la langosta más cercana.

Pensé que iba a sacudir sus tenazas y a enrollar y desenrollar su cola. Pero no hizo nada. Sentí como si estuviera sosteniendo un caparazón pesado. La saqué del agua.

—Gracias —dijo la langosta.

—De nada —respondí, poniéndola en el piso.

Ojos Azules volvió a tambalearse, pero no me soltó. La langosta se quedó quieta por un instante, y luego empezó a arrastrarse por el piso de azulejos.

Metí la mano y saqué otra. Y otra. Y otra. Y muy pronto, todas las langostas de la pecera estaban arrastrándose por el piso del supermercado *Meijer*. No sabía a dónde irían, pero ellas parecían estar muy seguras. Ojos Azules me bajó, y los dos aterrizamos en un charco de agua fría. Me miró fijamente, con sus lentes casi en la punta de la nariz.

—¿Siempre haces cosas así?

—No. Sólo hoy.

Sonrió.

Entonces comenzaron los gritos. Unas manos me tomaron por los brazos y me alzaron. Mamá estaba gritándome mientras me alejaba de la pecera. Miré hacia el otro lado y vi que las langostas ya se habían ido. Gotas de agua helada caían por mi brazo.

Ojos Azules seguía parado en medio del charco. Tomó del suelo mi botella de leche con chocolate y se despidió con la mano. Traté de hacer que mamá se detuviera, para regresar y preguntarle su nombre.

Pero empezó a caminar más rápido.

Primera Parte

La pecera

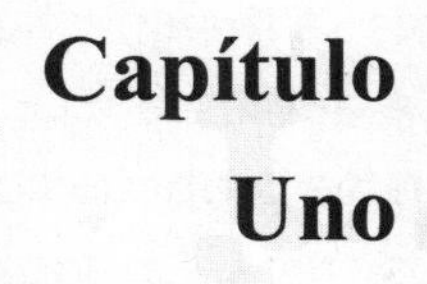

Capítulo Uno

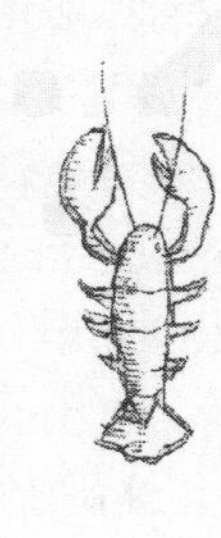

Algunas veces creo que la gente no aprecia realmente la realidad.

O sea, es que, ¿cómo se puede saber la diferencia entre un sueño y la vida real? Tal vez no sepas que estás soñando, pero en cuanto despiertas, sabes que tan solo era un sueño y que lo pasado en él, bueno o malo, no era real. Este mundo es real, a menos que estemos en *Matrix*, y lo que haces en él también lo es, y eso es básicamente todo lo que necesitas saber en la vida.

Pero la gente no le da mucha importancia.

Dos años después de ese fatídico día en el supermercado, yo seguía pensando que realmente había liberado a las langostas. Creía que se habían arrastrado hasta llegar al mar y que habían vivido felices para siempre. Cuando cumplí diez años, mamá se enteró de que yo me consideraba una especie de "salvadora de langostas".

También se enteró de que para mí todas las langostas eran rojo brillante.

Primero me dijo que yo no había liberado a ninguna langosta. Según su versión: yo había metido el brazo en la pecera cuando ella llegó, muy avergonzada, para quitarme de ahí. Luego me explicó que las langostas sólo se ponen rojas y brillantes después de haberlas hervido. No le creí, porque yo nunca las había visto de otro color. Nunca dijo nada de Ojos Azules, pero no tuve que preguntar. Mi primer amigo había sido una alucinación: una brillante anotación en mi nuevo currículum de persona loca.

Después de ese episodio, mamá me llevó con un terapeuta infantil, y ahí tuve mi primer encuentro con la palabra *demente.*

Supuestamente, la esquizofrenia se manifiesta en las personas a partir de los últimos años de la adolescencia, aunque, por lo general es más tarde, pero yo la había probado cuando tenía sólo siete años. Fui diagnosticada a los trece. La *paranoia* se sumó a la lista como un año después, cuando ataqué verbalmente a una bibliotecaria por tratar de darme folletos de propaganda de una organización comunista clandestina que operaba fuera del sótano de la biblioteca pública. (Siempre me había parecido una bibliotecaria muy sospechosa; me niego a creer que usar guantes de plástico para tocar los libros es una práctica normal y aceptada, y no me importa lo que digan los demás).

Los medicamentos ayudaban algunas veces. Sabía que estaban funcionando cuando el mundo dejaba de ser tan colorido e interesante como normalmente lo veía, y las langostas en la pecera ya no eran rojo brillante. O cuando me daba cuenta de que buscar rastreadores de personas en mi comida era ridículo (pero lo hacía de todos modos porque así se tranquilizaba la comezón en la nuca ocasionada por la paranoia). También sabía que estaban funcionando cuando no podía recordar las cosas claramente, o sentía que no había dormido en días y trataba de ponerme los zapatos al revés.

La mayoría de las veces, los doctores ni siquiera estaban seguros de los efectos de la medicina. Decían cosas como: "Bueno, deberían reducir la paranoia, los delirios y las alucinaciones, pero tendremos que esperar para ver qué pasa. Ah, y a lo mejor te sientes cansada algunos días. Tienes que beber muchos líquidos, porque podrías deshidratarte con facilidad. Y tu peso podría fluctuar mucho. La verdad, es un volado".

Los doctores y nada era lo mismo, así que elaboré mi propio sistema para poder saber qué era real y qué no. Tomaba fotografías. Con el tiempo, las cosas reales permanecían en la foto, mientras que las alucinaciones no. Descubrí el tipo de cosas que le gustaba inventar a mi mente. Como carteles con personas usando máscaras de gas, que les recordaban a los pasajeros que los gases tóxicos de la Alemania nazi de Hitler seguían siendo una amenaza muy real.

Yo no me podía dar el lujo de tomar la realidad como un hecho. Y tampoco odiaba a las personas que lo hacían, porque son prácticamente todas. No las odiaba, porque no vivían en mi mundo.

Pero eso nunca impidió que yo deseara vivir en el suyo.

Capítulo Dos

La noche anterior a mi primer día del último año en la preparatoria *East Shoal*, me senté detrás de la barra de la cafetería *Finnegan's*, escaneando con la vista las oscuras ventanas en busca de movimientos sospechosos. Generalmente la paranoia no era tan fuerte. Se lo achaqué al primer día de clases. Haber sido expulsada de la última escuela era una cosa, pero empezar en una nueva era algo completamente distinto. Había pasado todo el verano en *Finnegan's* tratando de no pensar en eso.

—Si el Sr. Finnegan estuviera aquí, te diría que estás loca y que te pusieras a trabajar.

Me di la vuelta y ahí estaba Tucker, recargado en la puerta de la cocina, con las manos metidas en las bolsas de su delantal, sonriéndome. Le habría contestado como se merecía si no fuera mi único informante sobre *East Shoal*, y mi único amigo. Un chico desgarbado, con lentes y cabello negro como el petróleo, siempre peinado hacia adelante: Era ayudante de camarero, mesero y cajero en *Finnegan's*, y la persona más inteligente que conocía.

Tucker no sabía de mi situación. Así que haberme dicho que Finnegan me diría loca fue pura coincidencia. Obviamente, mi jefe sí sabía; su hermana era mi terapeuta, y la que me había ayudado a encontrar este trabajo. Pero ninguno de los demás empleados, como Gus, nuestro cocinero mudo y fumador empedernido, tenía la menor idea, y no estaba en mis planes enterarlos.

—Ja ja —respondí, tratando de actuar como si no me importara. *Controla a la loca*, dijo la vocecita al fondo de mi cabeza. *No dejes que salga, estúpida.*

La única razón por la que había aceptado este trabajo era porque necesitaba parecer normal. Y tal vez, en parte, porque mamá me obligó a hacerlo.

—¿Algo más que quieras saber? —preguntó Tucker, caminando hacia mí para recargarse en el mostrador—. ¿O ya se terminó la cruzada?

—Querrás decir la inquisición. Y sí, ya se terminó. —Tuve cuidado de no volver a mirar hacia las ventanas—. He estado tres años en preparatoria. *East Shoal* no puede ser tan diferente a *Hillpark*.

—*East Shoal* es diferente a todo. Pero supongo que mañana lo descubrirás por ti misma.

Al parecer, Tucker era la única persona que pensaba que *East Shoal* no era el lugar ideal. Mamá creía que una nueva escuela era una idea genial. Mi terapeuta insistió en que allí me iría mucho mejor. Papá dijo que todo estaría bien, pero sonaba como si mamá lo hubiera amenazado, y de haber estado aquí en lugar de en África, me hubiera dicho lo que realmente pensaba.

—Como sea —dijo Tucker—, las noches entre semana no son tan malas como los fines de semana.

Ya me había dado cuenta. Eran las diez y media y el lugar estaba muerto. Y al decir muerto, estoy hablando de toda la población suburbana de Indiana. Supuestamente él me estaba entrenando para trabajar en el turno de la noche. Durante el verano sólo había trabajado en las mañanas. Un plan ideado por mi terapeuta y que mamá había aprobado casi inmediatamente. Pero ahora que la escuela iba a empezar, acordamos que podría trabajar en las noches.

Tomé la bola 8 mágica de *Finnegan's* que estaba atrás del mostrador. Busqué inmediatamente con el pulgar la abolladura roja que tenía en la parte trasera para tratar de frotarla, como lo hacía siempre que estaba aburrida. Tucker estaba ocupado alineando una caballería de pimenteros frente a un regimiento hostil de saleros.

—Todavía faltan algunos rezagados —dijo—. Los bichos raros

nocturnos. Una vez llegó un tipo súper borracho. Gus, ¿te acuerdas de él?

Una delgada línea de humo de cigarro viajó por la ventanilla de comida rápida y llegó hasta el techo. Como respuesta a la pregunta de Tucker, varias bocanadas grandes enturbiaron el aire. Estaba bastante segura de que el cigarro de Gus no era real. Si lo fuera, estaríamos rompiendo como mil códigos sanitarios.

La expresión en la cara de Tucker se ensombreció. Sus cejas se juntaron, y el tono de su voz se hizo más grave.

—Ah. Y también está Miles.

—¿Quién es Miles?

—Ya no debe tardar en llegar. —Tucker observó su escaramuza de condimentos con los ojos entrecerrados—. Siempre viene cuando sale del trabajo. Es *todo* tuyo.

Entrecerré los ojos.

—Y, ¿por qué, exactamente, es *todo* mío?

—Ya verás. —Levantó la vista justo cuando un par de luces alumbraron el estacionamiento—. Ya llegó. Regla número uno: no hagas contacto visual.

—¿Qué, es un gorila? ¿Estamos en *Jurassic Park*? ¿Va a atacarme?

Tucker me miró seriamente.

—Es muy probable.

Un chico de nuestra edad entró por la puerta. Iba vestido con playera blanca y pantalones de mezclilla negros. Llevaba en la mano una playera del supermercado *Meijer*. Si ese era Miles, no me dio la oportunidad de hacer contacto visual; fue directamente a la mesa de la esquina de mi sección y se sentó dando la espalda a la pared. Por experiencia propia, sabía que ese asiento era el mejor punto de observación del lugar. Pero no todos eran tan paranoicos como yo.

Tucker se apoyó en la ventanilla de pedidos.

—Oye, Gus ¿tienes listo el plato de Miles?

El humo del cigarrillo de Gus subió por el aire mientras le daba a Tucker una hamburguesa con papas fritas. Tucker tomó el plato, llenó un vaso con agua y puso las cosas en el mostrador junto a mí.

Di un salto cuando vi que Miles nos miraba fijamente por encima de sus lentes. En el borde de la mesa ya había un fajo de billetes.

—¿Le ocurre algo? —susurré a Tucker—. Ya sabes... ¿en la cabeza?

—Definitivamente no es como nosotros.

No es un comunista. No tiene micrófonos escondidos. No busques debajo de la mesa, estúpida. Sólo es un chico que quiere comida.

Mientras caminaba hacia él, Miles bajó la mirada.

—¡Hola! —Me avergoncé en el mismo instante en que las palabras salieron de mi boca. Demasiado alegre. Tosí y revisé las ventanas por ambos lados de la mesa—. Mmm, soy Alex. Seré tu mesera. —Puse sobre la mesa la comida y el agua—. ¿Necesitas algo más?

—No, gracias. —Finalmente levantó la mirada.

En ese momento un montón de sinapsis explotaron dentro de mi cerebro. Sus ojos.

Esos ojos.

Su mirada quitó una a una las capas de mi piel y me dejó inmovilizada. La sangre se me subió a la cara, al cuello y a los oídos. Tenía los ojos más azules que había visto en mi vida. Y su mirada era completamente insostenible.

Las manos se me quemaban de ganas por tomar mi cámara. Tenía que tomarle una foto y documentar esto, porque la "Liberación de las langostas" no había sido real, ni tampoco lo había sido Ojos Azules. Mamá nunca había dicho nada sobre él. Ni a los terapeutas, ni a papá, o a nadie. No podía ser real.

Maldije en mi cabeza a Finnegan. Me había prohibido traer mi cámara al trabajo después de haberle tomado fotografías a un hombre furioso que tenía un parche en el ojo y una pierna de palo.

Miles empujó el fajo de billetes hacia mí con su dedo índice.

—Quédate con el cambio.

Lo tomé y corrí de regreso al mostrador.

—¡Hola! —Tucker me imitó con un falsete agudo.

—Cállate. No lo dije así.

—No puedo creer que no te haya arrancado la cabeza.

Metí los billetes a la caja registradora y me alisé el cabello hacia atrás con manos temblorosas.

—Sí —dije—, yo tampoco.

Mientras Tucker salió a tomar su descanso, tomé el control de sus ejércitos de condimentos. El humo del cigarro de Gus flotaba hacia el techo y era jalado por el respiradero. El ventilador en la pared agitaba los papeles del tablero de anuncios para empleados.

En medio de mi recreación de la Batalla de las Ardenas, agité la bola 8 mágica de *Finnegan's* para averiguar si el salero alemán saldría exitoso en su ofensiva.

Vuelve a preguntar más tarde.

Porquería inútil. Si los Aliados hubieran seguido ese consejo, las Potencias del Eje hubieran ganado la guerra. Intenté no mirar a Miles lo más que pude. Aún así, mis ojos se desviaron hacia él, y ya no logré quitarle la mirada. Sus movimientos al comer eran rígidos, como si apenas pudiera contenerse para no meterse todo a la boca. Y cada cierto tiempo, sus lentes se deslizaban por su nariz y él volvía a ponerlos en su lugar.

No se movió cuando volví a llenar su vaso con agua. Mientras servía, me quedé mirando fijamente la parte superior de su cabeza rubia, presionándolo mentalmente para que levantara la mirada.

Estaba tan concentrada que no me di cuenta de que el vaso ya se había llenado y el agua comenzó a derramarse. Sorprendida, dejé caer la jarra. El agua le salpicó todo el cuerpo; mojó sus brazos, cayendo por su playera y piernas. Se puso de pie tan rápido que su cabeza golpeó la lámpara del techo y toda la mesa se sacudió.

—Ay, mierda, perdón. —Regresé corriendo al mostrador donde Tucker estaba parado con una mano sobre su boca y la cara enrojecida, y tomé una toalla.

Miles utilizó su playera para absorber un poco el agua, pero estaba completamente empapado.

—Lo siento tanto... —Me estiré para secar su brazo, muy consciente de que las manos todavía me temblaban.

Retrocedió antes de que pudiera tocarlo, mirándome fijamente, luego vio la toalla y me vio otra vez a mí. Tomó su playera, se acomodó los lentes sobre la nariz y escapó.

—No importa —dijo, cuando pasó junto a mí. Pero antes de que pudiera responder, ya se había ido.

Terminé de limpiar la mesa y regresé al mostrador caminando lentamente.

Tucker, que ya se había tranquilizado, me quitó los platos.

—Bravo. Excelente trabajo.

—Tucker.

—¿Sí?

—Cállate.

Empezó a reírse y se metió a la cocina.

¿Era Ojos Azules?

Tomé la bola 8 mágica y froté la abolladura mientras miraba la ventanilla redonda.

Es mejor que no te responda en este momento.

Maldita evasiva.

Capítulo Tres

Lo primero que noté de la preparatoria *East Shoal* fue que no tenía un lugar para estacionar las bicicletas. Sabes que una escuela es dirigida por un montón de horribles estirados cuando ni siquiera tiene un lugar para las bicis.

Metí a Erwin detrás de los macizos arbustos verdes que recubrían la parte delantera de la escuela y retrocedí un poco para asegurarme de que las llantas y el manubrio no se vieran. No esperaba que alguien la robara, tocara o notara siquiera su presencia, porque su color a diarrea oxidada hacía que las personas desviaran la vista, pero me sentía mejor sabiendo que estaba fuera de peligro.

Revisé mi mochila. Libros, carpetas, libretas, plumas y lápices. Mi cámara digital barata, una de las primeras cosas que compré cuando entré a trabajar a *Finnegan's*, colgaba de su correa alrededor de mi muñeca. Esta mañana había tomado una foto de las sospechosas ardillas alineadas sobre la pared de ladrillos rojos de la casa del vecino pero, además de eso, la tarjeta de memoria estaba vacía.

Después hice una revisión del perímetro. Las inspecciones incluían tres cosas: obtener una vista panorámica de mis alrededores, tomar nota de cualquier cosa que se viera fuera de lugar —como el gigantesco diseño en espiral que cubría la superficie del estacionamiento— y memorizar esas cosas en caso de que trataran de sorprenderme más tarde.

Los chicos iban de sus carros a la escuela, ignorando a los hombres de trajes negros y corbatas rojas que estaban de pie a intervalos regulares sobre el techo de la escuela. Debí haber imaginado que la seguridad de las escuelas públicas sería extraña. En *Hillpark,* mi (antigua) escuela privada, teníamos oficiales de seguridad normales.

Me uní a la procesión de estudiantes —manteniendo un brazo de distancia entre ellos y yo, porque sólo Dios sabe quién lleva armas a las escuelas hoy en día— hasta llegar a la oficina de orientación, donde me formé en la fila durante cuatro minutos para recoger mi horario. Mientras estaba ahí, tomé un montón de folletos universitarios del mostrador que había en la esquina y los metí en mi mochila, ignorando la forma extraña en que me veía el chico frente a mí. La universidad me importaba un comino, pero tenía que lograr entrar a una, sin importar cuántas solicitudes tuviera que enviar. Con suerte, podría utilizar la culpa para conseguir un par de becas, igual que mis papás habían hecho con *Hillpark*. No importaba cómo pero tenía que lograrlo; o entraba o me quedaba trabajando en *Finnegan's* por el resto de mi vida.

Me di cuenta de que todos a mi alrededor llevaban puesto un uniforme. Pantalón negro, camisa blanca de botones y corbata verde. El aroma de la igualdad institucional por la mañana es encantador, ¿no?

Mi casillero estaba cerca de la cafetería. Sólo había otra persona ahí, y su casillero estaba junto al mío.

Miles.

Los recuerdos de Ojos Azules me golpearon, y tuve que girar a mí alrededor para asegurarme de que todo fuera normal. Me acerqué un poco más y me asomé a su casillero. Nada extraño. Respiré profundamente.

Sé amable, Alex. Sé amable. No va a matarte por un poco de agua. No es una alucinación. Sé amable.

—Mmm, hola —dije, y retrocedí a mi casillero.

Miles se dio la vuelta, me miró, y brincó tan fuerte que la puerta de su casillero golpeó contra la de al lado y casi se tropieza con su mochila que estaba en el suelo. Su mirada perforó un agujero en mi cabeza.

—Perdón. No quise asustarte.

Como no respondió nada, me concentré en la combinación de mi casillero. Lo miré rápidamente mientras metía algunos libros. La expresión de su cara no había cambiado.

—Yo, mmm... de verdad siento mucho lo del agua. —Le tendí mi mano en contra de mi buen juicio. Mamá siempre me había dicho que debía ser amable, sin importar las circunstancias. Aun cuando la otra persona pudiera tener un cuchillo escondido debajo de la manga—. Me llamo Alex.

Levantó una ceja. La expresión fue tan repentina y perfecta que casi me río.

Muy lentamente, como si creyera que al tocarme se quemaría, Miles extendió su mano y estrechó la mía. Sus dedos eran largos y delgados. Finos pero fuertes.

—Miles.

—Ok, genial. —Nos soltamos al mismo tiempo, y ambas manos cayeron a nuestros lados—. Qué bueno que ya aclaramos esa parte. Te veo después.

Vete, vete, vete, huye, huye.

Caminé lo más rápido que pude. ¿En serio acababa de volver a encontrar a Ojos Azules después de diez años? ¡Ay, Dios! Ok.

No sería tan malo si fuera real, ¿o sí? Que mamá nunca haya hablado de él no significaba que no fuera real. Pero, ¿y si era un imbécil?

Vete a la mierda, cerebro.

Cuando llegué a las escaleras, me di cuenta de que alguien me estaba siguiendo. Los vellos de mi nuca se erizaron, y en lo que me daba vuelta tomé mi cámara.

Miles estaba parado detrás de mí.

—¿Lo estás haciendo a propósito? —pregunté.

—¿Qué cosa?

—Caminar unos pasos atrás de mí, lo suficientemente cerca para darme cuenta de que estás ahí, pero no tanto como para parecer un fenómeno.

Parpadeó.

—No.

—Pues parece que eso haces.

—A lo mejor eres paranoica.

Mi cuerpo se puso rígido.

Entornó los ojos.

—¿Gunthrie? —preguntó.

Sr. Gunthrie, Inglés Avanzado, primera clase.

—Sí —dije.

Miles sacó una hoja de papel de su bolsillo, la desdobló y me la enseñó. Era su horario. En la parte superior de la página estaba su nombre: *Richter, Miles J*. Su primera clase era Inglés Avanzado 12, con el Sr. Gunthrie.

—Bien. Pero no tienes por qué portarte como un bicho raro —me di la vuelta y subí el resto de las escaleras.

—Apesta ser el nuevo, ¿no? —Miles se apareció a mi lado, con un tono raro en su voz. Un escalofrío me recorrió los brazos.

—No está tan mal —apreté la mandíbula.

—De todas maneras, creo que tienes el derecho inalienable de saber que teñirte el cabello va contra el código de vestimenta.

—No está teñido.

—Sí, claro —Miles volvió a levantar la ceja—. Por supuesto que no lo está.

Capítulo Cuatro

Cuando llegué a la primera clase, lo único que pude ver del Sr. Gunthrie fue un par de botas negras de suela gruesa sobre una lista de estudiantes. El resto de su cuerpo estaba escondido detrás de un ejemplar del periódico matutino. Revisé el salón. Caminé por entre las apretadas hileras de escritorios hasta llegar frente a él, esperando que se diera cuenta de mi presencia.

No lo hizo.

—Disculpe.

Unos ojos y un par de gruesas cejas aparecieron por encima del periódico. Era un tipo robusto, probablemente de unos cincuenta años, y de cabello muy corto color gris acero. Di un paso atrás, alejándome del escritorio, con los libros frente a mi pecho como si fueran un escudo.

Bajó el periódico.

—¿Sí?

—Soy nueva. Necesito un uniforme.

—Puede comprarlo en la biblioteca por unos setenta.

—¿Dólares?

—También puede conseguir uno gratis con el conserje, pero no tendrá el escudo del colegio. Y no espere que sea de su talla, o que esté limpio. —Miró por encima de mi cabeza hacia el reloj que había en la pared—. ¿Podría sentarse, por favor?

Me senté con la espalda hacia la pared. Los altavoces empezaron a sonar.

—Estudiantes de *East Shoal*, bienvenidos a un nuevo año escolar. Reconocí la débil voz del Sr. McCoy, el director. Mamá y yo hablamos antes con él. Ella quedó encantada. A mí me dio igual—. Espero que todos hayan tenido unas magníficas vacaciones de verano. Es hora de retomar el ritmo. Si no tienen el uniforme, pueden comprarlo en la biblioteca por un costo mínimo.

Suspiré. Este lugar sí que era un mundo de arcoíris y unicornios, con sus uniformes de setenta dólares, su falta de lugar para las bicicletas y un director en las nubes.

—Además —continuó McCoy—, éste es el recordatorio anual de que en unas semanas se celebrará el cumpleaños de nuestro querido tablero de puntajes, el aniversario de su donación a la escuela. Así que prepárense, tengan listas sus ofrendas y ¡a celebrar este gran día!

Los altavoces se quedaron en silencio. Miré fijamente al techo. ¿Dijo "ofrendas"?

¿Para un tablero de puntajes?

—¡Hora de pasar lista!

La voz del Sr. Gunthrie me trajo de regreso a la tierra. Los demás estudiantes guardaban silencio. Tuve el terrible presentimiento de que el sargento de artillería Hartman sería nuestro profesor este año. Deslicé mi cámara por el borde del escritorio y empecé a tomar fotografías.

—Cuando diga su nombre, señalaré un escritorio. Ese será su lugar. No hay cambios, negociaciones ni quejas. ¿Está claro?

"¡Sí, señor!" fue la respuesta unísona.

—Bien. Clifford Ackerley. —El Sr. Gunthrie señaló hacia el primer escritorio de la primera hilera.

—¡Presente! —Un chico corpulento se puso de pie y se movió hacia su nuevo escritorio.

—Me alegra verlo en la clase avanzada, Ackerley —El Sr. Gunthrie siguió con su lista—. Tucker Beaumont.

Tucker se puso de pie desde alguno de los escritorios laterales y se sentó detrás de Clifford. Me vio en la parte trasera del salón y me sonrió. Para mi sorpresa, aquí se veía todavía más cerebrito —con su uniforme perfectamente almidonado y sus brazos llenos de libros y papeles garabateados— el tipo de cerebrito al que molestan tipos como Clifford Ackerley.

Pero no pude evitar reírme un poco. Me pasaba cada vez que escuchaba el apellido de Tucker. Siempre me recordaba a Chevalier d'Eon, nombre completo Charles-Geneviève-Louis-Auguste-André-Timothée d'Éon de Beaumont, un espía francés que vivió la segunda mitad de su vida como mujer.

El Sr. Gunthrie llamó a más estudiantes antes de llegar a Claude Gunthrie, a quien no parecía molestarle recibir órdenes de su padre.

Tomé fotografías de todos. Más tarde podría analizar los detalles. No planeaba acercarme lo suficiente a nadie como para hacerlo en persona.

—¡Celia Hendricks!

Celia Hendricks había sido atacada por una tienda de cosméticos. Nadie tenía el cabello naturalmente de ese tipo de amarillo (y miren quién lo decía, ja ja ja), y su verdadera piel estaba encerrada dentro de un caparazón de maquillaje. En vez de pantalones, llevaba puesta una falda negra que subía peligrosamente hasta sus muslos.

El Sr. Gunthrie no ignoró ese detalle.

—Hendricks, esa falda viola el código de vestimenta en distintos niveles.

—Pero es el primer día de clases, y no sabía...

—No me vengas con estupideces.

Miré al Sr. Gunthrie con los ojos muy abiertos, rogando para que nada de esto fuera una invención de mi imaginación. Una de dos: o era un maldito, o yo estaba soñando.

—Ve a cambiarte ahora mismo.

Celia salió del salón dando fuertes pisadas y bufando. El Sr. Gunthrie siguió con su lista. Otras personas fueron a sus lugares.

—Miles Richter.

Miles bostezó mientras arrastraba su alto cuerpo a través del salón. Se dejó caer en su nuevo asiento. Sólo quedaban dos personas, la chica que estaba hablando con Clifford antes de que empezara la clase y yo. A lo mejor su apellido sería algo entre Ric- y Rid-.

—Alexandra Ridgemont.

Maldita sea.

Todos se giraron para observarme mientras me sentaba detrás de Miles. Si no me habían notado antes, ahora sí que me habían visto y el cabello. Ay, el *cabello*...

¡Detente, estúpida! No pasa nada. No te están viendo a ti. Bueno, sí te están viendo, pero no quieren hacerte daño. Estás bien. Todo está bien.

—Alex está bien —dije en voz baja.

—María Wolf.

—¡Ria! —dijo la última chica, casi saltando hacia su lugar atrás de mí. Su cola de caballo rubia rojiza brincaba felizmente junto con ella.

El Sr. Gunthrie arrojó la lista de estudiantes sobre su escritorio y se paró enfrente del salón, con las manos cruzadas atrás de la espalda, y una gran mandíbula cuadrada.

—Hoy haremos análisis en parejas sobre su lectura de verano. Yo elegiré las parejas. No hay cambios, negociaciones ni quejas. ¿está claro?

—¡Sí, señor!

—Bien.

El Sr. Gunthrie empezó a formar las parejas de la nada, como si se acordara de todos los nombres con sólo haberlos leído una vez.

Supongo que tenerme que sentar atrás de Miles era mi pago por ser la pareja de Tucker.

—¡No sabía que estarías en la misma clase que yo! —dije, cuando salí corriendo de mi silla y me deslicé en el asiento atrás del suyo. Era la única persona que no me ponía los pelos de punta—. Y no estabas mintiendo sobre este lugar.

—La gente de por aquí no miente sobre estas cosas —hizo un ademán como si se quitara un sombrero vaquero imaginario—, y tú no me dijiste que estarías en la clase de Inglés Avanzado. Pude haberte dicho que el Sr. Gunthrie es el único profesor de Inglés Avanzado. —Levantó los papeles en los que había estado escribiendo—. Ya terminé el análisis. Cada año nos pone a hacer el mismo trabajo. Espero que no te importe. —Hizo una pausa, frunciendo la ceja por encima de mi hombro—. Por Dios. Hendricks está haciéndolo otra vez. No entiendo qué es lo que ve en él.

Celia Hendricks, que ya había regresado y llevaba puestos unos pantalones negros holgados, estaba inclinada sobre la silla jugando con su cabello y llamando en susurros a Miles, que estaba dándole la espalda. Como Miles la ignoró, empezó a lanzarle bolas de papel a la cabeza.

—¿Por qué lo odias tanto? —le pregunté a Tucker.

—No sé si "odio" sea la palabra correcta. Creo que: "le tengo miedo", "quisiera que dejara de verme" y "creo que es un lunático" son más exactas.

—¿Le tienes miedo?

—Toda la escuela le tiene miedo.

—¿Por qué?

—Porque es imposible saber lo que ocurre en su cabeza —Tucker volteó a verme—. ¿Alguna vez has visto a alguien cambiar por completo? O sea, ¿por completo, completo? ¿Tanto que ni siquiera tiene las mismas expresiones faciales que tenía antes? Eso es lo que le pasó a él.

La repentina seriedad de Tucker me hizo dudar un poco.

—Suena raro.

—Fue raro... —Tucker se concentró en un dibujo que alguien había grabado en su escritorio—. Y luego, él, ya sabes. Tenía que convertirse en el mejor...

—Tú... espera un minuto... ¿él es el mejor estudiante de la clase?

Sabía que a Tucker no le caía bien el mejor de la clase, pero durante sus peroratas en el trabajo nunca dijo de quién se trataba. Sólo decía que el tipo no se lo merecía.

—¡Ni siquiera es porque me gane! —dijo Tucker enojado y mirando rápidamente a Miles—. ¡Pero no se esfuerza en lo más mínimo! ¡No tiene que leer el libro! ¡Simplemente sabe todo! O sea, ya era un poco así desde la secundaria, pero nunca fue el mejor. Casi nunca trabajaba porque pensaba que no tenía sentido.

Volteé a ver a Miles. Aparentemente, Claude y él ya habían terminado su análisis, y se había dormido sobre su escritorio. Alguien le había pegado en la espalda un letrero que decía "nazi" escrito con letras negras.

Sentí un escalofrío. Me gustaba investigar sobre los nazis tanto como a cualquier historiador, pero nunca usaría ese término como un apodo. Los nazis me daban un miedo de muerte. Una de dos: o todos en esta escuela eran estúpidos, o Miles Richter era de verdad tan malo como Tucker lo hacía parecer.

—Y también tiene su ridículo club.

—¿Club?

—Sí. El club de apoyo al atletismo recreativo de *East Shoal*. Ese es justo el tipo de nombre insoportable que él escogería.

Tragué saliva ignorando la preocupación en mi garganta. Había oído el nombre del club, pero no sabía que era su club. El letrero en la espalda de Miles subía y bajaba junto con su respiración.

—Mmm, oye —dijo Tucker dándome un codazo—, no dejes que trate de pasarse de listo contigo, ¿ok?

—¿Pasarse de listo? ¿Haciendo qué?

—Desatornillando la silla de tu escritorio o haciendo un hoyo en el fondo de tu mochila.

—Ooook —fruncí las cejas—. ¿Sabes? Ahora estoy casi segura de que es un gorila, un T-Rex o un espíritu diabólico. ¿Alguna otra cosa que deba saber sobre él?

—Sí. Si alguna vez empieza a hablar con acento alemán, llámame.

Capítulo Cinco

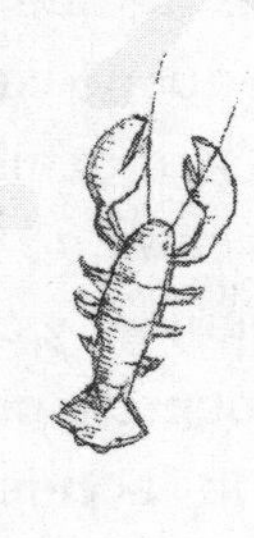

Las siguientes tres clases del día fueron iguales a la primera. Entré a los salones y caminé en círculos, revisándolo todo. Si encontraba algo raro —como un cartel de propaganda de la Segunda Guerra Mundial en la pared— le tomaba una foto. Me preguntaron cuatro veces si mi cabello estaba teñido. Mi profesor de Macroeconomía Avanzada me dijo que no estaba permitido teñirse el cabello. Le dije que mi cabello era natural pero no me creyó. Le enseñé una foto de mi mamá y de mi hermana menor, Carla, que siempre llevaba conmigo, porque su cabello era igual al mío. Aun así, no me creyó del todo. Me senté en la silla más cercana a la puerta y lo vigilé atentamente el resto de la clase.

La cafetería era enorme, así que había muchos lugares disponibles. Eso estaba bien, porque así nadie se fijaría en mí, sentada contra la pared, buscando rastreadores comunistas en mi comida. El Sr. McCoy se acercó a los altavoces para hacer otro anuncio sobre el tablero. La gente dejó de hablar y comer para burlarse de él, pero nadie parecía sorprendido.

Miles Richter estaba en todas mis clases avanzadas.

La quinta clase, que correspondía a la hora de estudio, era la única en la que no estaba. Todavía no sabía muy bien qué había querido decir Tucker con eso de no dejar que Miles se pasara de listo. No había hecho ninguna de las cosas sobre las que me había advertido Tucker, pero tampoco me había ignorado.

Antes del almuerzo, cuando se me cayó el lápiz en la clase de Historia Avanzada de Estados Unidos, Miles lo pateó hasta el otro lado del salón antes de que pudiera recogerlo. Cuando se inclinó hacia atrás y se me quedó viendo con cara de "¿Qué vas a hacer al respecto?", yo tiré su mochila al suelo.

Esa tarde, en la clase de Administración Avanzada, pisó "accidentalmente" mi agujeta y casi me rompo la cara. Cuando el profesor nos entregó nuestra primera tarea, le di a Miles una que se había roto a la mitad "accidentalmente".

En la clase de Química Avanzada, la Srta. Dalton nos sentó por orden alfabético y nos entregó unos cuadernos de notas para el laboratorio. Parecían libretas normales por fuera pero por dentro tenían un papel cuadriculado que te hacía querer suicidarte. La profesora dejó caer el mío sobre mi escritorio con un fuerte golpe. Mientras escribía mi nombre en la portada, no le quité la mirada a la nuca de Miles. El resultado fue un nombre chueco y con rayones, pero que se podía leer. Con eso era suficiente.

—Pensé que podíamos iniciar el año escolar con una pequeña prueba para romper el hielo —dijo la Srta. Dalton, en un tono perezosamente alegre. Luego, caminó hacia su escritorio, abrió una lata de Coca-Cola *light*, y se tomó de un sorbo la mitad—. Nada complicado, desde luego. Voy a asignarles a su pareja de laboratorio para que puedan conocerse mejor.

Sentí cómo el karma negativo me acechaba por la espalda con un palo de golf. A lo mejor fue por la vez que tiré por el excusado todos los peones de ajedrez de Carla y le dije que Santa Claus no existía.

La Srta. Dalton empezó a llamar a las parejas sacando papelitos de un matraz lleno de nombres. Vi vaciarse lentamente los escritorios y a las parejas caminando hacia las mesas de laboratorio colocadas en los bordes del salón.

—Alexandra Ridgemont...

El karma estaba listo para tirar.

—Y Miles Richter.

Tiro directo. Resultados: una contusión leve. Posibles problemas para caminar o ver. Evitar cualquier actividad intensa u operar maquinaria pesada.

Llegué a la mesa de laboratorio antes de que Miles se hubiera parado de su asiento. Ahí nos esperaba un cuestionario. Revisé a los chicos que estaban al otro lado de la mesa —no se veían peligrosos en lo más mínimo— los armarios y el desagüe del lavabo.

—Bueno, terminemos con esto.

Miles no respondió, sólo se quitó la pluma de la oreja y abrió su libreta. Separé un poco más los pies cuando sentí que el suelo se estaba inclinando hacia un lado.

Esperé hasta que terminó de escribir.

—¿Listo?

—Si quieres empieza tú —dijo, acomodándose los lentes. Yo quería quitárselos de la cara y pulverizarlos.

Pero en lugar de hacer eso, tomé la hoja de papel.

—Primera pregunta: ¿Cuál es tu nombre completo?

—Vaya, esto será bastante estúpido —esa era la primera cosa sensata que él decía en todo el día—. Miles James Richter.

Lo anoté.

—Alexandra Victoria Ridgemont.

—Bueno, los dos tenemos segundos nombres que no van con nosotros —y la majestuosa ceja levantada hizo su aparición—. Siguiente.

—¿Cumpleaños?

—Veintinueve de mayo de 1993.

—Quince de abril del mismo año —continué—. ¿Hermanos?

—No.

Con razón era tan odioso. Hijo único. Seguramente también era rico.

—Tengo una hermana, Carla. ¿Mascotas?

—Un perro. —Miles arrugó la nariz cuando lo dijo, cosa que no me sorprendió. Imaginé que Miles era una especie de gato casero gigante. Dormía mucho, siempre se veía aburrido y le gustaba jugar con su comida antes de comerla.

Observé a una catarina arrastrarse por el borde del lavabo. Estaba casi segura de que no era real porque sus manchas tenían forma de estrella. Había dejado mi cámara en mi mochila.

—Ninguna. Mi papá es alérgico.

Miles me quitó el papel y lo revisó.

—Podrían haberse tomado la molestia de hacer las preguntas un poco más interesantes. ¿Color favorito? ¿Qué te puede decir eso de una persona? Tu color favorito podría ser el verde vómito y no haría ninguna maldita diferencia.

Entonces, sin esperar a que respondiera la pregunta, escribió "verde vómito" debajo de "color favorito".

Era lo más animado que lo había visto en todo el día. Escuchar su perorata me relajó, en un modo extraño. Si era un loco imbécil, entonces no era Ojos Azules.

—Entonces el tuyo es el malva —dije, escribiéndolo en el espacio en blanco.

—Y mira: ¿Comida favorita? ¿Qué se supone que me va a decir eso?

—De acuerdo. ¿Qué te gusta comer? ¿Corazones de rana en salmuera?— presioné la pluma contra mi labio inferior y lo medité un poco—. Sí. Te encantan los corazones de rana en salmuera.

Respondimos algunas preguntas más. Sabía que no estaba imaginando las miradas incrédulas de nuestros compañeros al otro lado de la mesa. Cuando llegamos a las "Cosas que te molestan", Miles dijo:

—Cuando la gente dice "salsa de tomate" en vez de "kétchup". Es un condimento, no una salsa. —Se quedó callado un momento—. Y esa sí es una verdad.

—Yo no soporto cuando la gente confunde hechos de la historia—dije—. Como cuando dicen que Colón fue el primer explorador que desembarcó en Norteamérica, cuando ni siquiera llegó a Norteamérica, y el primer explorador fue Leif Ericson. Y esa también es una verdad.

Respondimos más preguntas, y cuando estábamos casi a punto de terminar, su voz empezó a sonar extraña.

Más áspera y menos fluida. Como si sus *erres* sonarán a *ere* y arrastrara las palabras. El grupo de enfrente lo miraba como si fuera la llegada del apocalipsis.

Pasé a la última pregunta.

—Gracias a Dios ya casi acabamos. ¿Qué recuerdas de tu niñez?

—*Animalia Annelida Hirudinea.* —Miles mordió la parte superior de su bolígrafo como si deseara no haber dicho lo que acababa de decir. En vez de verme a mí, observaba fijamente los dos grifos plateados sobre el lavabo.

Esas palabras... las banditas adhesivas. El dolor que no había comprendido. La leche con chocolate. El olor a pescado.

Un escalofrío me recorrió desde la cabeza hasta los pies, dejándome inmóvil. Lo miré fijamente. Cabello castaño claro y despeinado. Lentes con armazón metálico. Pecas doradas esparcidas por la nariz y los pómulos. Ojos azules.

¡Deja de mirarlo, estúpida! ¡Va a pensar que te gusta o algo así!

No me gustaba. Ni siquiera estaba tan guapo. ¿O sí? A lo mejor otro vistazo me ayudaría a saberlo. ¡No, maldita sea! Ay, rayos.

Rasguñé incómodamente mi libreta ignorando los fuertes latidos de mi corazón. ¿Tenía que escribir lo que dijo? ¿Por qué había dicho una nomenclatura científica? Ojos Azules no era real. Nadie me había ayudado a liberar a las langostas y nadie había dicho lo que acababa de oír. Sólo era mi mente jugando conmigo. Otra vez.

Tosí, jalando un mechón de mi cabello.

—Bueno, en la mía escribe "leche con chocolate".

—Leche con chocolate —repitió en forma pausada.

—Sí, la mejor bebida del mundo, ¿nunca la has tomado?

Ahora era él quien me miraba fijo. Entorné los ojos.

—L-e-c-h...

—Sí sé deletrear, gracias. —Su voz había regresado a la normalidad. Se escuchaba fluida y clara. Mientras escribía, miré el reloj. La clase estaba a punto de terminar y las manos me temblaban.

Cuando sonó la campana, me paré de un salto, fui por mi mochila y me uní a los demás estudiantes en el pasillo. Me sentí mejor cuando me alejé de Miles, como si el descubrimiento que acababa de tener en la clase de Química no hubiera sido más que un sueño del cual ya me había despertado. No lo entendía. Miles había salido directamente de mis alucinaciones, pero ahora estaba aquí. Logró atravesar la línea entre mi mundo y el de los demás, y eso no me gustaba.

Llegamos a nuestros casilleros al mismo tiempo. Lo ignoré, abrí la puerta y tomé mis libros.

Al sacarlos, las hojas, que habían sido desprendidas de las pastas, se cayeron al suelo igual que las entrañas de un pescado.

—Parece que alguien desencuadernó tus libros —nuevamente Miles.

No me digas, cara de gusano. Al carajo con él. No iba a tolerar esto, aunque fuera Ojos Azules.

Recogí mis libros rotos, los metí a mi mochila, y cerré de un golpe la puerta de mi casillero.

—Supongo que tendré que arreglarlos —dije, y me alejé caminando hacia el gimnasio dando fuertes pisotones, sabiendo que no podría quitármelo de encima.

Capítulo Seis

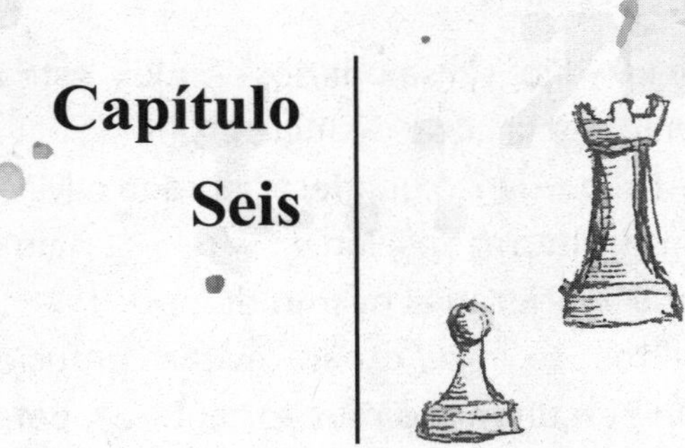

Tucker se había equivocado en lo que me dijo del club de apoyo al atletismo recreativo de *East Shoal*. No fue Miles quien eligió el nombre, sino el director McCoy, y él mismo me lo dijo cuando nos explicó a mamá y a mí en qué consistiría mi servicio comunitario obligatorio.

Caminé hacia el gimnasio principal con Miles pisándome los talones. Sentía su mirada de gato quemándome la espalda. Me detuve al pasar por las puertas del gimnasio y miré alrededor, tratando de pasar desapercibida mientras giraba en círculos.

El gimnasio era más viejo que el de *Hillpark*; pensé que sería más nuevo y que estaría remodelado, como el estadio de futbol asquerosamente caro de *East Shoal*. Los controles del tablero de puntajes estaban en la mesa junto a las puertas principales. Las canchas de basquetbol habían sido elevadas hacia el techo, dándome una visión directa de todo el gimnasio, hasta del tablero que colgaba en la pared al fondo. En la parte superior tenía escrito "preparatoria *East Shoal*" con letras verdes.

Miles me tocó el hombro, usando solamente la punta de su dedo índice; brinqué asustada.

—No los hagas esperar.

En la mesa de los controles había cinco chicos de pie, riendo. Reconocí a una de las chicas de la clase de Inglés; tenía dos lápices saliendo de su chongo rubio y despeinado. Los dos chicos que estaban junto a ella eran tan idénticos que no pude distinguirlos. A los otros nunca los había visto, pero todos prestaron atención cuando Miles se acercó. Yo iba caminando detrás de él.

—Ésta es Alex —dijo, sin saludarlos—. Alex, ésta es *Teophilia.*

Señaló a la chica de la clase de Inglés.

—Sólo dime Theo —lanzó una feroz mirada a Miles.

—Y estos son sus hermanos, Ian y Evan. —Señaló a los dos chicos idénticos, que sonrieron al mismo tiempo.

—Somos trillizos. Te lo digo para evitar confusiones. —Theo extendió su mano en un modo muy formal—. Y, por favor, no me digas Theophilia.

—No te preocupes. —Miré su mano. La culpa me había hecho darle la mano a Miles, pero no había ninguna razón para acercarme a la suya—. Mis papás querían tener dos hijos hombres, a mí me pusieron así por Alejandro Magno y el nombre de mi hermana es por Carlomagno.

Theo bajó la mano, sin parecer ofendida en lo más mínimo por no haberle dado la mía, y se rio.

—Sí, mis papás también querían hombres. Y tuvieron dos estúpidos y una chica.

—¡Oye! —gritaron al mismo tiempo los hermanos de Theo, que soltó el portapapeles e hizo como que los golpeaba en la entrepierna. Ambos chicos retrocedieron. Sabía cómo funcionaba la genética. Ni siquiera los gemelos idénticos normales se parecían tanto como los hermanos de Theo. Mis dedos apretaron con fuerza la cámara.

Miles entornó los ojos y continuó.

—Y estos son Jetta Lorenc y Art Babrow.

Jetta le sonrió encantadoramente a Miles, mientras echaba hacia atrás su abundante cabello rizado.

—Encantada de conocerte. —Extendió su mano, como si estuviera dispuesta a esperar todo el tiempo necesario para que yo le diera la mía.

No lo hice.

—¿Eres francesa? —pregunté.

—¡Oui!

Extranjera. Una espía extranjera. El Partido Comunista Francés recibió instrucciones de Stalin durante una parte de la Segunda

Guerra Mundial. Una espía comunista francesa.

Detente, detente, detente.

Me giré para ver a Art, un chico negro que medía como cincuenta centímetros más que yo, y con unos pectorales que parecía que iban salirse de su playera y comerse a alguien. Le di un dos en la escala del detector de alucinaciones. Esos pectorales me hacían dudar.

—Hola —dijo con voz ronca.

Lo saludé agitando la mano débilmente.

—Éste es todo el club —dijo Miles señalándolos—. Theo, te toca el puesto de golosinas. Ian y Evan, ustedes están encargados de las gradas.

—¡A la orden, capitán! —Los trillizos hicieron un saludo militar y se fueron a sus puestos.

—Jetta, te tocan los carritos de redes y pelotas. Art, ve por los postes.

Los otros dos también se marcharon. Cuando todos se fueron me tranquilicé, aunque todavía tenía que ocuparme de Miles, quien se giró hacia los controles del tablero y se olvidó de mí.

—¿Y qué hago yo? —pregunté.

Me ignoró.

—¡Miles!

Se dio la vuelta, mostrándome la majestuosa ceja levantada.

—¿Qué hago?

—Tú te vas allá arriba —señaló hacia las gradas vacías— y te callas.

¿Había alguna ley que prohibiera patear en la cara a los imbéciles? Lo más seguro es que sí. Siempre hay leyes contra las cosas que son de verdad necesarias.

—No —respondí—. Creo que iré a sentarme por allá. —Señalé hacia un lugar a unos cuantos metros de distancia del que él había dicho, y fui a sentarme ahí. Crucé los brazos y lo miré fijamente hasta que él y su ceja voltearon hacia otro lado. Después, saqué todos mis libros rotos de la mochila, los acomodé junto a mí, y empecé a hacer mi tarea.

Cuando el equipo de voleibol entró al gimnasio, dejé la tarea un momento para tomar fotografías: Jetta y Art colocando la red de voleibol como todos unos profesionales; Theo atendiendo el puesto de golosinas; Ian y Evan recogiendo la basura de las gradas; el equipo de voleibol luciendo animado y atlético con sus licras.

El único que faltaba era Miles. Pero seguramente estaba merodeando por ahí, destruyendo pueblos y robando oro para acumularlo en su guarida en las montañas.

Me troné el cuello y regresé a mi tarea de cálculo. La tarea era una porquería, especialmente este año que tendría que hacerla en el tiempo libre entre la escuela, el trabajo y el servicio comunitario. Y eso sin contar con que tenía que buscar becas y mandar solicitudes a las universidades, además de ver a mi maldita terapeuta dos veces por semana.

Pero era necesario. Esta vez tenía que hacer las cosas bien. No podía fallar con las medicinas, por mucho que las odiara. Nada de distracciones. No tenía tiempo para preocuparme por lo que la gente pensara de mí, aunque tenía que hacerlo de todos modos. Si me veía muy nerviosa o paranoica, las calificaciones no servirían de nada. Si decidían que estaba loca o era peligrosa, podía decirle adiós a mi futuro y hola a la "Casa de la risa".

Miles regresó al gimnasio y se sentó en la mesa del tablero. Volteó a verme durante medio segundo, levantó la ceja y volvió a girarse hacia el equipo. Sentí cómo me cosquilleaba la nuca. No se me había ocurrido. ¿Por qué no se me había ocurrido? Miles era un genio y le gustaba joder a las personas.

Era obvio que yo no le caía muy bien, y llevaba todo el día haciéndome enojar. Podría descifrarme muy fácilmente. Sobre todo si lo miraba como lo hice en la clase de Química. A lo mejor podía adelantarme. Contarle todo antes de que él lo descubriera, y rogarle que no dijera nada, o algo así.

O también podrías demostrar que contigo no se juega, dijo la vocecita. Probablemente esa era la mejor opción.

Observé el tablero. McCoy había hecho hoy por lo menos cinco anuncios distintos sobre él, y todas las veces alguien lo imitó mientras todos se reían.

—Hay una leyenda urbana sobre ese tablero, ¿sabías? —Tucker se apareció junto a mí con una Coca-Cola en la mano. Giré la cabeza. Las gradas ya estaban llenas. *¿A qué hora llegó la gente?* Miré por encima de mi hombro, esperando que no hubiera alguien allí con un cuchillo.

—¿Ah, sí? —pregunté distraída, haciendo una tardía revisión del perímetro—. Por alguna razón, no me extraña.

Cliff Ackerley y otros jugadores de futbol estaban al pie de las gradas, sosteniendo carteles para Ria Wolf, quien supuse sería la colocadora inicial. Vi a Celia Hendricks en la orilla de un grupo más grande de estudiantes que no parecían hacer el menor esfuerzo por interesarse en el juego. Los papás entraron al gimnasio por la rotonda, llevando palomitas, hotdogs y playeras que decían "¡Vamos, Sables!"

—Qué deporte tan ridículo —dijo una mujer cerca de mí, con una voz mordaz—, voleibol... Debería llamarse "zorras en licras".

Traté de buscar a la mamá inconforme, pero sólo había adolescentes a mi alrededor. Me hundí más en el asiento.

—¿Oíste a esa mujer? —le pregunté a Tucker.

—¿Qué mujer?

—La que dijo que las jugadoras de voleibol eran unas zorras.

Tucker miró alrededor.

—¿Estás segura?

Negué con la cabeza.

—Seguramente me equivoqué.

Hace mucho tiempo había aprendido que era más seguro preguntarle a alguien si había oído algo en vez de si lo había visto. La mayoría de la gente no confiaba en sus oídos tanto como en sus ojos. Y, además, las alucinaciones auditivas eran las más comunes. Cosa que no era buena para mí.

—Las porristas sí son deportistas. Ese sí es un deporte con dignidad. O triunfas o fracasas. Ahí no hay zonas grises, como en el voleibol.

Su voz se mezcló con el público y con el rechinido de los zapatos sobre la duela, y luego desapareció.

Tucker se movió a mi lado.

—Cuenta la leyenda, que una chica que estudiaba en *East Shoal* hace muchos años, estaba tan obsesionada con la preparatoria que no quería dejarla y, en una rara maniobra suicida, hizo que el tablero le cayera encima. Ahora su alma vive allí, ayudando en los partidos para que *East Shoal* gane. O pierda. Supongo que depende de cómo se sienta ese día.

—¿Por qué no me lo dijiste antes? Vaya, pensé que todos estaban obsesionados con esa cosa sin razón.

—Bueno. No sé si la obsesión es debida a la leyenda, o la leyenda comenzó porque todos están obsesionados. Como sea, McCoy dice que no debemos hablar sobre eso. Pero si de verdad quieres algo raro, deberías ver como lo cuida. Limpia cada uno de los focos a mano. Y los acaricia.

Me reí.

Tucker hizo una pausa. Su cuello y orejas se estaban poniendo rojos, y se movía incómodamente.

—También hay un mito sobre una pitón que vive en el techo, y que es alimentada por las cocineras. Pero ese no es muy interesante. ¿Has oído hablar del puente de la bruja roja?

Lo miré por el rabillo del ojo.

—Sí, he oído algo.

—Nunca manejes de noche por el puente cubierto de *Hannibal Rest*. Antes de que la bruja te descuartice y deje tu carro vacío al lado del camino, la escucharás gritar.

Un destello de emoción iluminó sus ojos mientras esperaba para ver mi reacción. Normalmente sólo tenía esa mirada cuando me contaba sobre alguna de sus teorías conspirativas.

—¿Alguna vez lo has hecho? —le pregunté.

—¿Yo? ¿Manejar por el puente de la bruja roja? No. Soy tan valiente como una gelatina aguada.

—¿Tú? ¿Una gelatina aguada? *No, para nada*.

Tucker se rio y exhaló un resoplido de su flaco pecho en una simulación de valentía.

—Sé que no lo parece, pero saldría corriendo como loco antes de acercarme siquiera a ese puente. —Dejó de payasear, y me ofreció la Coca —. ¿Tienes sed?

—¿No la quieres?

—Nah. La compré y luego me acordé que odio el refresco.

La tomé con indecisión.

—No le echaste nada raro, ¿verdad?

—¿Te parece que soy ese tipo de persona?

—No sé, Sr. Gelatina Aguada. Eres impredecible.

Técnicamente no debía tomar cafeína. Mamá decía que me exaltaba demasiado y que alteraba mi medicina, cosa que era mentira porque siempre que rompía las reglas me sentía de maravilla, así que la bebí de todas formas.

—Veo que tus libros han tenido un mal día —dijo Tucker, examinando las pastas de mi libro de cálculo.

—Mmm...Un gato callejero se metió a mi casillero.

—Un poco de súper pegamento lo arreglará.

¿Súper pegamento? Esa era una buena idea. Bajé la mirada para ver a Miles. Estaba viéndonos fijamente por encima de su hombro, con los ojos entrecerrados. La enormidad de este acto de malabarismo me golpeó de repente e hizo que mi estómago se revolviera. No podía dejar que me pisoteara, pero tampoco podía hacerlo enojar.

Tucker le hizo una seña obscena con el dedo, y Miles volvió a voltearse hacia la cancha.

—Voy a lamentar eso después —dijo Tucker—, cuando la columna de dirección de mi carro haya desaparecido.

Si no lo lamentaba Tucker, lo lamentaría yo.

—¿Estás bien? —preguntó Tucker—. Parece como si estuvieras a punto de vomitar.

—Sí. Estoy bien. —Ésta era la peor cosa que me pasaba desde el incidente del grafiti en el gimnasio de *Hillpark*.

Me di cuenta muy tarde de que le había hablado bruscamente. No quería ser grosera, pero odiaba la preocupación y la lástima, y esa mirada en la cara de la gente cuando sabían que algo no andaba bien contigo y te negabas a aceptarlo.

No era que me negara. Simplemente, esta vez no pude ignorarlo.

Capítulo Siete

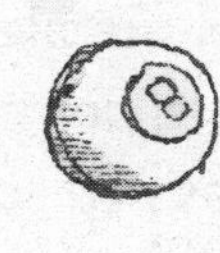

El resto del juego me la pasé concentrada en mi tarea y en Miles. No volvió a vernos, pero estaba segura de que él sabía que lo estaba mirando.

Traté de distraerme pensando en formas de pagarle el refresco a Tucker. Me ignoró cuando lo mencioné, y empezó a hablar de teorías conspirativas: Roswell, los Illuminati, Elvis y su muerte falsa. Miles volteó a vernos otra vez, y Tucker, ignorándolo, comenzó a contarme sobre una base lunar nazi.

Tucker era el tipo de persona inteligente y conocedora de historia que podría lanzarle a mamá para ver cómo era apaleado, pero nunca le haría eso porque no soy tan cruel.

Luego pensé: *Oye, podría abrazarlo. Estoy segura de que no le importaría si lo abrazara.* Pero sabía que el contacto físico significaba ciertas cosas en el mundo del comportamiento social normal, y aunque confiaba en Tucker más que en cualquier otra persona, no quería darle a entender esas "¡ciertas cosas!".

Cuando el juego terminó, Tucker se fue junto con el público. Yo me quedé para ayudar al club. Eran tan rápidos y eficientes que antes de que bajara de las gradas ya habían quitado la red y guardado los carritos de pelotas.

Miles y Jetta estaban de pie junto a la mesa del tablero. Cuando me acerqué, guardaron silencio; estaba casi segura de que hablaban en otro idioma.

—¿Qué quieres?

El tono de Miles me dejaba ver que mi presencia molestaba. Aun así, lo ignoré.

—¿Me necesitas para algo, o puedo irme a casa?

—Sí, vete —se volvió hacia Jetta.

—¡*Bis später*[1], Alex! —dijo Jetta, sonriendo y despidiéndose con la mano mientras me alejaba. Al parecer, ya había olvidado cualquier resentimiento por no haberle dado la mano.

—Mmm, nos vemos —respondí.

Afuera de la escuela había un completo caos. Esperaba grandes multitudes después de los partidos de futbol, pero no tanto. Parecía como si toda la escuela se hubiera reunido para festejar después del juego. Era totalmente imposible hacer una revisión del perímetro aquí, así que opté por el plan B: Irme. Saqué a Erwin de su escondite, detrás de los arbustos, y recé por que nadie me hubiera visto. Las personas más cercanas a la entrada de la escuela eran los hombres sobre el techo, algunos jugadores de futbol, probablemente esperando a sus novias, Celia Hendricks y otras dos chicas, haciendo quién sabe qué diablos.

—¡Linda bici! —gritó Celia por encima de su hombro, quitándose de la cara su decolorado cabello. Sus dos amigas se rieron entre dientes—. ¿Dónde la conseguiste?

—En Egipto. —Intenté descifrar si estaba hablando en serio al decirle "linda".

Celia se rio.

—Recuérdame nunca ir a Egipto.

Ignoré su comentario y seguí caminando entre los jugadores. No llegué muy lejos; Cliff Ackerley, con sus 100 kilogramos, empezó a caminar junto a mí.

—Oye, eres la chica nueva, ¿verdad?

—Sí.

Su cercanía me provocó un escalofrío en la espalda. Giré el manubrio para poner un poco de distancia entre los dos.

Se paró frente a mí, señaló mi cabello, y gritó:

— ¡Una fan de *Hillpark*!

La multitud estalló inmediatamente en un *buu* ensordecedor.

1 ¡Hasta luego!

Lo más seguro es que la mayoría no supiera que había estudiado en *Hillpark*, pero aquí llevar cualquier cosa roja significaba buscar problemas.

Traté de rodear a Cliff, pero metió su pie en la llanta frontal de Erwin y me empujó.

—¿Qué diablos? —Me tropecé hacia atrás para mantener erguido a Erwin.

—¿Qué diablos? —dijo uno de los otros chicos, en tono burlón con un falsete agudo, en una forma mil veces más siniestra que cuando Tucker lo hizo en el trabajo la noche anterior.

Los otros amigos de Cliff me rodearon. Me acerqué más a Erwin. Una de dos: o estos tipos estaban borrachos o eran una bola de imbéciles. Si estaban borrachos, era menos probable que entraran en razón, pero también que pudieran alcanzarme si salía corriendo. Pero no podía correr con Erwin. Tal vez podía usarlo como escudo. Eso significaba tener que dejarlo ahí, y lo que menos quería era dejar mi bicicleta. Sin importar cómo manejara la situación, el pronóstico no era nada bueno.

—¿Por qué no dejas de ser un estúpido y te quitas de mi camino?

—Uy, qué palabras más duras —dijo Cliff, sonriendo—. Este es el trato: puedes irte, si dejas que te pintemos el cabello de color verde.

—No tengo el cabello pintado; este tono de rojo es natural. Y no.

—Bueno, entonces te raparemos. Jones tiene un rastrillo en su carro, ¿no, Jones?

Retrocedí, tomando un mechón de mi cabello. Había visto documentales sobre el bullying y el acoso estudiantil. No me iban a rapar, ¿o sí? Pero había tantas personas viendo y esperando. Los hombres de traje sobre el techo no hacían nada. ¡Qué buena seguridad escolar!

El círculo de gente se cerró todavía más. No había escapatoria... No podría salir de allí... Tal vez podía patear a Ackerley en las pelotas y dar el asunto por terminado...

De pronto todo el mundo se quedó en silencio. La mirada de Cliff se desvió hacia un lugar por encima de mi hombro.

Miles estaba parado ahí, mirando a Cliff, con los trillizos Light junto a él.

Cliff sacó el pecho y se cruzó de brazos.

—¿Se te perdió algo, Richter?

—No, nada —dijo Miles, encogiéndose de hombros—. Continúa, por favor.

Cliff entrecerró los ojos y dio un paso atrás, inspeccionándome. Se inclinó hacia un lado y miró disimuladamente a mi alrededor.

—¿Algún problema? —pregunté.

Cliff se quitó de mi camino, con los labios curvados por el enojo. Miles y los trillizos caminaron y se pusieron a mi lado, ayudando a abrir un camino entre la gente. No hubo más abucheos, burlas ni búsqueda de rastrillos. Pero cuando miré hacia atrás, Cliff y sus amigos estaban juntos, y frente a ellos, Celia me miraba furiosa.

—Gracias —dije.

—No lo hice por ti. —Miles se detuvo junto a una camioneta pickup azul oxidada, estacionada al otro lado del estacionamiento. Abrió de un tirón la puerta del conductor y lanzó su mochila adentro—. No soporto a ese tipo.

—No hagas caso a nada de lo que diga Cliff —dijo Theo, quitándose los lápices de su chongo y sacudiendose el cabello—. Es un tarado. Cree que planeamos algo para que lo dejaras en ridículo. Por eso no te hizo nada. Además, ni siquiera creo que sepa usar un rastrillo.

—Estoy seguro de que su mamá lo rasura —dijo Evan.

—Yo estoy seguro de que lo rasura un mono —dijo Ian—. ¿Vieron su cara la última temporada de carreras? Pensé que iba a necesitar una transfusión de sangre.

—Haciendo a un lado su higiene personal —interrumpió Miles—, sigo pensando que necesita que alguien le meta la cabeza en una trituradora de madera.

Di un gran paso hacia atrás, alejándome de Miles.

—Ok. Bueno, los veo mañana.

Los trillizos Light se despidieron. Tal vez no eran tan terribles, después de todo, aun cuando Ian y Evan parecían exactamente la misma persona. Me monté sobre Erwin y salí del estacionamiento pedaleando, tratando de olvidar a Cliff, a Celia, ese extraño tablero y todo lo demás. Hice una marca en el lugar de estacionamiento de Miles para poder encontrar su camioneta temprano por la mañana.

No dejaría que *East Shoal* y sus habitantes psicóticos ganaran la batalla.

Capítulo Ocho

Mis alucinaciones se volvían más frecuentes en la oscuridad. Cuando era niña, más de una vez escuché voces debajo de la cama y vi garras que se estiraban para atraparme. Mientras iba de camino a casa, con el sol metiéndose, un pájaro rojo gigantesco con largas plumas en su cola empezó a volar sobre mí. Me detuve para tomarle una foto. En la pantalla de la cámara, sus plumas brillaban como el fuego. Malditas aves fénix. Cuando tenía diez años, estaba obsesionada con ellas, y ésta me seguía a casa todas las noches. El ave fénix de *Hannibal Rest*.

De *Hannibal Rest* a casa.

El problema con *Hannibal Rest,* Indiana, es que es increíblemente pequeño. Tanto que estoy segura que ni siquiera aparece en el GPS. Podrías atravesarlo sin darte cuenta de que estás en otro lugar. Es igual al resto del centro de Indiana: caliente en el verano, frío en el invierno, y para poder saber cómo está el clima el resto del año, tienes que salir a la calle. *East Shoal* está al este de la ciudad y *Hillpark* al oeste, pero nadie de *Hillpark* conoce a nadie de *East Shoal* y viceversa. Aun así, todos se odian.

Mis papás no nacieron aquí ni nada. Eligieron vivir en este pueblo perdido. ¿Por qué? Porque fue nombrado en honor a Aníbal de Cártago. Básicamente, su razonamiento fue así "¿Un pueblo en honor a Aníbal de Cártago? Y nosotros nombramos a nuestra hija en honor a Alejandro Magno. Estupendo. ¡Ay, tanta historia nos vuelve locos!".

Algunas veces me daban ganas de golpearlos en la cabeza con un sartén.

Si hubiera que describir a mis papás en pocas palabras sería: amantes de la historia. Los dos estaban literalmente *enamorados* de la historia. Obvio, estaban enamorados uno del otro, pero la historia era lo que más los estimulaba intelectualmente. Estaban casados con ellos y con la historia.

Así que, obviamente, no iban a ponerles a sus hijas nombres normales.

Yo tuve suerte. Alexandra no sonaba tan mal. Pero a Carla la golpeó el mazo de los homónimos con toda su fuerza: Carlamagna. Por eso yo le digo Carla desde que nació.

Di vuelta en mi calle y me dirigí a la casa de un piso, color tierra, iluminada como árbol de Navidad. Mamá tenía una fijación por dejar encendidas todas las luces hasta que yo llegara, como si se me fuera a olvidar qué casa era la nuestra. Como siempre, el sonido de un frenético violín salía de la ventana de la sala, tocando la *Obertura 1812* de Tchaikovsky.

Recargué a Erwin contra la puerta de la cochera e hice una revisión del perímetro. Calle. Entrada. Cochera. Patio delantero. Porche. Casa. El columpio del porche rechinaba y se balanceaba como si alguien se hubiera estado columpiando, pero probablemente sólo era el viento. En cuanto entré por la puerta hice otra inspección. La casa se veía como siempre, atascada y vacía al mismo tiempo. Carla estaba de pie en la sala con su violín, tocando sus cosas de músico prodigio. Cuando mamá no estaba ocupada dando clases por Internet, educaba a mi hermana en casa, como lo había hecho conmigo, así que Carla siempre tenía tarea por hacer.

Mamá estaba en la cocina. Me preparé para no hacer otra revisión del perímetro, porque mamá odiaba cuando hacía eso, y fui a buscarla. Estaba parada junto al fregadero con un trapo en la mano.

—Ya llegué.

Se dio la vuelta.

—Te guardé un plato de sopa de champiñones. Tu favorita.

Mi favorita era la sopa *minestrone*. La de champiñones era la de papá. Siempre las confundía.

—Gracias, pero no tengo mucha hambre. Iré a hacer mi tarea.

—Alexandra, tienes que comer.

Odiaba esa voz: "Alexandra, tienes que comer. Alexandra, tienes que tomar tus pastillas. Alexandra, tienes que ponerte la playera por el lado correcto".

Me senté en la mesa poniendo mi mochila junto a mí. Mis libros hicieron un ruido patético al caer, recordándome que no podía dejar que mamá revisara mi mochila. Pensaría que los había roto, y eso sería suficiente para llamar a mi terapeuta.

—Y, ¿cómo te fue?

—Bien. —Disimuladamente estudié la sopa en el tazón para ver si no tenía veneno. No creía a mamá realmente capaz de envenenarme... la mayoría de las veces.

—¿Eso es todo?

Me encogí de hombros.

—Estuvo bien. Fue como cualquier día de escuela.

—¿Conociste a alguien interesante?

—Toda la gente es interesante si te la quedas viendo el tiempo suficiente.

Se puso las manos en la cadera. Primera señal para las "Cosas que Alex no debe decir en la mesa".

—¿Cómo estuvo el club?

—No tuve que hacer mucho. Pero me cayeron bien. Son amables. Casi todos.

Mamá asintió en su modo pasivo agresivo.

—¿Qué? —pregunté.

—Nada.

Bebí un poco de sopa.

—Si te hace sentir mejor, me llevo bien con el primero y segundo de la clase.

Bueno, lo de llevarme bien con el primero de la clase era medio exagerado. Casi todas nuestras conversaciones habían terminado con alguno de los dos enojándose. Pero, técnicamente, sí había hablado con él.

Los recuerdos de Ojos Azules volvieron a hacer su entrada

triunfal, pero los saqué volando de un golpe. En el instante en que dijera algo sobre una pecera con langostas, mamá tendría un ataque de histeria. La pobre había pasado años tratando de olvidar la "Liberación de las langostas".

—¿Ah, sí? —dijo mamá, animándose un poco—. ¿Y cómo son?

—El segundo de la clase es muy amable, pero el otro podría mejorar sus habilidades sociales.

—Deberías pedirles consejo sobre universidades. Apuesto a que quieren entrar a una universidad de la *Ivy League*. ¡O podrían ayudarte con tus ensayos! La verdad tú nunca has sido muy buena escribiendo.

Listo, ya podía palomear los ítems: "Mamá habla sobre la universidad durante la cena" y "Sobre lo improbable de la situación". Seguramente no importaría si le decía que Tucker había mandado solicitudes a media docena de universidades de la *Ivy League*, pero que había sido aceptado en el doble de instituciones menos prestigiosas.

—No necesito ayuda para entrar a la universidad. Tengo buenas calificaciones, y la mayoría de la gente no escribe bien ni aunque su vida dependa de ello, de todas formas los aceptan. Además, hay que ser estúpido para no entrar a la universidad estatal.

—Eso dices ahora —dijo, agitando un cuchillo lleno de jabón frente a mí—. Pero, ¿qué vas a hacer cuando no te acepten?

Solté la cuchara.

—¿Qué carajos te pasa, mamá? ¿Quieres que entre o no?

—¡No digas groserías! —gritó enojada, y siguió lavando los trastes. Entorné los ojos y me incliné sobre mi sopa.

La música del violín se detuvo de pronto. Se escucharon unas pisaditas por el pasillo, y luego los brazos de Carla me abrazaron con tanta fuerza que casi me tiran de la silla. Era pequeña para su edad, pero tan fuerte como una bola demoledora.

—Hola, Carla.

—Hola —mi playera ahogó su voz.

Alejé a Carla y me puse de pie tomando mi mochila.

—Voy a mi cuarto.

—Quiero las luces apagadas a las diez —dijo mamá.

—Ah, y creo que necesito un uniforme.

Se golpeó la frente con una de sus manos mojadas y el agua cayó por un lado de su cara.

—Ay, se me olvidó por completo. Tu director me dijo del uniforme cuando fuimos a ver la escuela. ¿Cuánto cuestan?

—Setenta dólares. Es ridículo. Todo por un escudo de la escuela en el bolsillo del pecho.

Mamá se dio la vuelta otra vez, con la frente fruncida y esa terrible mirada de lástima en los ojos. No éramos tan pobres como para no poder pagar setenta dólares por algo que necesitaba, pero de todas formas me haría sentir mal.

—Mañana le pediré uno al conserje —dije, rápidamente—. No hay problema.

—Muy bien. Ya preparé tu ropa para mañana, puedes ponértela para ir a la escuela y traerla después a casa.

—Ok.

Salí de la cocina y bajé las escaleras hacia el pasillo trasero, con Carla pisándome los talones. Habló sin parar sobre la canción que había tocado, de lo que pensaba de la sopa de champiñones de mamá y lo mucho que quería ir a la preparatoria.

Antes de que pudiera cerrar la puerta de mi recámara, ella logró escabullirse adentro. Aun en ese cuarto, ¡mi cuarto! en el que había dormido diecisiete años, el lugar que conocía mejor que cualquier otro en el mundo, tenía que asegurarme de que no hubiera nada raro.

—¿Cómo es? —preguntó Carla, lanzándose sobre mi cama y poniéndose las cobijas en la cabeza como si fueran una capa. La ráfaga de aire hizo que las fotografías clavadas en la pared con tachuelas se agitaran, y los objetos de las repisas se sacudieran.

—Ten cuidado, Carla. Si rompes algo, lo pagas. —Abrí el primer cajón del ropero y revolví varios pares de calcetines a rayas hasta encontrar mi súper pegamento, que tenía escondido para que mamá no pensara que estaba inhalándolo. Lo arrojé sobre el buró, en parte como una advertencia para Carla y en parte para no olvidarlo al otro día—. No sé. Como cualquier escuela. —Tomé la ropa que mamá había dejado en el borde de la cama y la tiré al suelo. Después de diecisiete años, seguía escogiéndome la ropa. Era esquizofrénica, no una maldita inválida.

—Pero, ¿cómo es?

Su actitud era comprensible. Carla nunca había ido a una escuela de verdad.

—Así es la escuela: vas a clases, escuchas a los profesores y trabajas.

—¿Y hay más chicos?

—Sí, Carla, hay muchos chicos. Es una escuela.

—¿Te discriminaron por ser nueva?

Discriminar. Ahí la tienen. La "palabra de la semana" de Carla. Todas las semanas, Carla elegía una palabra que usaba cada vez que podía acomodarla en una frase. Esta semana era *discriminar*. La semana pasada fue *usurpar*. La antepasada fue *defenestrar*, que fue un regalo de mi parte. El simple hecho de pensar en Carla sacando esa palabra de su cajón de vocabulario frente a mamá me hizo sonreír.

—¿Mamá te dejó ver el canal de Disney otra vez? —Abrí mi clóset para buscar la pijama.

—Entonces... ¿no cantan durante el almuerzo?

—Nop.

—Ah. —La cobija se resbaló por su cabeza, dejando al descubierto su cabello lacio color rojo kétchup y unos grandes ojos azules. Sacó de su bolsillo una pieza negra de ajedrez y se la metió a la boca. Le gustaba masticar cosas desde que tenía cuatro años—. ¿Conociste a alguien genial?

—Define *genial*.

—Ya sabes. *Genial*.

—No, realmente. Conocí gente amable, gente estúpida y otros muuuuy imbéciles, pero no conocí a nadie genial.

La respiración de Carla se detuvo, sus ojos se abrieron como platos y la pieza de ajedrez se cayó de su boca.

—¿Conociste a tu alma gemela? Eso siempre pasa en el primer día de clases, ¿no?

—¡Ay, por Dios, Carla, mamá te dejó leer otra vez! Y fuiste directamente a la sección de cosas paranormales, ¿verdad?

Carla cruzó los brazos.

—No. Pero la televisión no es muy buena para enseñar cómo es la preparatoria.

—La televisión no es muy buena para enseñar nada, Carla.

Al escuchar eso se puso triste, y me sentí mal por destruir sus esperanzas. Ella nunca iría a la preparatoria. La única razón por la que mamá dejó de educarme en casa fue porque mi terapeuta dijo que sería mejor que estuviera con gente de mi edad. Eso fue lo que ocasionó mi participación en el incidente "Grafiti del gimnasio de *Hillpark*" y la condena de mi último año en *East Shoal*.

Cada vez que veía a Carla sentía en el estómago una punzada de culpabilidad. Yo era la hermana mayor. Se suponía que yo debía dar el ejemplo y abrir el camino para que la gente dijera: "Oye, tú eres la hermana de Alex, ¿verdad? ¡Son idénticas!", en vez de: "Oye, tú eres la hermana de Alex, ¿verdad? ¿Tú también estás loca?"

El único ejemplo que le iba a dar era: siempre revisar sus alimentos antes de comerlos.

De pronto sentí una oleada de alivio porque todavía no era lo suficientemente grande para entender el por qué debería odiarme.

—Sal de mi cuarto. Tengo que cambiarme.

Carla lloriqueó e hizo pucheros, tomó la pieza de ajedrez, gateó para bajarse de la cama y salió rápidamente del cuarto. Me puse la pijama y me metí a la cama.

Miré alrededor. Revisé todas mis fotos y objetos.

Las fotografías no tenían ningún orden ni motivo. Hace algunos años me di cuenta de que, a veces, cuando veía una foto vieja tenía algo diferente. O algo había desaparecido. Tomé mi mochila y saqué mi cámara, y eché un vistazo a las fotos que había tomado hoy. La primera que tomé en la mañana, la de las ardillas, ya había cambiado. Parecía como si sólo hubiera tomado una foto del césped del vecino. Las ardillas ya no estaban.

No siempre era tan fácil. Algunas cosas desaparecían más rápido que otras. Pero esta técnica me ayudaba a saber qué era una alucinación y qué era real. También tenía álbumes llenos de fotos, pero esos eran para las cosas reales, como mis papás. Carla tenía su propio álbum. Más de una vez la había encontrado en mi cuarto, viéndolo.

Los objetos me los había dado papá. Antes que otra cosa, papá era arqueólogo. No lo culpaba. Si pudiera pasarme todo el día jugando en la tierra, yo también sería arqueóloga. Antes, mamá iba con él, pero luego nací yo, y tardaron mucho tiempo en decidir si llevarme o no a las excavaciones. Para entonces, mamá ya me estaba educando en casa y no quería llevarme a ningún lado. Luego nació Carla y ya no tenían el dinero para llevarnos a las dos. Así que mamá se quedaba en casa todo el día y papá nunca estaba.

Siempre que venía a casa, traía cosas: casi todo lo que teníamos, nuestros muebles, e incluso parte de nuestra ropa lo había traído él. Mamá atiborraba cada espacio disponible con las cosas de papá, y así la casa no se sentía tan vacía.

Trataba de ignorar el hecho de que transportar ese tipo de cosas a través del océano debía costar un montón de dinero.

Recuerdo que algunas veces, estando en mi cama, mis objetos me hablaban o se ponían a platicar entre ellos, y yo los escuchaba hasta quedarme dormida. Claro, antes de que me diagnosticaran.

Ahora ya no me hablan. Al menos no cuando la medicina está funcionando.

Apagué la luz y me di la vuelta en la cama, jalando las sábanas junto conmigo. El niño de la pecera de las langostas estaba perdiendo definición, hasta que me recordé a mí misma que, aunque fuera real, cosa que no era, él y Miles no eran necesariamente la misma persona.

Eso había pasado hace diez años. Y desde ese día no lo había vuelto a ver. Las probabilidades de volvernos a encontrar así son ridículas.

No me dormí. No pude. Esperé hasta que oí a mamá caminar por el pasillo y cerrar su puerta (Carla se había encerrado en su cuarto hacía media hora), después salí de las cobijas, me puse una chamarra y un viejo par de tenis, y tomé un bate de beisbol de aluminio que guardaba debajo de la cama. Quité el mosquitero de la ventana y lo recargué cuidadosamente junto a la pared.

Casi no utilizaba mi bicicleta en las noches, prefería caminar. Crucé el patio trasero y caminé hacia el bosque de *Hannibal Rest*, con el bate de beisbol tintineando contra la suela de mis tenis Converse, y la brisa de la noche rozándome las piernas. El río se escuchaba más adelante. Di vuelta en la última curva del camino hasta llegar al puente de la bruja roja.

No tuve que hacer una revisión de perímetro, porque aquí era donde ambos mundos chocaban. Todos creían haber visto u oído cosas extrañas en este lugar, y no tenía que ocultar que yo de verdad veía cosas.

Me reí cuando recordé que Tucker me habló sobre el puente en el gimnasio. ¿La bruja roja? ¿La que destripaba a los viajeros, se cubría con su sangre y gritaba como un alma en pena? No, no le tenía miedo. Tal vez la noche ponía todo de cabeza, volteándolo al revés y haciéndolo más aterrador que el infierno, pero yo era inmune.

El bate de beisbol hacía *clink-clink-clink* mientras caminaba hacia el puente.

Esta noche, yo era la cosa más aterradora.

Capítulo Nueve

La definición de Einstein sobre la locura es hacer lo mismo una y otra vez esperando un resultado distinto. Yo seguía tomando fotos esperando que al mirarlas pudiera saber si el objeto de la foto era una alucinación. Siempre revisaba el perímetro, creyendo que eventualmente podría caminar sin sentirme paranoica. Pasaba todos los días esperando que alguien me dijera que olía a limones.

Si no estaba loca según la definición de los demás, supuse que, al menos según la definición de Einstein, sí lo estaba.

Capítulo Diez

Lo primero que hice al otro día del incidente en el estacionamiento fue buscar la camioneta de Miles en la escuela. Oxidada, azul cielo, año 1982, marca GMC. Parecía que la había sacado de un montón de chatarra. No estaba estacionada. Genial.

Mi segundo punto en la agenda tenía que ver con su casillero. Me apresuré para entrar a la escuela, revisé para asegurarme de que no hubiera nadie alrededor y de que no existieran micrófonos en el techo, y busqué el súper pegamento en mi mochila. Después de dos tubos de pegamento y diecisiete palos de paleta, el casillero de Miles estaba completa y totalmente cerrado. Tiré la evidencia en el bote de basura más cercano, saqué de mi casillero los libros que necesitaba (la mayoría todavía despegados de las portadas), y fui a conseguir un uniforme.

El armario del conserje estaba junto a mi salón de química. Cuando toqué la puerta, se escuchó un golpe dentro. La puerta se entreabrió un poco y unos ojos con gafas, que me parecieron conocidos, se asomaron.

—Ah, hola, Alex. —Tucker abrió la puerta un poco más. Su mirada recorrió rápidamente el pasillo detrás de mí—. ¿Qué haces aquí?

—Me dijeron que podía conseguir un uniforme con el conserje.

—Ah, sí. Aquí hay algunos... espera un segundo...

Desapareció de la puerta, y escuché un montón de groserías dichas en voz baja. Cuando regresó, tenía un uniforme en las manos.

—Tal vez te quede un poco grande, pero es el único limpio. Los otros estaban amarillos.

Tomé el uniforme.

—Gracias, Tucker. ¿Qué haces en el armario del conserje?

Miré detrás de él, pero no vi a nadie más.

Sonrió levemente.

—Nada importante —dijo, y luego cerró la puerta.

Tuve que hacer un gran esfuerzo para no tomar fotos —era Tucker. Él no era una alucinación, aunque estuviera adentro del armario del conserje— y me metí al baño más cercano para cambiarme. Tucker se había quedado corto cuando dijo que el uniforme me quedaría "un poco grande". Necesitaría tomar clases de natación para poder usarlo.

De camino a mi salón tuve que pasar por el pasillo de ciencias, y ahí fue cuando vi la serpiente.

Su cabeza colgaba entre las baldosas del techo que, por alguna razón, alguien había quitado. Di un brinco. Sólo había visto pitones en el zoológico, detrás de un cristal. Pero cuando pasó el shock inicial de haberla visto, me sentí muy enojada.

Maldita serpiente. Ni siquiera me tomé la molestia de sacar mi cámara. Una serpiente saliendo del techo es exactamente el tipo de cosa que mi mente inventaría. Cuando pasé debajo de ella, saqué la lengua y le siseé de regreso.

Me escabullí en el salón del Sr. Gunthrie, esperando no toparme en el camino con Cliff, Celia o, Dios me libre, con Miles. La gente todavía me veía —este cabello, este maldito cabello rojo, ¿por qué tenía que ser tan rojo?— pero no les hice caso.

Theo estaba de rodillas afuera de la puerta del salón, mezclando condimentos en un tarro *Mason*, mientras Miles estaba parado junto a ella con los brazos cruzados. Cuando pasé junto a él, un escalofrío me recorrió la espalda, pero me esforcé por mantenerme inexpresiva. No me vio, y si lo hizo, no dijo nada.

Alcancé a ver de reojo la asquerosa mezcla que Theo estaba haciendo. Jugo de pepinillos, mostaza, algo que parecía ralladura de chile, crema agria, salsa de rábano picante, y básicamente todas las cosas que mezclas cuando tienes trece años y quieres inducir a tu hermano menor a un coma por vómito (Carla nunca me perdonó por haberle hecho eso).

Me deslicé en mi asiento, manteniéndolos dentro de mi visión periférica mientras hacía una revisión del perímetro. Theo tapó el tarro *Mason*, lo agitó y se lo dio a Miles, que miró por un segundo el líquido turbio y revuelto. Se lo llevó a los labios y lo bebió todo de un golpe.

Arqueé y me tapé la nariz con el cuello de mi playera. Irónicamente, el cuello ya olía a vómito, así que lo bajé. Miles entró al salón caminando tranquilamente y se dejó caer en la silla frente a la mía, con la mirada fija en el pizarrón.

La clase empezó normalmente. Supongo que tan normal como se puede, cuando el primer anuncio del día es sobre un tablero de puntajes, y tu profesor, que más bien parece un sargento, le grita a todos en el salón. Intenté poner atención a la clase del Sr. Gunthrie sobre literatura británica, pero la cara de Miles se había puesto primero blanca como el gis y ahora estaba pasando al verde enfermo.

—... Casi nadie sabe que Burgess y la mujer que le daría ideas para una naranja mecánica fueron profesores al mismo tiempo. En ese entonces, Burgess estaba en el ejército.

El Sr. Gunthrie se detuvo frente al escritorio de Cliff, se inclinó y se plantó frente a su cara. Cliff, que había estado haciéndose señas con Ria Wolf a través del salón, dio un brinco y miró hacia adelante.

—Dígame, Sr. Ackerley, ¿sabe dónde estaba apostado Burgess?

La boca de Cliff se abrió como si fuera a decir algo.

—¿No? es una pena, Sr. Ackerley. Tal vez debería preguntarle a alguien más. ¿Cree que debería preguntarle a alguien más Sr. Ackerley?

—Mmm, ¿sí?

—¿A quién cree que debería preguntarle, Ackerley?

—Mmm... ¿A Richter?

—Mmm, a Richter. Eso suena como una pregunta, Ackerley.

¿Le di permiso de hacerme una pregunta?

—No.

—¿No qué?

—¡No, señor!

—Voy a volverle a preguntar, Sr. Ackerley. ¿A quién debería hacerle la pregunta que su incompetente trasero no pudo contestar?

—¡Pregúntele a Richter, señor!

El Sr. Gunthrie se enderezó y cruzó el salón hacia el escritorio de Miles.

—Richter, ¿podría decirme dónde estaba apostado Anthony Burgess cuando enseñó junto a Ann Mcglinn y tomó prestadas sus ideas sobre el comunismo para una naranja mecánica?

Miles no contestó inmediatamente. Estaba encorvado en su asiento, balanceándose un poco. Levantó la vista lentamente, y miró al Sr. Gunthrie.

Por favor, vomítale encima, pensé. *Por favor, por favor, vomita encima del Sr. Gunthrie.*

—En Gibraltar —dijo Miles, y luego se puso de pie, tambaleándose. Fue al bote de basura justo a tiempo para vomitar violentamente. Un montón de chicas gritaron y Tucker se tapó la nariz con el cuello de su playera.

—¿Está bien, Richter? —preguntó el Sr. Gunthrie, soltando su libro y yendo hacia Miles para darle una palmada en la espalda. Miles escupió una vez más y puso su mano sobre el hombro del Sr. Gunthrie.

—Sí, estoy bien. Debo haber comido algo en mal estado en el desayuno. —Miles se limpió la boca con la manga—. ¿Podría ir al baño... para limpiarme?

—Por supuesto. —El Sr. Gunthrie le dio otra fuerte palmada en la espalda—. Tómese todo el tiempo que necesite. De todas formas, estoy seguro que ya se sabe de memoria esto, ¿me equivoco?

Miles le sonrió irónicamente y se marchó.

Capítulo Once

Tucker me buscó después del almuerzo y me aseguró que Miles estaba llevando a cabo una venganza.

—¿Una venganza? ¿Qué, como en la mafia?

—Algo así —dijo Tucker, recargándose contra la pared afuera de la cafetería—. La gente le paga por hacer cosas. Generalmente son venganzas. Ya sabes, robarle la tarea a alguien y pegarla en el techo. Poner pescado muerto en la guantera. Ese tipo de cosas.

—Y, ¿qué estaba haciendo esta mañana? —pregunté.

Tucker se encogió de hombros.

—Normalmente no se sabe hasta que sucede. Una vez escondió cien globos llenos de jugo de uva en el casillero de Leslie Stapleford. Cuando lo abrió, había palillos de dientes o algo que pinchó todos los globos y provocó una reacción en cadena. Arruinó todas sus cosas.

Nota mental: Hacerme a un lado cuando abra la puerta del casillero.

—¿Escuchaste el anuncio de hoy? —preguntó Tucker, cambiando de tema.

—Ah, ¿lo que dijo McCoy sobre contratar a alguien para cubrir el tablero con baño de oro?

—Sí. Te dije que estaba loco, ¿no? Escuché que en su casa también hace cosas raras —eso último lo dijo en un tono conspirador—. Cosas como cortar el césped y podar sus peonías.

—¿Peonías? —dije, frunciendo las cejas—. Por Dios, sí que es un maniático.

Tucker se rio. Las puertas de la cafetería se abrieron junto a él, y Celia Hendricks salió acompañada de Britney Carver y Stacey Burns. Retrocedí un poco, escondiéndome ligeramente atrás de Tucker.

—¿De qué te ríes, Beaumont? —preguntó con desdén, como si se estuviera riendo de ella.

—De nada que te importe, Celia. —Tucker se puso completamente serio—. ¿No tienes una junta de "Adictas al Maquillaje Anónimas" a la que asistir?

—¿Y tú no tienes que ir a tu "culto del armario"? —dijo, devolviendo el disparo—. Ah, espera, se me olvidaba que no tienes amigos. Me equivoqué.

Las puntas de las orejas de Tucker se pusieron rosas, y le lanzó una mirada fulminante, pero no dijo nada más.

—Por Dios, Beaumont, eres tan raro. A lo mejor si actuaras como una persona normal de vez en cuando...

—Yo soy su amiga —dije, interrumpiéndola—. Y creo que Tucker es totalmente normal.

Celia me miró de arriba abajo, y sus ojos se detuvieron en mi cabello. Luego soltó un resoplido y se fue dando fuertes pisadas sin decir nada más.

—No tenías que decir eso —murmuró Tucker.

—Sí tenía —respondí.

No hay una fuerza más poderosa en la preparatoria que el desacuerdo contundente de una persona.

El resto del día transcurrió sin problemas. Miles no notó mi presencia, ni yo la suya.

Cuando fui al gimnasio su casillero seguía cerrado.

Todas las actividades extraescolares se hacían en el lado oeste de la escuela. El gimnasio, la alberca y el auditorio estaban comunicados por pasillos traseros y por una enorme rotonda al centro, y un vestíbulo que los conectaba al resto de la escuela. Alrededor de la rotonda había vitrinas de cristal gigantescas llenas de trofeos que la escuela había ganado con los años: atletismo, concursos musicales y escoltas. Había fotografías en blanco y negro de los equipos ganadores junto a algunos de los trofeos.

La foto que llamó mi atención no tenía un trofeo y no era de una competencia. Era un recorte de periódico enmarcado. Alguien había rayado con un marcador rojo brillante a la chica de la foto, ocultando parcialmente su cara, pero se podía ver que era bonita, rubia, y llevaba puesto un uniforme antiguo de porrista de *East Shoal*. Estaba de pie junto al tablero, que se veía totalmente nuevo.

Debajo de la foto se leía: "Scarlet Fletcher, capitana del equipo de porristas de *East Shoal*, presenta el 'Tablero de Scarlet', en un acto conmemorativo de la caridad y buena voluntad que su padre, Randall Fletcher, ha mostrado hacia la escuela".

La foto tenía un marco dorado y estaba puesta sobre un podio diminuto, como si fuera sagrada.

Vi a Miles al otro lado de la rotonda. Estaba afuera del puesto de golosinas, hablando con un chico que no había visto antes. Mientras los miraba, intercambiaron algo rápidamente. Miles le dio al chico algo delgado y dorado, y recibió a cambio un fajo de billetes.

—¿Qué fue eso? —le pregunté a Miles en cuanto el chico se había ido—. Se parecía mucho a la pluma fuente del Sr. Gunthrie. No descarto la posibilidad de que seas un carterista experto.

Miles levantó la ceja como si yo fuera un simpático cachorro.

—¿Sólo por eso te tomaste esa cosa horrible en la mañana? ¿Para poder robar la pluma de un profesor? ¿Por dinero?

Mile se metió las manos a los bolsillos.

—¿Ya terminaste?

—Mmm, déjame ver —dije, dando unos golpecitos en mi barbilla—. Sip, ya terminé, estúpido.

Me alejé caminando.

—Alex. Espera.

Me di la vuelta. Era la primera vez que decía mi nombre. Extendió la mano y dijo:

—Bien jugado.

Ah, no. Así no iban a ser las cosas. No había pasado diez minutos poniendo pegamento en su casillero para admitirlo frente a él. Así que levanté mi ceja y dije:

—No sé de qué hablas.

Las comisuras de sus labios se arquearon hacia arriba justo antes de que me marchara.

No puede ser él. No es él, ¿o sí?

No puedo predecir en este momento.

Sé que ya te lo he preguntado cómo mil veces, pero... sólo dime... ¿sí o no?

Concéntrate y vuelve a preguntar.

Tienes el doble de preguntas positivas que negativas o evasivas. ¿Cómo es posible que sólo contestes negativamente? No es él, ¿verdad?

Es mejor que no te responda en este momento.

Ya habías dicho eso. Voy a preguntar una vez más: Es un imbécil, entonces no puede ser Ojos Azules, ¿verdad?

Respuesta incierta, inténtalo otra vez.

Respuesta incierta un carajo.

Capítulo Doce

La transición de *Hillpark* a *East Shoal* fue mucho más fácil de lo que pensé. Básicamente, era la misma basura de la preparatoria pero con una envoltura ligeramente distinta. La única diferencia era que en *East Shoal* todos estaban locos.

Durante el primer mes aprendí varias cosas.

Uno: El tablero de puntajes era una verdadera leyenda, y el Sr. McCoy estaba real y completamente enamorado de él, estaba más loco que una cabra: todo el tiempo hablaba sobre el "Día del tablero", en el que se supone que debíamos llevar una ofrenda, flores o focos para el tablero, como si fuera una violenta deidad maya que nos mataría si la desobedecíamos. De algún modo, lograba disfrazar su locura con buenos resultados en los exámenes y una conducta estudiantil aún mejor. Para los papás y los maestros, era el director perfecto.

Dos: Había un culto dedicado completamente a discutir sobre teorías conspiradoras y a determinar si eran verdaderas. Se reunían en el armario del conserje.

Tres: El jefe del culto era Tucker Beaumont.

Cuatro: El Sr. Gunthrie era el maestro más agresivo de la escuela (por lo de los gritos y eso), y lo llamaban "El General" por su afición a los discursos relacionados con la guerra y por blandir su preciada pluma fuente dorada como si fuera un arma. Había viajado dos veces a Vietnam, y tenía un largo historial familiar de muertes causadas por la guerra, cosa que hacía casi imposible no llamarlo Teniente Dan.

Cinco: Hace veinte años, la broma de los estudiantes de último año fue soltar a la mascota pitón de la maestra de biología. La pitón se escapó por las baldosas del techo, y nunca la encontraron.

Seis: Todos —y cuando digo todos, me refiero a absoluta y totalmente todos, desde los bibliotecarios hasta los estudiantes, pasando por el personal y el conserje más viejo y enojón— le tenían un miedo de muerte a Miles Richter.

De todas las cosas locas que había oído en *East Shoal*, esa era la única que me parecía increíble.

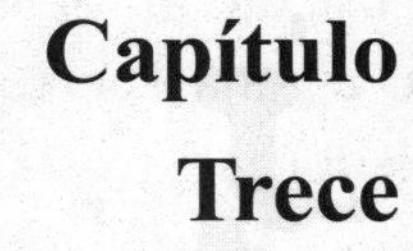

Capítulo Trece

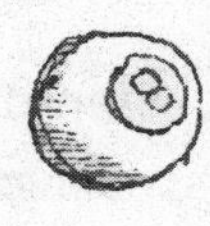

Debo haber establecido un récord con Miles al patear su mochila, romper su trabajo y todas esas tonterías infantiles, porque al cabo de un mes me mandó a trabajar en el puesto de golosinas con Theo.

Eso me parecía perfecto, porque: a) Theo me caía mejor que él; b) me sentía menos paranoica cuando Miles no estaba alrededor; y c) no tenía que sentarme en un gimnasio lleno de gente que no conocía.

Me acostumbré a Theo muy rápido, era tan buena para resolver problemas que supuse que si quisiera matarme, ya lo habría hecho.

Yo creía que tenía mucha tarea, pero al ver la mochila de Theo me pregunté cómo era que su espalda no se rompía cargando todo eso.

—Estoy en siete clases avanzadas, y además estoy retomando las pruebas SAT y ACT porque estoy segura de que la última vez me vieron la cara —dijo—. En esta bolsa guardo todas las otras cosas que necesito, y mi botiquín de primeros auxilios está en esta otra bolsa...

—¿Por qué tienes un botiquín de primeros auxilios?

—Cuando tienes dos hermanos como los míos, siempre hay heridos —dijo, poniendo su libro de física sobre el mostrador y abriéndolo.

—No sé cómo le haces. ¿Después del club te vas a casa y pasas toda la noche haciendo tarea?

—No siempre. Algunas noches trabajo en el Showtime. No te imaginas lo tarde que van al cine algunas personas —hizo una pausa, y continuó—. Mis papás me obligan.

—¿Por qué?

—Así son las cosas. Siempre han sido así. También me obligan a tomar todas esas clases avanzadas.

—¿También te obligaron a unirte al club?

Theo sonrió.

—La única que se unió al club voluntariamente fue Jetta. Evan, Ian y yo estamos aquí por haber puesto laxantes en el almuerzo hace dos años —dijo riendo—. Valió totalmente la pena.

Yo también me reí. Theo me caía bien.

—Y los demás, ¿por qué están en el club?

—A Art lo encontraron con una bolsa de marihuana en el baño, pero como es el mejor luchador de la escuela, en lugar de expulsarlo del equipo, lo enviaron aquí.

—No creí que Art fumara marihuana.

—No lo hace —dijo Theo—. Estaba tratando de evitar que sus compañeros de equipo la fumaran, y dejaron que se echara la culpa.

—¿Alguna vez han corrido a alguien de esta escuela, o los mandan a todos con Miles para que los cuide?

—Sólo he oído que expulsen a alguien cuando se trata de cosas violentas, como peleas o traer armas a la escuela.

—¿Y Jetta?

Theo se quedó viendo su libro de física y suspiró.

—Creo que Jetta está aquí por el Jefe.

—¿Cómo?

—Jetta llegó a la escuela el año pasado, y no hablaba inglés muy bien. El Jefe fue el único que se tomó la molestia de hablar con ella.

—¿Y qué hay de Miles? —pregunté rápidamente, antes de que Theo se pusiera a hacer su tarea—. ¿Qué hizo para estar aquí?

—¿Eh? —dijo Theo, levantando la vista—. Ah, ¿Jefe? No estoy segura. Evan, Ian y yo fuimos los primeros en unirnos al club, pero el Jefe ya estaba cuando llegamos. Antes, él hacía todo solo.

De pronto se quedó callada. Miles estaba parado en la enorme ventana del puesto de golosinas. Dejó caer sobre el mostrador una libreta negra gastada y se apoyó en él.

—¿Cómo va el juego? —preguntó Theo.

—Imagínate miles de huérfanos hambrientos en un barco hundiéndose en medio de un océano infestado de tiburones, y apenas te estás acercando a lo mucho que odio estar aquí —dijo Miles, secamente—. Puedo escuchar a Clifford hablar cada quince segundos de lo lindo que es el trasero de Ria. Son novios desde primero de secundaria; uno pensaría que ya lo habría superado.

—Ajá.

—Estoy aburrido —dijo Miles.

—Dime algo nuevo.

—Juguemos a las "Cinco preguntas".

Theo cerró su libro de un golpe.

—¿Puedo preguntar para qué quieres jugar a eso? No te va a quitar lo aburrido. Y podríamos empezar a llamarlo "Tres preguntas", porque ya no necesitas las cinco.

—¿Qué es eso de las "Cinco preguntas"? —pregunté.

—Es como el juego "Adivina quién", donde tienes veinte preguntas para adivinar un personaje, pero el Jefe puede hacerlo con sólo cinco—dijo Theo—. Ya se me ocurrió alguien. Empieza.

—¿Eres un presidente? —preguntó Miles.

—Sí.

—¿Tu nombre y apellido empiezan con la misma letra?

—Sí.

—Eres Ronald Reagan.

—¿Ves? —dijo Theo, levantando las manos—. ¡Dos! ¡Dos preguntas!

No me importaba no tener mucho que hacer en el club, mientras Miles reportara que yo hacía mi parte. Me daba más tiempo para escribir interminables ensayos para la universidad sobre cómo me había transformado mi enfermedad. Mis montañas de tarea hacían que la Torre de Babel pareciera un palillo de dientes, y mis turnos nocturnos en *Finnegan's* empeoraban las cosas. Por sí solo, *Finnegan's* no estaba tan mal, pero en cuanto Miles entraba, sentía un impulso repentino de esconderme y al mismo tiempo de poner jabón en su comida.

Cada vez que pasaba junto a Miles, tenía el presentimiento de que estiraría su pierna para hacerme tropezar. Obviamente no lo hacía, porque no sería sutil, y ese no era el estilo de Miles Richter. Las limas de uñas, las podadoras y los lanzallamas caseros iban más con él.

Le di su hamburguesa y fui a esconderme atrás del mostrador, donde le pregunté a la bola 8 mágica, ¿Miles Richter *va a tratar de matarme?*

Muy probablemente, respondió.

Para finales de septiembre, todas las semanas teníamos clases de laboratorio. Lo observé algunas veces mientras hacía tablas en su cuaderno. Estaba encorvado, con sus lentes deslizándose por su nariz y la mano izquierda cerrada para poder escribir bien. Tenía las mangas enrolladas, y por primera vez noté que también tenía pecas en los brazos. ¿Estaban calientes? Parecía como si lo estuvieran. La mano de Ojos Azules estaba caliente. Había unos diez centímetros entre mi mano y su brazo. Diez centímetros y podría estar segura de la respuesta.

No lo hagas, estúpida. No te atrevas a hacerlo.

Reprimí el impulso haciéndole una pregunta.

—¿En serio puedes hablar otro idioma?

No había vuelto a escucharlo hablar con ese acento raro desde el primer día, pero sabía que él y Jetta hablaban en alemán.

—¿Dónde oíste eso? —preguntó Miles, sin levantar la mirada.

—¿Es verdad?

—Tal vez. Depende de quién te lo haya dicho.

—Lo descubrí yo sola —dije—. No fue tan difícil. ¿Es alemán?

Miles golpeó su cuaderno de laboratorio con la pluma.

—¿Por qué estás aquí?

—Porque me pusieron en esta clase. No me mires como si fuera mi culpa.

—¿Por qué estás aquí? ¿En esta escuela? ¿En el club? —preguntó en voz muy baja para que nuestros vecinos de enfrente no pudieran escucharlo—. ¿Qué hiciste?

—¿Qué hiciste tú? —pregunté de regreso—. Porque si por eso te dejaron a cargo de todo el club, sin la supervisión de un maestro, debe haber sido algo bastante raro.

—No hice nada.

—Ya, en serio.

—Ya en serio, nada. ¿Por qué no respondes mi pregunta? Pareces muy decidida a sacarme información, pero no quieres decirme nada de ti.

—Pinté el piso del gimnasio con pintura en aerosol —dije, mirando el carbonato de calcio.

—¿Qué pintaste con aerosol?

—Lo que oíste. El piso del gimnasio.

—¿Qué pintaste en el piso del gimnasio con pintura en aerosol? —Su acento empezó a sonar extraño.

—Palabras.

Sonreí alegremente al ver su enojo. Fastidiarlo era algo inexplicablemente satisfactorio. Me di la vuelta hacia el mechero Bunsen y lo escuché bufar.

Durante las noches de juego había algunos momentos tranquilos en el puesto de golosinas que Theo y yo aprovechábamos para entretenernos haciendo pirámides con los vasos de plástico o hablando sobre la clase de Inglés.

Me enteré de que Theo escribía para el periódico de la escuela, y por eso siempre la veía hablando con Claude Gunthrie, el editor.

—Ya sé que siempre parece como si estuviera estreñido —dijo, derribando una torre de vasos por la emoción—, pero no has visto sus bíceps. Por Dios, son hermosos.

—Siento como si tuviera que cuidarme la espalda todo el tiempo en esa clase, ¿sabes? —dije—. Tengo un mal presentimiento sobre Ria desde que comenzó la escuela.

Ria se sentaba junto a mí en clase, pero lo único que hacía era pestañearle a Cliff y reír tontamente como una especie de robot alegre que funcionaba con tazas de café con leche.

—Ria no es tan mala —dijo Theo—. Una creería que sí. Es popular, pero no se revuelve con nosotros, los seres inferiores. A menos que busque una distracción de Cliff.

—¿Por qué necesita distraerse de Cliff?

—Son novios desde que están en primero de secundaria, pero el drama empezó hasta el primer año de prepa. Ella siempre lo acusa de engañarla; él la trata como su trofeo. Así que, una vez al año, más o menos, busca algún tipo con quien acostarse para darle celos a Cliff, quien encuentra al tipo, le da una paliza, y luego Cliff y Ria se reconcilian y el ciclo vuelve a empezar. —Theo levantó el brazo por encima de su cabeza para poner un vaso en la punta de la pirámide—. La gente de la que sí tienes que cuidarte son Celia y las gemelas siamesas.

Las dos compinches de Celia, Britney y Stacey que bien podrían estar unidas por la cadera. Podía diferenciar mejor a los hermanos de Theo que a esas dos. Me estiré y puse un vaso en el borde de la pirámide.

—Celia se la pasa viendo a Miles en la clase de Inglés como si quisiera comérselo.

Theo se estremeció.

—No hables de eso enfrente del Jefe. Está obsesionada con él. Lo ha estado desde primer año, cuando empezó a volverse rara. Nunca lo ha dicho, pero es obvio.

—Pues ella es una zorra y él es un imbécil; son perfectos el uno para el otro —dije, sonriendo.

Theo se me quedó viendo en la misma forma en que los papás ven a sus hijos cuando el chico habla de algo que no entienden. Esa mirada me dolió más de lo que pensé; me moví de lugar y me escondí atrás de la pirámide, sintiendo que la cara me quemaba.

¿Qué había dicho? ¿Qué cosa no entendía de esta situación?

—¿Aburrido otra vez? —preguntó Theo de pronto. Miles estaba parado en la ventana, sosteniendo todavía su vieja libreta.

—Odio el voleibol —dijo.

Theo sonrió con malicia.

—No, odias a Ria Wolf. No te desquites con ese pobre deporte.

Miles la vio con la misma mirada enojada que me había dado a mí antes y golpeó el mostrador con los dedos.

Theo entornó los ojos y siguió apilando vasos.

—Ya tengo a alguien —dijo.

—¿Viviste en el siglo pasado?

—Sí.

Miles apoyó su barbilla en la parte superior de la libreta, luciendo (no pude dejar de notarlo) muy parecido a un niño travieso que sabe que está a punto de ganar un juego. Un niñito de pecas doradas y ojos azules.

—¿Eras un Aliado en la Segunda Guerra Mundial?

—Sí —dijo Theo, y pude escuchar como rechinaba los dientes.

—Eres Chiang Kai-shek.

Theo arrojó su vaso y toda la pirámide se derrumbó.

—¿Por qué no dijiste Churchill? ¡Maldita sea, tendrías que haber dicho Churchill, Roosevelt o Stalin!

Miles sólo se le quedó viendo. Theo siguió refunfuñando en voz alta mientras limpiaba el desastre junto conmigo.

Una semana después, en la clase de Inglés, pasó la cosa más rara que me ha sucedido.

Cuando traté de sentarme, me encontré en el suelo en una posición muy dolorosa. La barra que une el escritorio con el asiento había sido parcialmente cortada por un extremo, y el peso de mi cuerpo la terminó de romper. Por un segundo, pensé que me lo estaba imaginando. La gente me estaba viendo. Maldiciendo en voz baja, me levanté, empujé el escritorio roto hasta la parte trasera del salón, y tomé uno completo de los sobrantes.

El Sr. Gunthrie ni siquiera levantó la vista de su periódico. Miles, siempre tan educadamente distraído, hizo de cuenta como que nada había pasado y siguió escribiendo en su libreta negra.

Eso también significó que no estaba poniendo atención cuando vacié adentro de su mochila un frasco lleno de hormigas rojas de un hormiguero que había encontrado en el bosque. Como teníamos seis clases juntos, no había forma de perderme la reacción.

Y eso no fue lo más raro.

Celia Hendricks, que siempre estaba al acecho, se materializó junto al escritorio de Miles. Hizo esa rutina extraña con su cabello, girándolo y volteándolo, como si hubiera aprendido a coquetear en una revista para adolescentes. Miles le lanzó una mirada fulminante.

—¿Qué quieres, Hendricks?

Celia sonrió de oreja a oreja.

—Oye. Voy a hacer una fogata dentro de unos días. Va a haber un tablero de puntajes falso para poder llenarlo de grafitis y todo. Deberías venir.

—Todos los años te digo que no. ¿Por qué diría que sí esta vez?

—¡Porque será divertido! —dijo lloriqueando y tratando de poner su mano sobre su brazo, pero él retrocedió. Hubiera jurado que Miles estaba a punto de gruñirle.

—Quítate de mi escritorio, Celia.

—Por favoooor, Miles. ¿Qué puedo hacer para que vayas? —dijo, en voz más baja, viéndolo a través de sus pestañas e inclinándose sobre el escritorio. Miles cerró la libreta de un golpe antes de que pudiera ver lo que escribía.

—Cualquier cosa —dijo—. Sólo tienes que decirla.

Miles se quedó pensando un largo rato. Después, señaló hacia atrás con el pulgar.

—Invita a Alex. Si la invitas, yo voy.

La expresión de Celia se transformó tan rápido que casi no me dio tiempo de ver todos los cambios. Un segundo antes estaba tratando de seducir a Miles, luego me miró como si quisiera verme ensartada en un palo, y finalmente se decidió por una mirada de sorpresa y confusión.

—¡Ah! Bueno... ¿me lo prometes? —dijo, casi enfrente de la cara de Miles, quien se inclinó hacia atrás. Inmediatamente me vino a la mente la imagen de un idiota tratando de hacer retroceder a una serpiente enojada.

—Claro. Prometido.

—¡Genial! —Celia sacó una tarjeta del bolsillo de su blusa y se extendió por encima del hombro de Miles para dármela. Era claro que tenía la intención de poner su escote en la cara de Miles. Dejé que se retorciera más tiempo del necesario antes de tomar la tarjeta. Celia se bajó de su escritorio de un brinco.

—¡Me muero por verte en la fiesta, Milesito!

No pude evitar reír.

Miles me miró furioso.

—¿Milesito? ¿Puedo llamarte así yo también?

—Más te vale que vayas —dijo, con una mirada plana y fría.

La fogata de Celia era a mediados de octubre, en el día del tablero. Me tomó mucho tiempo decidirme a ir, y sólo accedí después de haber consultado la bola 8 mágica de *Finnegan's* (*todas las señales indican que sí*), y tras mucha insistencia del resto del club. Sin contar a Miles, por supuesto, quien sólo consideró necesario insistirme una vez. (Después de varios días, todavía tenía un hermoso conjunto de ronchas rojas y brillantes en el dorso de su mano derecha).

El hecho de que el club quisiera que fuera me hacía sentir que no estaba usando la fiesta como una excusa para hacer felices a mi mamá y a mi terapeuta, sino como si de verdad quisiera pasar tiempo con...

Con amigos.

Me sentiría terriblemente paranoica mientras estuviera ahí, pero mamá estaba tan eufórica con la idea, que sabía que no podía echarme para atrás. Tal vez hasta le explotaron algunas neuronas cuando le pregunté si podía ir, porque se quedó parada y me miró fijamente por un minuto antes de preguntarme si debía llevar comida y cuánta. Llamó a mi terapeuta para darle la buena noticia, y mi terapeuta quiso hablar de inmediato conmigo para preguntarme por qué había decidido ir y cómo me hacía sentir eso.

Mamá incluso dijo que me llevaría, pero le dije que no. Theo ya se había ofrecido a llevarme, y yo acepté. El que mamá fuera a dejarme en su Firenza, frente a una casa enorme en uno de los barrios más ricos de la ciudad a una fiesta a la que realmente no había sido invitada, era más que suficiente para hacer que mi estómago se revolviera.

El miércoles antes de la fiesta, Theo hizo su tarea a un lado para explicarme lo que podía pasar en la fogata.

—No toques la comida —dijo, mientras le entregaba un *hotdog* a uno de los clientes—. Ni de broma. Come antes de ir. Y no bebas nada.

Bueno, eso definitivamente no sería un problema. Casi le agradezco a Theo por darme una excusa para poder ser paranoica con la comida.

—¿Por qué? ¿La envenenan?

—Es muy probable que alguien trate de darte un somnífero —Theo se dio la vuelta para rellenar la máquina de palomitas—. Estarás bien. Sólo no comas ni bebas nada; pasa desapercibida.

Mi rutina de todos los días, entonces.

—Ah, y no subas las escaleras —añadió Theo.

—¿Por qué subiría las escaleras?

—No lo hagas y ya, ¿ok?

—Sí, está bien.

—Como sea, casi todos van a esas fiestas para pintarrajear el tablero falso e inventar historias locas. Las historias de las fiestas de Celia son mejores que Celia.

Cosas locas en una fiesta con somníferos y escaleras dudosas no me hacían sentir tan bien, pero si me echaba para atrás ahora, mamá y mi terapeuta brincarían sobre mí como sabuesos. No había forma de escapar.

—¡Carajo! Estoy aburrido.

—Aquí viene de nuevo. —Theo ni siquiera levantó la mirada cuando Miles dobló la esquina y arrojó su libreta encima del mostrador—. No creo que decir groserías te ayude —le dijo.

—Tal vez sí, carajo —dijo Miles, bufando—. Odio a todos en ese gimnasio. Elige a alguien.

—No, no quiero jugar.

—Será rápido.

—Por eso no quiero jugar.

—¿Puedo jugar yo? —dije, levantando la mano—. Tal vez necesites más de cinco preguntas.

Miles levantó la ceja.

—Ah, ¿tú crees?

—Si adivinas éste en cinco preguntas, estaré verdaderamente impresionada.

Se inclinó sobre el mostrador con una expresión ansiosa. Extrañamente ansiosa. No como si quisiera restregar mi cara en el piso, ni supiera que iba a ganarme. Simplemente... emocionado.

—Muy bien —dijo—. ¿Eres ficticio?

Una pregunta muy amplia. No me conocía tan bien como a Theo así que era de esperarse.

—No.

—¿Todavía vives?

—No.

—¿Eres un líder?

—Sí.

—¿Tu civilización fue conquistada por una nación europea?

—Sí.

—Eres... ¿un líder de los olmecas?

—¿Cómo llegaste ahí? —dijo Theo, sorprendida, pero Miles la ignoró.

—No —dije, tratando de ocultar lo cerca que había estado—. Y los olmecas no fueron conquistados por los europeos. Se extinguieron.

Miles frunció las cejas.

—¿Maya?

—No.

—¿Inca?

—No.

—¿Azteca?

—Sí.

Las comisuras de sus labios se curvaron hacia arriba, pero dijo:

—No debería haber necesitado tantas preguntas para adivinar eso —y continuó—. ¿Fundaste el Tlatocan?

—No.

—¿Reinaste después del año 1500?

—No.

Theo observaba la conversación como si fuera un partido de tenis.

—¿Eres Ahuízotl?

—No —dije, sonriendo. Este chico sí sabía de historia.

—¿Tizoc?

—No.

—¿Axayácatl?

—No.

—¿Moctezuma I?

—Nop.

—¿Itzcoatl?

—No.

—¿Chimalpopoca?

—No.

—¿Huitzilíhuitl?

—¿Qué rayos estás diciendo? —chilló Theo.

Había dicho casi todos los emperadores aztecas y los había reducido a uno solo. Pero ahora ya sólo le quedaban tres preguntas, y solamente necesitaba una.

¿Por qué no lo había reducido otra vez? Seguramente hubiera podido acortar sus opciones y no haber adivinado nombrando uno por uno a todos los emperadores. ¿Era una especie de prueba? O acaso estaba... ¿estaba presumiendo?

—Eres Acamapichtli.

Un brillo eufórico cruzó por sus ojos, y volvió a sonreír. Ambos desaparecieron cuando dije:

—Diecinueve. Por poco te hago perder.

—Jamás volveré a jugar este juego —dijo Theo, suspirando y regresando a su tarea.

El niño de la pecera de las langostas desapareció de la cara de Miles.

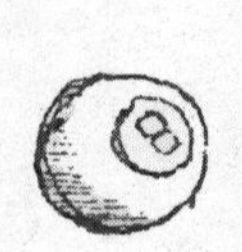

¿Por qué me invitó?

Muy probablemente.

Me gustaría que pudieras decir más cosas además de sí o no.

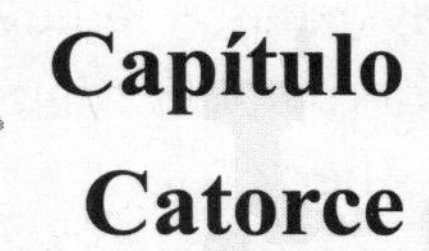

Capítulo Catorce

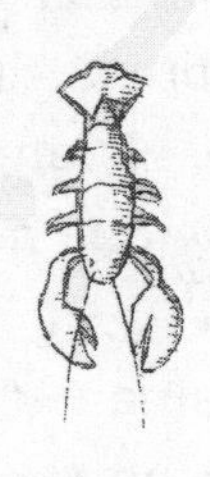

Carla se plantó en la entrada de mi recámara con las manos sobre la cadera, y la cabeza de un alfil negro apretada entre sus dientes.

—¿Puedo ir contigo?

—Esta fiesta no es para niñas de ocho años.

—¿Qué significa eso?

—Significa no. —Volví a meterme a mi clóset vacío buscando algo diferente para ponerme. Había en el piso un montón de pantalones de mezclilla viejos y las blusas colgaban ladeadas de los ganchos. Un harapiento par de pantuflas rojas en forma de gato estaban enroscadas debajo de una sudadera deshilachada. Cuando las rocé con mi pie, las pantuflas ronronearon.

—¿Por qué no? —dijo Carla, golpeando el suelo con el pie. Sus mejillas estaban rojas y redondas. Con esa expresión y su diminuto cuerpo, parecía más una niña de cuatro años que de ocho.

—¿Por qué estás tan chillona hoy? Normalmente te cansas después de un rato.

No me miró.

—¿Estás llorando?

—¡No! —dijo, absorbiendo los mocos.

—No me voy a ir para siempre. Regresaré en un rato.

Al final decidí que sería más fácil no cambiarme, y tomé la sudadera con el dibujo de los espartanos talla XXL que estaba encima de las pantuflas de gato (siseantes) para ponérmela.

Mamá me llamó desde la sala.

—¡Alex! ¡Ya llegaron tus amigos!

Creo que era la primera vez en su vida que decía esas palabras.

Levanté a Carla, tomándola por las axilas, y la llevé al pasillo, dejándola en la sala sobre la alfombra roja. Los trillizos esperaban al final de la entrada en el Camry de Theo.

—¿Estás segura de que no tienes que llevar nada? —preguntó mamá.

—Estaré bien, mamá —dije—. Pero, últimamente, me muero de ganas por una leche con chocolate. —Había que aprovechar mientras estaba en esta euforia de normalidad para pedirle cosas—. Nos vemos al rato. Si papá llama, dile que su sincronía apesta.

—¡Quiero ir! —dijo Carla, tirando de la pierna de mi pantalón.

—No puedes. Es una fiesta para chicas grandes —dije.

—¡No tengo cuatro años! —chilló Carla, con el alfil negro bailando en su boca.

—No —dije—. Tienes ocho. Y tienes que dejar de morder cosas. Te vas a ahogar.

Mamá levantó las cejas preocupada justo antes de que saliera por la puerta. Tal vez le importaba más lo que pasara en la fiesta de lo que había aparentado.

Estar dentro de un carro con Theo y sus hermanos era como encerrarme en una caja fuerte de un banco con ochenta toneladas de dinamita y una mecha encendida. Theo dejó que me sentara en el asiento delantero, pero aun así sentía que Ian y Evan estaban muy cerca. Durante el camino los tres iban cantando canciones de borrachos a todo volumen, y sólo se detuvieron cuando Theo dio la vuelta en *Downing Heights*.

Downing Heights era el vecindario más rico de la ciudad. Todas las casas eran gigantescas e impecables, y estaban pintadas de color blanco ostión, pero no tardé mucho tiempo en averiguar cuál era la casa de Celia. Había carros estacionados en los dos lados de la calle a lo largo de casi diez casas en ambas direcciones. Theo se estacionó, y caminamos hacia la mansión de dos pisos en medio de todo el caos.

Un mal presentimiento me agitó el estómago. Era la primera vez que estaba en este vecindario, y había ojos que me observaban desde los espacios oscuros del paisaje. Cerré los puños dentro del dobladillo de mi sudadera.

La música sonaba con un ritmo constante desde un enorme estéreo en el porche trasero; el fuego de la fogata crujía a poca distancia. Adentro de la casa, las luces parpadeaban y la gente entraba y salía por todo tipo de puertas y ventanas como moscas en un día caluroso.

—Mantengan la calma —dijo Evan, sonriendo, mientras lideraba el camino hacia la casa.

—No subas las escaleras —dijo Theo.

—Y no ingieras nada —completó Ian.

Luego los trillizos desaparecieron, absorbidos por la multitud detrás de la puerta. Un montón de cuerpos desconocidos me apretaban por todas partes.

Una revisión del perímetro no serviría de nada aquí. Apenas podía ver un metro frente a mí. Revisar a todas las personas en busca de armas sería imposible. Tenía mi cámara adentro del bolsillo de mi sudadera, pero eso tampoco me serviría de nada. Nunca recordaría lo que había visto y lo que no.

Me deslicé por entre los cuerpos sudados y los gritos buscando una cara familiar. Creí haber visto a Tucker y me dirigí hacia él, pero cuando logré llegar al otro lado del cuarto ya se había ido.

Mientras rodeaba el elegante comedor flanqueado por vitrinas llenas de vajillas, me pregunté dónde estarían los papás de Celia y si sabían exactamente cuántas latas de cerveza había sobre su brillante mesa de caoba. (Respuesta: setenta y seis exactamente).

Había una escalera curva a la vuelta de la esquina del comedor; el piso de arriba parecía más tranquilo y menos lleno de alcohol que el de abajo. Recordaba lo que me había dicho Theo, pero a menos que alguien fuera a tenderme una emboscada, no vi ninguna razón para no subir.

En la parte superior de las escaleras había un pasillo con puertas a ambos lados y gloriosamente tranquilo. La mayoría estaban cerradas. Seguramente eran recámaras. A medio camino había una mesa angosta llena de retratos. Pude distinguir a Celia sonriendo en ellos. Antes de poder acercarme a verlos, la voz de una chica salió flotando de una de las habitaciones de enfrente.

—¡Deja de retorcerte! Cállate y quédate quieto... creí que harías lo que te dijera.

Me acerqué de puntillas a la puerta entreabierta para ver lo que sucedía dentro. Había una cama. En ella estaba Ria Wolf con medio cuerpo desnudo, encima de un tipo a medio vestir que definitivamente no era Cliff Ackerley. Ria, que estaba de espaldas hacia mí, se enderezó y se quitó el cabello de la cara con la mano empujándolo hacia atrás de su hombro.

Me alejé de la puerta y busqué las escaleras. Por Dios —a eso se refería Theo— el plan de venganza de Ria. Cielos, ok. Sentía que la piel me cosquilleaba mientras me abría camino entre la espesura de cuerpos al pie de las escaleras. Corrí hacia la cocina y escapé al porche trasero.

Todos estaban amontonados alrededor del estéreo o de la tabla de madera de dos metros que estaba encima del césped, y que fue pintada para que pareciera un tablero de puntajes. En el suelo había cervezas, envolturas de papel, boletos de cine viejos y un par de calzoncillos sucios que habían sido puestos ahí como ofrenda. Un arcoíris de grafitis fluorescentes cubría la superficie: groserías, y sugerencias obscenas de lo que McCoy podía hacer con sus genitales. Nada que no estuviera dibujado en el escritorio de cualquier adolescente. Había un montón de gente ocupada en pintar con letras rosa brillante las palabras *Rich McCoy cabeza de pene por siempre,* en el borde inferior.

Sólo podía pensar en el incidente grafiti del gimnasio de *Hillpark*. No fue mi mejor momento exactamente. Caminé hacia el césped. El silencio de la noche y el crujido de la fogata formaban una especie de muro contra la música a todo volumen del porche. Había tres bancas acomodadas en forma de triángulo alrededor del fuego: una había sido destrozada por la mitad con una bola de boliche, que todavía estaba sobre las mitades rotas; otra la ocupada una pareja tan junta que casi parecía fusionada y necesitaría unas pinzas de rescate para poder separarlos. Las bancas estaban cubiertas por cantidades astronómicas de caca de pájaro, pero a la pareja no parecía importarle, y las bolas de boliche suelen ser increíblemente distraídas.

En la tercera banca sólo había una persona, sentada de espaldas hacia mí, observando el malvavisco en su pincho cómo se ponía negro por el fuego.

Cuando me di cuenta de quién era, el corazón me latió rápidamente y pensé en volver a entrar a la casa antes de que ese malvavisco flameante pudiera convertirse en un arma. Pero entonces se dio la vuelta, me vio y levantó la ceja, esa jodida ceja que moría de ganas por arrancar de una vez.

—Puedes sentarte aquí, si quieres —dijo Miles recorriéndose hacia un extremo de la banca. Había algo raro en el tono de su voz. Sonaba normal. Tranquila. Como si fuéramos amigos o algo así.

Me senté en el otro extremo de la banca ("el otro extremo" estaba a diez centímetros), lo revisé de la cabeza a los pies en busca de objetos afilados, y tomé un mechón de mi cabello. Si él era mi único punto de normalidad en esta fiesta del infierno, lo aprovecharía. Se había cambiado el uniforme escolar por un par de pantalones de mezclilla gastados, botas de trabajo con suela gruesa, una playera de beisbol blanca con azul y una gruesa chamarra de aviador que parecía salida directamente de la Segunda Guerra Mundial.

—¿Qué te trae por la fogata? —preguntó, levantando el pincho y observando, sin el más mínimo interés, cómo se quemaba el malvavisco.

—Hay mucha gente allá adentro —no sabía si estaba tramando algo, o si volvería a comportarse como el Miles de siempre—, y demasiado ruido. La mentalidad de masas corre descontrolada por ahí.

Miles gruñó.

—¿Por qué obligaste a Celia a que me invitara? —pregunté—. No puedo creer que estés tan necesitado de compañía.

Miles se encogió de hombros.

—No sé. En ese momento me pareció una buena idea. Tómalo

como una venganza. —El malvavisco cayó muerto en las ardientes profundidades, y tomó otro.

—Pedí permiso en mi trabajo para esto. Uno creería que con el consumo de alcohol, la gente manoseándose —señaló a nuestros amigos de la banca de las pinzas de rescate— ...y el sexo anónimo en las recámaras, la cosa estaría un poco más interesante.

Sentí escalofríos.

—Yo estuve a punto de sorprender a alguien en una de las recámaras de arriba.

Miles hizo un sonido raro, como si estuviera conteniendo una carcajada. Nunca lo había escuchado reír.

—¿Los sorprendiste? ¿Qué hicieron?

—No entré a la recámara. La puerta estaba entreabierta, y escuché voces...

—¿Quién era?

—Ria. No sé con quién estaba, pero no era Cliff.

Las cejas de Miles formaron una línea recta sobre sus ojos. El segundo malvavisco se cayó. Tomó un tercero.

—Quienquiera que haya sido, espero que no le importe tener el cartílago de la nariz incrustado en el cráneo. Cliff puede ser muy territorial.

—Parece como si lo hubieras experimentado en carne propia. ¿Por eso odias a Ria? Uy, ¿tú fuiste uno de esos? De los que... ya sabes...

—No —dijo, con una mirada mortal—. Odio a Ria porque lo único que tiene en la cabeza es voleibol y cosas brillantes. Odio a Cliff por la misma razón, sólo cambia el voleibol por futbol y las cosas brillantes por el sexo.

No le había tomado mucho tiempo al Miles Malvado hacer su aparición. No dijo nada más. Nos quedamos sentados en silencio por algunos minutos, escuchando el crujir del fuego, la música del porche y los sonidos que hacía la pareja de la banca. Aun con ellos besándose junto a mí y la bola de boliche tan evidente, quería tomar una foto de toda la escena.

Miles siguió quemando otros tres malvaviscos.

—Es probable que Celia te odie —dijo, por fin.

—No, ¿en serio? No estaba segura. Supongo que esa mirada de serpiente venenosa que me lanzó cuando la obligaste a invitarme no transmitió bien el mensaje. —Tomé un pincho y clavé las puntas en un tronco encendido—. ¿Cuál es su problema? Está obsesionada contigo. ¿Es tu ex-novia o algo?

—No. Yo nunca —hizo cambio de velocidades en un instante—, siempre ha sido así. No sé por qué.

—Le gustas. —Seguía pensando lo que le dije a Theo, aunque ella creyera que era raro.

—Eso es... estúpido.

—Ah, ¿tú también lo piensas? —dije.

Miles me miró.

—¿Me odias?

La pregunta fue tan repentina, y su voz tan sosa y carente de emoción, que me pregunté si en verdad esperaba una respuesta.

—Mmm. Eres un poco imbécil.

La respuesta no lo convenció.

—Ok, ok, eres un completo imbécil. El más grande del planeta. ¿Eso es lo que querías oír?

—No, sólo la verdad.

—Bueno. Eres un imbécil *—Y tienes unos ojos hermosos—*. Pero no, no te odio. —Me concentré en apilar las cenizas en montones. No quería volver a mirarlo, pero podía sentir que sus ojos me veían—. Y creo que haber destripado mis libros fue demasiado.

—¿Y no lo fue pegar las puertas de mi casillero? Por cierto, buen trabajo en no admitirlo.

—Gracias. ¿Cómo está tu mano?

—Mejor —dijo—. *Animalia Arthropoda Insecta Hymenoptera Formicidae Solenopsis*. Pequeñas bastardas. Tienes suerte de que no sea alérgico a esas malditas cosas. Si hubiera tenido una reacción, te habría demandado.

—Y, ¿qué ganaría un niño rico como tú demandando a una niña pobre como yo?

La punta del pincho de Miles golpeó el suelo junto al fuego.

Concentró toda su atención en mí.

—¿Por qué crees que soy rico?

Me encogí de hombros.

—¿Porque eres odioso? ¿Porque eres hijo único? ¿Porque tus zapatos siempre están lustrados?

Era verdad. Su camisa nunca tenía una sola arruga, su corbata siempre estaba derecha, sus pantalones bien planchados, y sus zapatos eran más negros y brillantes que los de los demás. Y su cabello, no hablemos de su cabello, porque parecía como si todas las mañanas al salir de bañarse lo peinara hábilmente del modo más increíblemente desordenado. Como si no se hubiera peinado, pero de un modo atractivo, si es que eso es posible. Fuera rico o pobre, definitivamente se esforzaba por verse bien.

—¿Porque mis zapatos siempre están lustrados? —dijo incrédulo—. ¿Por eso crees que soy rico? ¿Porque me gustan los zapatos brillantes?

Me volví a encoger de hombros, sintiendo como la cara se me enrojecía.

—Algunas veces hay buenas razones para ser hijo único, así que ni siquiera toques el tema.

—¡Bueno! —dije, levantando las manos—. Perdón, ¿ok? No eres rico.

Miles se volteó hacia el fuego. Otro silencio nos cubrió, pero éste tampoco fue incómodo. Sólo muy, muy intenso. Como si uno de los dos debiera seguir hablando hasta que nos quedáramos sin nada que decir.

—¿Qué tan buena eres en historia exactamente? —preguntó Miles, con una voz sosa e inalterable.

—Depende. Hay mucha historia. ¿Qué quieres saber?

—Todo.

Antes de que pudiera preguntarle a qué se refería, añadió:

—¿Quién fue el catorceavo presidente de Estados Unidos?

—Franklin Pierce. El único presidente de New Hampshire.

—¿Cómo se llamaba su segundo hijo y de qué murió?

—Ben... no, Frank... Robert Pierce. Frank Robert Pierce. Murió de... tifoidea.

—¿A los cuántos años?

—Mmm... ¿a los cuatro? ¿Cinco? No recuerdo. ¿Por qué estás tan interesado en el segundo hijo de un presidente desconocido?

Miles movió la cabeza y miró hacia otro lado. Pero también sonrió de un modo extraño y asimétrico, fue más una mueca que una sonrisa, pero suficiente para comunicar el mensaje. ¿Qué tan listo era? Un genio, pero, ¿en qué? Parecía que era bueno en todo. Ayudó a Theo con su tarea de cálculo, podía manejar la química sin parpadear, sacó un rotundo diez en su examen de inglés, y todo lo demás parecía aburrirle. Conocía el nombre Huitzilíhuitl (y lo más importante es que sabía cómo pronunciarlo). Sabía todo.

Excepto la verdad sobre mí. Y necesitaba mantenerlo así.

Miré fijamente el fuego, la pareja me distrajo un momento. Pero un segundo después, eso ya no importó. El ruido aumentó y antes de que pudiera salir corriendo, Celia Hendricks se sentó junto a mí en la banca y alguien más se sentó al otro lado de Miles, y los diez centímetros de distancia desparecieron. Quedamos aplastados, mi hombro en su axila, su brazo detrás de nosotros y mis piernas casi encima de las suyas. Al parecer, toda la gente del patio trasero había formado un círculo alrededor de la fogata.

Me quedé paralizada. Quitando a Carla, nunca había estado tan cerca de una persona. Ni siquiera dejaba que mamá se me acercara tanto.

El cuello y las orejas de Miles se enrojecieron. Esto también debía ser una tortura para él. Gracias a la gente que nos estaba aplastando, parecía como si me le hubiera lanzado, y como si él lo hubiera querido.

—Bueno, esto es incómodo —dijo Miles.

Se escucharon las risas de los trillizos detrás de nosotros. Miles y yo nos giramos al mismo tiempo para buscarlos y su mandíbula golpeó mi frente.

Soltó un quejido.

—Por Dios, ¿tu cabeza es de metal?

—¿Por qué? ¿Es demasiado dura para morderla, Tiburón? —respondí, sobándome la frente. Los trillizos ya venían hacia nosotros, como unas manchas rubias entre la multitud.

Una mano se hundió en mis costillas.

—¡Hola, chicos! —dijo Celia, mostrando dos hileras de dientes blancos— ¿Qué les parece la fiesta?

—Está... mmm... genial —dije, mientras Miles tomó mi pierna y la pasó por encima de la suya, liberando sus costillas de mi peso. Perdí el equilibrio, y volvió a tomar mi pierna para sujetarme. La pierna en cuestión se había vuelto de gelatina.

Un montón de chicos se amontonaron atrás de la banca, bloqueando todas las salidas de escape. Apenas pude contenerme para no golpear a Celia. No me había dado cuenta de que estaba acercándome cada vez más a Miles hasta que tosió y subió la barbilla para no chocar con mi cabeza.

El olor a tabaco y virutas de madera me inundó la nariz. Venía de su chamarra. Era el tipo de olor que sólo había percibido en los colegas fumadores de pipa y excavadores de tierra de mis papás. Estaba lo suficientemente cerca de él para percibir otro aroma... pastelillos. Y uno más. Jabón de menta. Era como si alguien hubiera mezclado los mejores olores del mundo y Miles se hubiera bañado en ellos.

—Sácame de aquí —murmuró. Su brazo, que había estado luchando por mantener arriba, se deslizó hacia abajo y su mano me rozó un costado. Se me pusieron los pelos de punta y la cara de Miles se enrojeció—. Perdón... el brazo se me estaba cansando...

Estábamos cara a cara. Nariz recta. Mandíbula cuadrada. Ojos claros. *Sí*, pensé, *sí, muy guapo. Guapura confirmada*.

—Voy a intentar buscar una salida —dije, jadeando y dándome la vuelta. Celia, que seguía tratando de captar la atención de Miles, entorpecía mi misión.

Y entonces vi un destello de luz detrás de ella, percibí un penetrante olor a cabello quemado, y alguien gritó:

—¡Te estás quemando!

Capítulo Quince

Los dos segundos que pasaron antes de darme cuenta que no era yo la que se estaba quemando, sino Celia, fueron una bendición.

Celia gritó y se golpeó, impidiendo ver si las llamas habían alcanzado su cabello, su ropa, o ambos. Alguien corrió detrás de ella y vació una cubeta de agua sobre su cabeza, empapándola. Se quedó inmóvil por un segundo, con las puntas del cabello ennegrecidas y rizadas, y su maquillaje escurriéndole por la cara.

—¿Quién fue?

Todos la miraban. Estaba sentada muy lejos del fuego como para que la hubiera alcanzado, ¿no? Su sudadera estaba tan chamuscada como su cabello, pero no parecía estar herida. Estaba furiosa, y sus ojos comenzaron a moverse por entre la multitud, hasta que se detuvieron en mí.

Yo estaba sosteniendo mi cámara hacia ella. La había sacado antes de darme cuenta de que el cabello en llamas no era una alucinación.

—¡Tú estabas junto a mí! —gritó.

Metí la cámara en mi bolsillo y traté de retroceder, pero la banca me golpeó en la parte trasera de las rodillas.

—¿Crees que fui yo?

—Estabas junto a mí. ¿Quién más pudo haber sido?

No sé. A lo mejor una de las diez personas que estaban atrás de ti.

Me quedé ahí parada como una estúpida porque eso es lo que hago cuando me acusan de algo que no hice. Ni hablar de defenderme o, ya sabes, negar que lo hice.

Negarlo nunca me había ayudado.

—¡Ay, por Dios, sí fuiste tú! ¿Qué diablos te pasa? —Celia tomó las puntas quemadas de su cabello con la cara contorsionada por la ira. Nos miró a Miles a mí, y luego subiendo al máximo su nivel de maldad—. ¡Estás celosa!

Miré a Miles y él me miró a mí. Luego los dos miramos a Celia.

—¿Qué carajos te pasa? —dijo Miles.

Celia se abalanzó contra mí y todo se volvió un caos. Alguien me jaló por encima de la banca y a través del mar de cuerpos, mientras todos se preparaban para la pelea. La gente se movía en todas direcciones gritando, y de pronto la música se oía más fuerte que nunca.

En cuanto salimos de ahí, vi que Art era quien me llevaba arrastrando, con sus gigantescos músculos sobresaliendo a través de su playera. Me hubiera sentido agradecida de no ser porque generalmente Art se aparecía cuando Miles estaba llevando a cabo una "venganza". Si Art había estado ahí esperando para rescatarme, entonces Miles había tenido algo que ver con el fuego, ¿no?

El enojo se iba acumulando; en cuanto llegamos a la entrada de la casa, liberé mi brazo de las manos de Art de un tirón, lo tomé por los gigantescos hombros, y giré su cara hacia mí:

—¿Fue Miles?

—No —respondió inmediatamente, restregándose con las manos su corto cabello.

Sentí unos dedos invisibles trepando por mi nuca. Le clavé un dedo, diciéndole:

—Más te vale que me digas la verdad, Art Babrow. Y no sólo lo que Miles te dice.

—Palabra de boy scout —dijo Art, levantando la mano.

No le creí. No pude. Sentía como si tuviera un pedazo de algodón atorado en la garganta. Me estaba ahogando. Me jalé el cabello con ambas manos, di una vuelta completa para asegurarme de que no hubiera cámaras en las casas o en los faros, y empecé a caminar por la acera.

—¿A dónde vas? —me preguntó Art—. Sé que no viniste sola.

—¡Voy a casa! —grité.

A casa. Ese es un buen lugar.

—¿No está muy lejos tu casa?

—Tal vez.

—¿Qué carajos pasó? —dijo alguien, y escuché el clic de la reja cerrándose—. ¿A dónde vas? Te dije que la mantuvieras aquí.

Miré hacia atrás; Miles había alcanzado a Art. Me di la vuelta y puse mi dedo en su pecho.

—¿Qué diablos crees que haces? ¿Le incendias el cabello a alguien y dejas que me culpe a mí? ¿Porque supuestamente estoy celosa? ¿Qué clase de venganza es esa? Una cosa fueron los libros, y el escritorio, pero esto es ridículo.

Miles entornó los ojos.

—¿Quieres callarte y dejar de asumir que sabes todo?

—¿Quieres dejar de ser un imbécil?

Las palabras salieron de mi boca muy rápido, como un acto reflejo ante la culpa que me inundaba el estómago. No tenía pruebas, pero quería que se callara. Funcionó. Cerró la boca, y sus puños también. Se podía ver un músculo que sobresalía en su mandíbula. Lo miré furiosa. Él no dijo nada, y yo tampoco dije nada; no sabía qué hacer.

A casa. Tenía que ir a casa.

No dejaba de imaginar una muchedumbre dirigida por Celia persiguiéndome por las calles, acusándome de mi diabólico crimen como los Puritanos en los juicios de brujas. No había hecho nada malo —*nunca* había hecho nada malo— no era mi culpa...

—Alex, puedo llevarte a casa —dijo Art.

Siempre sé amable.

—No, gracias.

Me di la vuelta y empecé a caminar de nuevo. No importaba a dónde. A cualquier otro lugar que no fuera este. Art dijo algo más. Las palabras me golpearon y rebotaron. Mantuve la mirada fija hacia adelante y la calle se quedó muy silenciosa.

De pronto, Miles salió de atrás de un árbol.

¿Cómo había llegado ahí tan rápido? Hace no más de diez segundos estaba parado atrás de mí, y ahora se había aparecido por lo menos tres casas adelante. Caminó lentamente hacia mí con la ropa hecha pedazos, como si hubiera sido atacado por un oso. Cuando se acercó, el olor a alcohol y algas de estanque invadió el aire.

Donde antes estaban sus pecas, ahora había cientos de hoyos de los que brotaba sangre que corría por sus pálidas mejillas.

—No quiero hablar contigo. —Traté de seguir caminando, pero dio un salto hacia atrás, viéndome a los ojos. Sus manos colgaban inertes a sus costados y sus dedos se veían más largos de lo normal, como si tuviera demasiados nudillos. Sentí un nudo en el estómago. No sé qué había hecho con sus pecas, pero no podía dejar que se diera cuenta de lo mucho que me aterraban.

No se iba.

Quería que se fuera.

—¡Vete! —le grité, pero no parpadeó. Sus ojos se veían más azules que nunca, más de lo que deberían haber estado en la oscuridad. El sol brillaba en ellos, derritiéndolos por dentro como cera de vela. Su piel se puso transparente.

—¡Alex!

Alguien me tomó del brazo y me giró.

Miles también estaba ahí. Sólo que no sangraba, ni su ropa estaba destrozada, y el azul de sus ojos era del tono correcto. Jalé mi brazo, retrocedí y corrí hacia Miles.

—¿Con quién hablas? —preguntó Miles, ¡el verdadero Miles! Art estaba detrás de él.

—No... no estoy...

Ay, no. Había dos Miles. Sabía que algo andaba mal y que no debía haber dos, pero se estiró para tocar mi cara, y sentí el frío de su piel helada.

Las raíces de mi cabello gritaron cuando jalé un mechón.

—Aléjense de mí los dos —dije, señalando a ambos Mileses, retrocediendo al césped más cercano. Un Miles ya era bastante malo. Dos era algo insoportable.

Miles normal frunció las cejas.

—¿De qué hablas?

¡Cierra la boca, estúpida!, gritó la vocecita al fondo de mi cabeza. No se suponía que fuera así de difícil.

No es real.

Sí es.

No lo es, no lo es.

Un dedo frío rozó mi mejilla.

Entonces, ¿por qué puede tocarte?

Miles Sangriento me miró fijamente, y su boca se curvó en una amplia sonrisa. Sus dientes también estaban manchados de sangre. Miles nunca sonreía. No así.

Cuando Miles Sangriento se abalanzó hacia mí, caí al suelo. El mundo se oscureció. Escuché pasos. Art gritó algo que no pude entender.

Unos dedos me tomaron por los hombros e intentaron levantarme. Cerré el puño y ataqué, golpeando algo carnoso.

Se oyó un quejido.

Los dedos me soltaron.

—Caray, Jefe, te dio uno.

—No me digas. ¿Puedes cargarla?

—Puedo intentarlo.

Me retorcí para tratar de escapar, pero la penetrante loción de Art ahogó el olor a alcohol y algas de estanque. Un enorme brazo me tomó por los hombros, y el otro por debajo de las rodillas.

—Está temblando mucho, apenas puedo sostenerla.

—Por acá. Yo la llevaré a su casa.

Una brisa de aire cálido rozó mi cara. No abrí los ojos porque él estaría ahí.

La puerta de la camioneta se abrió con un rechinido. Abrí los ojos y vi a Art poniéndome en el asiento del copiloto.

—Regresa a la fiesta —dijo Miles, subiéndose a la camioneta—. No le cuentes a nadie sobre esto.

¡No, Art! ¡No me dejes sola con él!

Pero Art asintió y se alejó caminando.

Miles encendió la camioneta.

—Alex.

Miré por la ventana. ¿Dónde estaba?

—Alex, por favor, mírame.

No lo hice.

—¿Qué está pasando? —Su voz se elevó y se quebró— ¿A qué le tienes miedo? ¡Mírame!

Lo miré de reojo. Percibí claramente un fuerte olor a pastelillos y jabón de menta en el frío aire. Miles exhaló rápidamente, pero no se relajó. Sus lentes se deslizaron por su nariz y un moretón se empezaba a formar en su pómulo derecho. Sus ojos se volvieron a fijar en la carretera.

—¿Qué pasa? —volvió a preguntar— ¿Qué es lo que viste? No había nadie más que Art, tú y yo.

Negué con la cabeza.

No podía decirle.

Él nunca debería saberlo.

Capítulo Dieciséis

Mamá abrió la puerta.

—Alex sólo… —fue todo lo que Miles pudo decir antes de que me arrancara de sus brazos.

—¿Qué pasó? —dijo, empujándome hacia la casa—. ¿Qué hiciste?

—No hizo nada, mamá. —Me sentó en la banca del recibidor. El cuarto daba vueltas, amenazando con desaparecer. Me di cuenta de que me había preguntado a mí, y no a Miles.

—Estábamos en la fogata, y ella empezó a hablar con alguien —dijo Miles—. Gritó y se cayó al suelo, entonces la levantamos y la trajimos aquí.

Mamá se le quedó viendo fijamente.

—¿Qué es esa marca? ¿Te pegó?

—Sí, pero…

Mamá me rodeó con sus brazos, fulminándome con la mirada.

—Gracias —dijo por encima del hombro a Miles—. Lamento mucho las molestias. Si hay algo que pueda hacer por ti, por favor, házmelo saber.

—Pero, espere, ¿está bien?

Mamá le cerró la puerta en la cara.

—¡Mamá!

—Alexandra Victoria Ridgemont. No te has tomado la medicina, ¿verdad?

—Mamá, pensé que… que… estaba…

Caminó furiosa hacia el baño y regresó con mi medicina, poniéndomela en las manos.

—¡Tómatela en este instante! —Se agachó y me quitó los zapatos como si tuviera cuatro años—. Confié en que te la tomarías como debías. Pensé que después de tantos años podía contar contigo para que lo hicieras sin supervisión. —Una de sus uñas me rasguñó el talón—. No puedo creer que lo hayas golpeado. ¿Qué vamos a hacer si sus padres deciden presentar cargos? No concibo que hayas sido tan irresponsable. ¿Todavía estás viendo cosas?

—¿Cómo puedo saberlo, mamá? —Tuve que forzar las palabras a través del nudo en mi garganta. Me sequé las lágrimas de los ojos, abrí el frasco de la medicina y me tragué las pastillas.

—Ve a la sala. Le voy a hablar a Leann.

Leann Graves era mi terapeuta. La Sepulturera.

El estómago se me revolvió.

—Estoy bien, mamá, en serio. Ya estoy bien. Me tomó por sorpresa.

Pero ya tenía el teléfono en la mano, y sus pulgares volaban sobre los botones. ¿Cómo es que no tenía a la Sepulturera en los números frecuentes? Se puso el teléfono en la oreja.

—Después de esto, voy a hablarle a tu padre —dijo, en su tono de voz más severo y amenazador.

—¡Me parece perfecto! —La fuerza de mi voz me sorprendió—. ¡Sabe escuchar mejor que tú!

Apretó los labios en una delgada línea blanca y se fue a la cocina.

Me levanté, lancé la medicina al suelo y corrí a mi cuarto. Cuando abrí la puerta, las fotografías flotaron en las paredes. Arrojé mi cámara sobre la cama y arranqué la foto que tenía más cerca. En ella había un árbol con hojas brillantes rojas y naranjas. El problema era que todos los demás árboles eran verdes porque había tomado la foto a finales de la primavera. Arranqué otra foto. Ésta era de la primera vez que había visto el ave fénix en *Hannibal Rest*. Estaba encaramada sobre el puente de la bruja roja, mirando directamente hacia la cámara. Tomé otra foto y otra más.

En todas las fotos seguían apareciendo los objetos. Nada había cambiado.

Me acosté en la alfombra, con todas las fotos desparramadas en el suelo, dejando nuevos espacios en mis paredes cubiertas de fotografías. Las lágrimas salieron con toda su fuerza, húmedas, desastrosas y estúpidas. Debí haberlo sabido y haber prestado más atención. Ahora Miles lo sabría, y todo el mundo.

Me detuve. Esa no era la razón por la que estaba enojada.

Lo estaba porque no me di cuenta. No me di cuenta de que Miles Sangriento no era real. Me había vuelto… creí que me había vuelto experta en reconocer la diferencia. Las fotografías no significaban nada. No me decían nada.

La puerta se abrió y un cuerpo diminuto entró en mi cuarto. Abrí los brazos y Carla brincó a mis piernas sin dudarlo. Hundí mi rostro en su cabello. Sólo me permitía llorar frente a ella porque era la única que nunca preguntaba qué pasaba, si necesitaba algo, o si podía ayudar.

Sólo estaba ahí.

¿Estoy loca?
Concéntrate y vuelve a preguntar.
¿Estoy loca?
Respuesta incierta, inténtalo otra vez.
¿Estoy loca?
No puedo predecir en este instante.
Es mejor que no te responda en este momento.
Concéntrate y vuelve a preguntar.
Es mejor que no te responda en este momento.
Respuesta incierta, inténtalo otra vez.
No puedo predecir en este instante.
Vuelve a preguntar después.
Vuelve a preguntar después.

Vuelve a preguntar después.

Segunda Parte

Las langostas

Capítulo Diecisiete

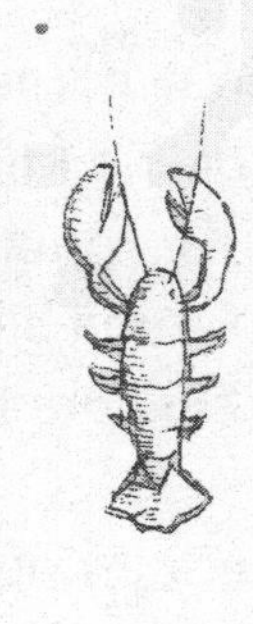

Pasé los siguientes tres días entrando y saliendo del hospital.

Al final de la segunda semana, ya frecuentaba más seguido la sala de mi casa, pero la Sepulturera me bombardeó con medicamentos como en el Blitz de Londres.

Todas las mañanas me despertaba con la imagen de Miles Sangriento grabada en mi memoria, y todas las noches soñaba que estaba parada en un gimnasio con la palabra *Comunistas* pintada con color rojo en el suelo, mientras el tablero de McCoy se burlaba de mi, desde la pared de atrás.

Ya nada se sentía, ni sabía, o se veía bien. No distinguía si era yo o la nueva medicina, pero la comida me daba ganas de vomitar, las cobijas y la ropa me raspaban y se enrollaban, y todas las luces me deslumbraban. El mundo se había vuelto gris. Algunas veces sentía que me estaba muriendo, que la tierra se abría debajo de mis pies, o que el cielo me tragaría completamente.

Tampoco podía ir a trabajar. No es que me importara mucho. Finnegan me odiaba, así que éste sería el pretexto perfecto para correrme.

Ya ni siquiera me escapaba al puente de la bruja roja. No podía arriesgarme. Una oscura parte de mi mente se imaginaba a Miles Sangriento entre los árboles, esperándome. La tarea llegaba en cantidades impresionantes, especialmente de química y cálculo, las dos materias que más trabajo me costaban aun asistiendo a clase normalmente. Mamá trataba de enseñarme, pero ella era peor que yo. Algunas veces pensaba que ella tendría un ataque de nervios en la sala o en la cocina e inundaría toda la casa con sus lágrimas. No sé muy bien cómo era su vida antes de que tuviera hijos, pero pienso que era más feliz. No creo que ocupara todo su tiempo atendiendo a una hija prodigio musical demasiado exigente y a otra que ni siquiera podía tomar su medicina a la hora correcta.

Con Carla la cosa era un poco diferente, porque ella siempre hacía lo mismo cuando tenía miedo o no estaba segura de cómo manejar una situación: se escondía. No se aparecía por la sala, mi fortaleza, y sólo entraba a la cocina cuando sabía que yo no estaba ahí. Las primeras dos semanas casi no la vi, pero después de un episodio particularmente malo con la Sepulturera, Carla se paró al otro lado de la puerta, donde no pudiera verla, y empezó a tocar canciones en su violín. Casi siempre era la *Obertura 1812*.

La tercera semana fue la mejor. El domingo, papá llegó a casa.

La lluvia golpeaba contra las ventanas. Atrincherada en mi fuerte de almohadas sobre el sillón, me preguntaba sobre el contenido de los dieciocho minutos y medio de grabaciones perdidas de las cintas de Nixon en la Casa Blanca, cuando unos faros entre la lluvia alumbraron la pared y la gravilla crujió bajo un carro que se estacionaba en la entrada de la casa. A lo mejor mamá había salido sin que me diera cuenta y acababa de regresar. Pero se supone que no debía dejarme sola. No lo haría.

Una puerta de auto se cerró, y alguien abrió la puerta mosquitera.

—¡Papi está en casa! —gritó Carla desde la cocina.

Me asomé por el fuerte. Mamá estaba parada justo en la entrada, y podía ver el fleco rojo de Carla detrás de ella.

Y entonces alguien totalmente empapado y bronceado entró por el marco de la puerta. Cuando me vio, sonrió con sus ojos oscuros y cálidos arrugándose en las comisuras.

—Hola, Lexi.

Casi me rompo la cabeza con la mesa de centro por querer salir del fuerte a toda prisa.

Con la cobija todavía amarrada en el cuello como una capa lo abracé y escondí mi cara en el cuello de su camisa.

—Hola papá.

Él se rio y me abrazó.

—Lex, estoy empapado.

—No me importa.

Mis palabras sonaron más como *mfffmmph*.

—Vine lo más rápido que pude —dijo cuándo lo solté—. ¿Sabías que Sudáfrica está muy lejos?

Capítulo Dieciocho

Desarmé el fuerte de almohadas lo suficiente para poder sentarnos en el sillón. Papá y yo vimos *History Channel* y jugamos ajedrez todo el día, y en la noche mamá y Carla se nos unieron. Carla jugó detrás de la estatua de tamaño natural de George Washington que había en la esquina, recreando el cruce por Delaware.

Cuando papá y yo nos quedamos solos, me preguntó sobre la escuela y lo que había hecho mientras él no estaba. Evitó cuidadosamente decir la palabra "amigos", cosa que le agradecí. Intenté tranquilizarlo con mis palabras.

—Sí son mis amigos. O sea, en serio, sí lo son. O eran... Espero que lo sigan siendo cuando se enteren...

—Si de verdad son tus amigos, Lexi, no les importará tu problema. —Papá me abrazó, acercándome más a él. Olía a lluvia—. Háblame de ellos.

Le conté sobre el club y los trillizos. También sobre Art y cómo aunque podría matar a un hombre pequeño con sólo tocarlo en el pecho, se portó conmigo como un oso de peluche. Sobre Jetta y su ascendencia francesa, y Tucker y sus conspiraciones. Sonreí más en ese momento de lo que lo había hecho durante las dos últimas semanas.

—¿Quién es el chico que te trajo a casa? —preguntó papá, tomándome por sorpresa—. Al que golpeaste.

—¿Cómo sabes eso?

—Mamá me contó —dijo sonriendo—. ¿Lo golpeaste? ¿Así es

como se trata a los chicos hoy en día? —Me dio un codazo en las costillas. Empujé su codo y me tapé con la cobija, tratando de esconder mis mejillas rojas. El tema de los chicos no ocupaba un espacio en mi agenda últimamente.

—Sólo es Miles.

—¿Sólo es Miles?

Ignoré la pregunta.

—Es el encargado del club.

—¿Y eso es todo? ¿No hay nada más?

—Mmm, ¿qué quieres saber? Es el mejor de la clase y es muy alto.

Papá hizo un sonido de aprobación cuando escuchó el mejor de la clase.

—Sabe quién es Acamapichtli —dije—. Y conoce muchos otros emperadores aztecas. Y el Tlatocan.

El sonido aprobatorio de papá se elevó una octava.

—Y estoy casi segura de que sabe alemán.

Papa sonrió.

—¿Y eso es todo?

La cara se me volvió a poner roja por la forma en que me miró. Como si me gustara Miles. Como si quisiera pensar en él.

Sólo pensar en su cara y en sus estúpidos ojos azules me convertía en la persona más confundida del planeta.

—No —dije, metiéndome más en las cobijas—. También sabe recibir golpes.

Al final de la tercera semana, el mundo volvió a girar sobre su eje. Papá se quedó en casa, mamá estaba feliz, y yo regresaría el lunes a la escuela. Claro que tenía ganas de vomitar por la ansiedad en el estómago, pero ahora podría retomar la búsqueda de universidades (bastante atrasada, por cierto), ponerme al corriente con todo el trabajo de la escuela y volver a ver a mis amigos.

Suponiendo, claro está, que Miles no les hubiera contado a todos.

Si lo había hecho, lo más probable era que no quisieran volver a hablar conmigo. Pero, para mi tranquilidad, sabía que habían tratado de contactarme. El teléfono había sonado más de lo normal, y más de una vez alguien tocó la puerta y fue despedido por mamá. Me gustaría tener mi propio celular, pero lo más seguro es que mamá también me lo quitaría.

El domingo por la noche, mientras caminaba por el pasillo —acababa de terminar de colgar otra vez todas mis fotos— hacia la sala, escuché las voces de mis papás en la cocina. Estaban hablando de mí. Pegué la oreja a la pared junto a la puerta.

—No es buena idea, eso es todo. No podemos hacer de cuenta que las cosas no están tan mal como parecen.

—No creo que debamos recurrir a eso todavía. Lexi es una niña responsable. Algo debe haberla incomodado. No creo que se le haya olvidado.

El corazón se me hinchó dolorosamente por el agradecimiento que sentí hacia papá.

—David, en serio —dijo mamá—. No hay forma de saberlo. ¿Y si no quería tomarla? Fue mi culpa por no haber estado al pendiente, pero... ese no es el punto. El problema no es la medicina. Ésta no es la primera vez. Puede volver a pasar, y cada vez es peor.

—Entonces, ¿quieres esconderla? ¿En serio crees que es lo mejor para ella? ¿Tratar de convencerla de encerrarse en un manicomio?

La palabra vibró en el aire.

—Ay, David, por favor —dijo mamá, bajando la voz hasta hablar casi en susurros—. Sabes que esos lugares no son como antes. Ya ni siquiera se llaman manicomios. Ahora son hospitales mentales.

Corrí hacia la sala y me acurruqué en el sillón, tapándome con la cobija. Adiós a lo bien que me sentía. Mamá me había sacado los intestinos y me los estaba amarrando al cuello. Lo único que faltaba era que pateara el banco en el que estaba parada.

No podía mandarme a un lugar de esos. Era mi madre. Se supone que debía hacer lo que era mejor para mí, no lo que la librara más rápido del problema. ¿Cómo podía siquiera pensar en esa opción?

Me tomó un tiempo darme cuenta que había unos ojos azules viéndome desde el pasillo.

—Ven acá, Carla —dije, abriendo los brazos. Carla dudó un instante, y luego corrió por el cuarto y se trepó a mis piernas. La envolví con mis brazos y la tapé con la cobija.

Lo que me dijo me salvó de tener que pensar en lo que le iba a decir.

—No me gusta cuando tu cabeza se descompone.

Sabía que era lo suficientemente grande e inteligente para entender que mi cabeza no se descomponía, pero llevaba tanto tiempo diciendo eso que ya no importaba. Creo que verlo como algo descompuesto que podía arreglarse la hacía sentir mejor.

—A mí tampoco me gusta —dije—. Sí sabes por qué pasa, ¿verdad? ¿Por qué se descompone mi cabeza?

Carla se sacó de la boca la torre negra y asintió.

—Los químicos del cerebro causan alucinaciones...

—¿Y sabes lo que es una alucinación?

Volvió a asentir.

—Lo investigué.

A lo mejor había sido su palabra de la semana. La abracé más fuerte.

—¿Te acuerdas que no querías que fuera a la fiesta hace unos días?

—Ajá.

—¿Y que no querías que fuera al hospital hace tres semanas?

—Sí.

Respiré profundo tratando de tranquilizarme. Era mejor prepararla para lo peor a dejar que la tomara desprevenida. Papá y mamá jamás se lo dirían. O lo harían hasta que fuera muy tarde.

Tal vez, si se lo decía ahora —y al mismo tiempo me preparaba— podría evitarlo.

—Bueno, pues a lo mejor me tengo que volver a ir. Y no sólo

por unas horas, días o semanas. —Tomé sin darme cuenta un mechón de su cabello y empecé a trenzarlo—. ¿Entiendes? Tal vez no regrese. Sólo quería que lo supieras.

—¿Papá y mamá lo saben? —susurró Carla.

—Sí, sí saben.

Era mejor que no supiera que era idea de mamá. Algún día lo descubriría, pero por el momento era mejor que creyera que algún poder superior me enviaba a donde creía que estaría mejor. Así podría seguir confiando en mamá y papá, y seguir siendo mi Carlamagna quejumbrosa, compañera de ajedrez y de cruzadas.

Capítulo Diecinueve

Mi coartada fue la mononucleosis.

Todos me creyeron. Todos, excepto Art, Tucker y Miles. Art, porque me había cargado durante mi crisis. Tucker, porque sus padres eran doctores y sabía cuando alguien no conocía realmente los síntomas de la mono.

Miles, por obvias razones.

Revisé la zona tres veces mientras escondía a Erwin, y mis ojos volvieron a ver hacia el techo, donde los hombres de traje vigilaban el estacionamiento. Me tomó unos minutos comprender que las escuelas públicas no tenían hombres vestidos de traje vigilando sus estacionamientos. Les tomé una foto. No estaba segura si las fotos me seguirían sirviendo, pero tomarlas me hacía sentir mejor. Como si estuviera haciendo algo por ayudarme y eso fuera todavía posible.

Aún tenía un montón de trabajo pendiente y ni idea de cómo hacerlo. Cuando llegué a la cafetería después de la cuarta clase, me pasé toda la hora haciendo la tarea en vez de comer. No tuve que revisar mi comida porque no me la comí.

De camino a la séptima clase, volví a ver a la maldita víbora colgando de la abertura en el techo. Llegué tarde, pero Miles ya había hecho el trabajo de laboratorio y, gracias a un milagro, me dejó copiar los resultados. Abrí mi libreta, miré a la Srta. Dalton, y empecé a copiar.

Miles me veía fijamente. Cuando comencé a sospechar y levanté la mirada, sólo arqueó la ceja y siguió viéndome. Como un gato casero aburrido. Di un resoplido y seguí escribiendo.

Después de clase, me siguió, caminando en silencio a mi lado derecho, igual que un gato queriendo llamar la atención. Cualquier otra persona me hubiera provocado un torrente de paranoia, pero Miles no.

—Siento que hayas tenido que hacer tú solo el trabajo de laboratorio —dije, sabiendo de sobra que no había sido el menor problema para él—. Los resultados se ven.

—En verdad, ¿dónde estuviste? —me interrumpió—. Sé que no tuviste mono.

Me detuve, miré alrededor y esperé a que pasaran unos chicos.

—Sí tuve mono.

Miles entornó los ojos.

—Sí, y mi CI es de veinticinco. Ya, en serio, ¿qué estabas haciendo?

—Teniendo mono. —Le lancé una mirada como diciendo "en serio no deberías seguir insistiendo", pero al parecer, Miles Richter no entendía todas las cosas, porque se paró frente a mí bloqueándome el paso.

—Sí, claro, los síntomas de la mono son reaccionar a cosas que no están ahí, gritar sin razón y tirarse al suelo como si estuvieras a punto de ser asesinada con un hacha.

Me sonrojé.

—Tuve mono —dije avergonzada.

—Eres esquizofrénica.

Me quedé inmóvil, parpadeando como una idiota.

¡Di algo, estúpida!

Si no decía nada, entonces ya no habría duda.

¡Di algo! ¡Di algo!

Me di la vuelta y me alejé caminando.

Sentí más ganas que nunca de patear a Miles en las rodillas. Las acusaciones sobre mi estado mental eran el colmo después de haberme echado la culpa por prenderle fuego a alguien. Podía ir a la cárcel por eso. Además de que el papá de Celia era abogado, su familia era millonaria. Nosotros éramos tan pobres que mamá tomaba tres cuartas partes de mi salario cada semana para completar los ingresos de la familia.

Theo me aseguró que si Miles hubiera sido el que planeó prenderle fuego al cabello de Celia, no habría dejado que me echaran la culpa. No de algo tan grave.

No supe si creerle. Algunas de las cosas que Miles hacía por dinero eran muy extremas. Una vez secuestró al amado *golden retriever* del ex novio de una chica.

Después de lo que pasó, lo evité. También traté de evitar a Celia. Caminaba por la escuela quejándose de los "atentados contra su vida". Me miraba furiosa todo el tiempo, y se agitaba el cabello cuando estaba cerca de mí, para hacer evidente lo mucho que había tenido que cortárselo. Hasta Stacey y Britney se veían un poco recelosas de Celia, como si ella misma se hubiera incendiado.

No le dirigí la palabra a Miles el resto de la semana. Ni siquiera el miércoles, en el laboratorio, cuando rompí el vidrio de reloj y sé derramaron los químicos por toda la mesa. Miles se agachó para recoger los pedazos. Como nuestro experimento se había arruinado, se puso a inventar datos que resultaron ser más exactos que los de los demás.

El jueves, cuando llegué al gimnasio al final del día, Art y Jetta estaban sentados en una de las gradas jugando cartas. Miles estaba tendido en la hilera de arriba, con su vieja libreta sobre la cara. El equipo de porristas practicaba al otro lado del gimnasio, y el eco de sus voces rebotaba en las paredes.

Al caminar hacia el club, Art se inclinó hacia atrás y le dio un codazo a Miles en las costillas.

—Hola —dije, sentándome junto a Jetta. Nos separaba una distancia de unos sesenta centímetros, pero contaba como un saludo.

—¿Qué hay? —dijo Art—. ¿Te dijeron algo del incendio?

Miles levantó la esquina de su libreta y se asomó. Cuando nuestras miradas se cruzaron, soltó un gruñido.

—No realmente. Algunas miradas raras, pero nada más. Yo no lo hice.

—Ya sabemos. Fue Celia —dijo Art.

Lo miré fijamente.

—¿Qué?

—Celia se prendió fuego. Ese día regresamos y la interrogamos.

—Ustedes... ¿la interrogaron? ¿Qué hicieron? ¿La amenazaron con robarse todo su maquillaje y revelar su identidad secreta?

—*Mein Chef*[2] dijo que le gazugagía las cejas —dijo Jetta, sonriendo alegremente—. Entge otgas cosas. Nos dijo todo. Ella se prendió fuego, Stacey y Bgitney tenían el agua y te echó la culpa a ti.

¿*Mein Chef*? ¿Estaba... estaba hablando de Miles? Levanté la vista para verlo.

—Lo bueno fue que Stacey y Britney apagaron el fuego a tiempo —dijo Art—. Si hubieran dejado que se quemara, te hubieras metido en un lío terrible.

—Oui —dijo Jetta—. Terrigble.

Miles volvió a gruñir. Giré rápidamente.

—¿Y a ti qué te pasa?

—Tal vez no se me da la gana decirte —dijo, enojado.

Se incorporó el tiempo suficiente para sacar una pluma de la nada y anotar algo en su libreta. El costado de su mano izquierda estaba manchado con tinta negra desde el meñique hasta la muñeca. A lo mejor su libreta estaba llena de todas sus venganzas mafiosas. O de toda la gente que le debía dinero. Tal vez... había una lista negra.

Seguro yo estaba en la lista como unas mil veces.

La tarea de cálculo por sí sola era una porquería, pero cuando se le agregaban los gritos y las risitas del equipo de porristas de

2 Mi jefe.

East Shoal, se volvía una pesadilla. Como pude, logré hacer media hora de derivados, hasta que las porristas se callaron para escuchar a la entrenadora.

—Señoritas —dijo la entrenadora Privett, una profesora de gimnasia rechoncha, de unos cuarenta años y de cabello oscuro despeinado—. Ya empezó la temporada de basquetbol y es hora de elegir una nueva capitana. Hannah aportó algunas ideas y yo estuve de acuerdo con ella.

—¿Quién será? —gritó alguien. Todo el grupo empezó a reírse.

La entrenadora Privett dijo:

—Redobles, por favor...

Las chicas golpearon el suelo con los pies.

Art y Jetta interrumpieron su juego para lanzar miradas fulminantes a las porristas. Miles se giró enojado, para acostarse de lado.

Celia estaba sentada entre las porristas como una hiena enfrente de un trozo de carne lleno de sangre. Tenía en los ojos esa mirada peligrosa y obsesiva que las chicas tienen cuando saben lo que quieren y están dispuestas a hacer cualquier cosa por conseguirlo.

La misma mirada que tenía cuando veía a Miles. Cosa que no tenía ningún sentido para mí. ¿Qué chica, en su sano juicio, estaría obsesionada con Miles? Ni siquiera yo estaba obsesionada con él. Yo, que pensaba que podría ser Ojos Azules, y que había llegado a la desafortunada conclusión de que aunque no fuera Ojos Azules, no me importaba fijarme en cómo se quitaba el cabello de la frente echándoselo a un lado, o cómo estiraba las piernas exactamente a los veinte minutos de cada clase.

Por lo menos mi atención se debía a que tenía que estar cerca de él. Celia debía tener alguna otra razón.

La entrenadora Privett juntó las manos.

—Yyyyy... nuestra nueva capitana es...

Todas dejaron de respirar por un instante.

—... ¡Britney Carver!

Un murmullo recorrió el grupo, y luego hubo muchos aplausos

y ovaciones, y Britney gritó, se puso de pie e hizo una pequeña reverencia.

Celia no aplaudió ni gritó. Su cara se puso roja mientras veía a su supuesta mejor amiga con una mirada de asesina a sangre fría. Podía imaginarme la escena como si fuera una caricatura: los dientes de Celia convirtiéndose en colmillos y un hilo de vapor saliéndole por las orejas mientras tomaba a Britney por el cuello y la estrangulaba hasta que los ojos le saltaran de la cabeza.

Cuando la entrenadora Privett dio por terminada la reunión y las porristas se dispersaron, Celia se quedó ahí parada, con los puños cerrados a sus costados y la mandíbula apretada. Sus ojos recorrieron rápidamente el gimnasio y me vio mirándola. Bajé la vista hacia mi libro. Se dio la vuelta, cruzó el gimnasio con fuertes pisadas y se paró debajo del tablero.

¿Era posible que alguien actuara como ella lo hacía simplemente porque así era su forma de ser? ¿O siempre había una razón detrás? Me gustaría pensar que si alguien me viera actuando de forma rara, no daría por hecho que soy una mala persona. O que al menos me preguntaran si todo está bien antes de tomar una decisión.

—Jefe, ¿ya nos podemos ir? —preguntó Art.

Miles, que se había quedado dormido, despertó sobresaltado y dijo algo sobre ir a casa. Tomamos nuestras mochilas y nos dirigimos hacia la puerta. Yo fui la última en salir, y justo antes de que las puertas se cerraran, comenzaron los gritos.

Pero no era la voz de Celia.

Me di la vuelta sorprendida y asomé la cabeza en el gimnasio. Había una mujer parada debajo del tablero, junto a Celia, vestida con un elegante traje sastre, de cabello rubio y ondulado que le llegaba a la mitad de la espalda. Miré por encima del hombro; Miles y los demás seguían caminando y estaban muy lejos para haber escuchado.

Celia tenía agachada la cabeza y se tapaba los oídos con ambas manos, como si estuviera lista para bloquear todo lo que pasara a su alrededor.

—Pensé que todo saldría bien... —dijo—. Pensé...

—¿Que tenías la situación bajo control? —La voz de la mujer tenía un tono empalagoso con un toque malévolo. Ya había escuchado antes esa voz, el primer día de escuela, en el juego de voleibol.

—Sí —dijo Celia, lloriqueando—. No sé por qué... Estaba segura de que me elegirían a mí...

—Pero no fue así. ¿Quieres explicarme eso?

—¡No sé! —dijo Celia, golpeando el aire con el puño— ¡Hice todo exactamente como me dijiste! ¡Lo hice todo bien!

—Evidentemente no fue así —dijo la mujer—. Perdiste el tiempo con el numerito que montaste en la fogata. Te rebajaste y estás arruinando mis planes. ¿A dónde crees que vas a ir ahora?

—Ni siquiera me gustaba ser porrista. Además, Britney es mi amiga.

—¿Tu amiga? ¿Crees que esa maldita es tu amiga? Necesitas hacer algo con ella, Celia. Tienes que demostrarle que no se merece ese puesto.

Celia murmuró algo ininteligible.

—Y encima, vas por ahí creyendo que un chico lo arreglará todo —dijo la mujer, enojada, tamborileando con sus uñas rojas sobre su brazo—. Lo conoces desde hace cinco años y ni siquiera voltea a verte. ¡Te amenazó con rasurarte las cejas! ¡Es un obstáculo, Celia! Lo tienes que eliminar.

—¡No lo es!

—Soy tu madre. ¡Yo sé de estas cosas!

¿Su madre?

Celia empezó a llorar. Le dio la espalda para limpiarse los ojos, manchándose la cara de rímel con sus horribles lágrimas. Algo se deslizó de su mano y cayó al suelo, haciéndola brincar. Su celular.

Cuando se agachó para recogerlo, me vio. Sus ojos se abrieron enormemente.

Salí corriendo del gimnasio tan rápido como pude.

¿Alguna vez piensas en langostas?

Lo dudo mucho.

Yo pienso en langostas todo el tiempo. Pero ya lo sabías; te he contado las historias.

Sí.

¿Crees que las langostas de la pecera se tratan de ayudar entre ellas? ¿Por eso se amontonan? ¿O sólo lo hacen por compañía, porque saben que están condenadas?

Es mejor que no te responda en este momento.

Sea como sea, creo que debe ser lindo tener a alguien.

Capítulo Veinte

Al día siguiente, mientras atendíamos el turno de la noche en *Finnegan's*, le conté a Tucker sobre Celia y su mamá.

—¿Y su mamá fue a la escuela? —dijo Tucker—. Pensé que no se llevaban bien.

Había considerado la posibilidad de que hubiera sido una alucinación, pero parecía muy real, además hasta Tucker sabía de la mamá de Celia.

—Pues no se veían muy felices juntas. Creo que su mamá estaba observando —dije—. Apareció en cuanto nosotros nos salimos. Pero cuando Celia me vio, te juro que pensé que iba a volar por el gimnasio y que me iba a ahorcar hasta matarme.

Tucker movió la cabeza.

—Agrega eso a la lista de conversaciones raras de Celia.

—¿Qué significa eso?

—¿Sabías que McCoy habla con Celia a cada rato? —preguntó—. La llama a su oficina todo el tiempo. En primer año, yo atendía el escritorio principal, y la primera semana de septiembre, Celia empezó a aparecerse por la oficina de McCoy cada dos días, se quedaba una media hora y salía de nuevo. Y desde entonces, no ha dejado de hacerlo. ¿Crees que eso está incluido en los "planes" de su mamá?

—¿McCoy? No, no creo que él esté incluido en los planes de nadie.

—Por cierto, hablando de McCoy. —Tucker se inclinó sobre el mostrador y sujetó su lapicero al armazón de sus lentes —. El otro día que estábamos hablando de la leyenda del tablero me dio curiosidad. El sábado iré a la biblioteca para investigar. ¿Quieres venir? Yo paso por ti.

—Trato hecho —dije, tendiéndole la mano.

Aunque me sentí mejor después de haberle dicho a Tucker lo que había visto, pasé los siguientes días preguntándome si Celia me apuñalaría en cualquier momento. No lo hizo, pero si me lanzó miradas de advertencia diciéndome que si me le acercaba lo haría.

El viernes me seguía sintiendo nerviosa. Me senté en una banca afuera de la escuela y esperé a que el estacionamiento se tranquilizara un poco. Estaba repleto de carros y no quería llevar a Erwin a esa clase de ambiente hostil. Las luces formaban charcos amarillos en el asfalto. Casi todos los chicos se habían quedado en el gimnasio para una especie de fiesta de basquetbol, y los que no, habían partido en sus carros en cuestión de minutos.

Todos menos una persona.

La vi cuando salió sigilosamente detrás de una hilera de carros. Era Celia. Tenía una lata de pintura en una mano que agitó mientras revisaba la zona.

Dejé mi mochila en la banca y fui a la siguiente hilera de carros. Me arrodillé entre dos autos y la observé inclinarse sobre el toldo de un convertible blanco y pintar el parabrisas.

Enfoqué la escena con mi cámara. Un minuto después, el parabrisas del convertible tenía escritas las palabras *Capitana perra* en letras rosa neón.

Uy, genial. Celia había escuchado a su mamá. Venganza de porristas.

La cámara se deslizó por mis dedos, cayendo en el asfalto. Celia se volteó y me vio ahí arrodillada.

Recogí la cámara y salí corriendo hacia el otro lado. Celia gritó algo y la lata de pintura golpeó el toldo de un carro cuando pasé corriendo. La lata explotó rociando pintura rosa fluorescente por todas partes. Giré a la izquierda, agachándome para que Celia no pudiera ver mi cabeza. Eché un vistazo a través de la ventana de uno de los carros. Celia corría por la hilera que seguía a la mía.

Me arrastré, dándome la vuelta, y pasé junto a ella antes de meterme debajo de una camioneta.

Podía ver sus tenis. Caminó de regreso hacia el lado contrario. Contuve la respiración cuando pasó junto a la camioneta.

Por favor, por favor, que esto sea una alucinación. Porque si no lo era, significaba que Celia Hendricks en serio estaba loca. A lo mejor su mamá la había orillado a esto, o tal vez siempre había sido así. Estaba segura de que si me encontraba iba a arrancarme todo el cabello.

Unos segundos después, llegó mi salvación.

—¡Milesito! —gritó Celia.

—¿Qué haces, Hendricks? —Pude ver los pies de Miles, con todo y sus zapatos brillantes. Siempre caminaba así, talón, punta, empuje, como si estuviera listo para derribar a cualquiera que se le cruzara en el camino.

—Nada. Aquí pasando el rato. ¿Y tú?

Ahora los dos estaban parados frente a la camioneta.

—Nada —respondió. El tono de su voz era grave y cortante—. Preguntándome por qué estás corriendo por el estacionamiento, gritando a todo pulmón.

Celia dudó antes de responder.

—Por nada. Tengo que irme. ¡Pero te veré mañana!

Salió corriendo, y un instante después un motor se encendió.

Miles seguía ahí. Contuve la respiración. Si se movía, podría ir por Erwin y salir de ahí. Tampoco quería que él me encontrara debajo de la camioneta. No podía verme así.

Pero entonces caminó hacia la defensa delantera de la camioneta, se arrodilló y se asomó.

—¿Divirtiéndote? —me preguntó.

Exhalé, dejando salir la respiración contenida y apoyé la cabeza en el asfalto. Qué imbécil.

—Escapar de la gente loca siempre es divertido —respondí.

Miles me ayudó a salir de abajo de la camioneta. Mientras me sacudía, me preguntó:

—¿Y por qué te perseguía?

—Depende —dije, sacando la cámara con la foto de Celia pintando el carro de Britney. Se la enseñé. *Por favor. Por favor, que la foto esté ahí*—. ¿Qué ves?

Se acomodó los lentes y la miró durante un momento.

—Veo a Celia enojada por no haber obtenido el puesto que quería y desquitándose con el carro de Britney Carver con un bote de pintura ofensivamente brillante.

Casi lo abrazo.

—Ah, qué bien.

—¿Le vas a decir a Britney? —preguntó.

—¿Por qué? ¿Crees que me creería?

—¿Con esta evidencia? Claro. Pero a ver si logras acercarte a ella sin que Celia esté alrededor.

—Lo más seguro es que el lunes se las dé al Sr. Gunthrie o a alguien más.

—Dáselas a Claude.

—¿Por qué?

—Porque se las dará a su papá, y él se asegurará de que todos se enteren.

—Eso suena muy cruel.

—Celia estaba a punto de molerte a golpes hace unos minutos.

Hice una nota mental para ir al salón del periódico el lunes y darle las fotos a Claude.

Miles y yo regresamos caminando a la escuela. La temporada de grillos y cigarras se había terminado, y la noche estaba en silencio y tranquila. La camioneta de Miles estaba estacionada junto a la acera, cerca de los arbustos de Erwin. Las luces de la entrada principal de la escuela iluminaban toda la parte frontal. Tomé el manubrio de Erwin.

La mitad delantera de mi bicicleta salió entre los arbustos.

Sólo la mitad delantera.

Alguien había cortado mi bicicleta por la mitad. La parte de en medio ya estaba oxidada, pero estaba segura de que podría sacarle por lo menos otros seis meses al pobre. La ira se acumuló en mi pecho.

Alguien cortó mi bicicleta por la mitad.

Sentí cómo aumentaba la presión en mis ojos. Me había quedado sin medio de transporte.

Mamá me diría lo descuidada que era por haber dejado que esto pasara. Me daría un sermón sobre el respeto que le debo a mis pertenencias, aunque ya lo hubiera escuchado un millón de veces. Me sequé los ojos con la parte de atrás de mi manga y me tragué el nudo que tenía en la garganta.

Papá me había regalado a Erwin. Lo trajo desde Egipto. Básicamente era una reliquia, y una de las pocas cosas que tenía de papá que estaba segura, era real. Era invaluable.

Y ahora estaba roto.

Tomé la mitad trasera y me giré hacia Miles, que seguía parado a unos metros de mí, ligeramente sorprendido.

—¿Tú hiciste esto? —le pregunté.

—No.

—Ajá. —Tomé mi mochila de la banca y empecé a caminar por la acera.

—¿Vas a caminar hasta tu casa?

—Síp.

—Qué buen plan —dijo, parándose frente a mí—. No puedo dejar que lo hagas. Está muy oscuro.

—Pues qué mal, ¿no? —Me pregunté en qué momento había decidido convertirse en un caballero andante—. No te pedí permiso.

—Ni yo tampoco a ti —respondió—. Te voy a lanzar a mi camioneta.

—Y yo voy a gritar que me quieres violar —le contesté.

Entornó los ojos.

—Yo no corté tu bicicleta. Te lo juro.

—¿Por qué te creería? Eres famoso por ser un maldito ladrón

mentiroso. —Se encogió de hombros.

—No le rindes cuentas a nadie, ¿verdad?

Señaló hacia su camioneta.

—¿Te puedes subir, por favor?

Miré alrededor; encontrar otra forma de ir a casa sería casi imposible. Y mientras miraba la calle oscura y silenciosa, se me vino a la mente que ir a pie no era la mejor idea del mundo. Sí, me gustaba salir a caminar al puente de la bruja roja en medio de la noche, pero ahí estaba cubierta por los árboles y armada con un bate de beisbol. Aquí, era sólo una adolescente con fuerza corporal promedio, cabello del color de las luces de un semáforo, y un trastorno mental que podría hacerme creer que me estaban atacando aunque no fuera cierto.

Al menos conocía lo suficiente a Miles para saber que su cara de frustración no era una táctica. Arrojé las dos mitades de Erwin a la parte trasera de su camioneta y me subí.

El carro olía a pastelillos y a jabón de menta. Respiré profundamente sin darme cuenta, y exhalé fingiendo que había sido un suspiro. Miles echó un vistazo por la ventana lateral del auto, dijo una grosería, y tomó un montón de papeles del asiento.

—Perdón, tengo que entregar esto. Se me olvidó. No me tardo nada.

Se fue corriendo hacia la escuela. Seguramente los papeles eran sus estadísticas de la semana, pero me pareció casi increíble que se le hubiera olvidado entregarlas. A Miles no se le olvidaban las cosas.

Su camioneta estaba sorpresivamente limpia. Le había quitado la cubierta al tablero; la carátula del radio estaba destrozada y faltaba la perilla del radiador. La mochila de Miles se encontraba atrás del asiento del conductor, y por lo visto la había arrojado de prisa porque estaba de lado, con las cosas desparramadas en el reducido espacio.

La esquina de su libreta negra se asomaba por debajo de su libro de química.

Ésta era mi oportunidad. Podría... echar una ojeada. Observar rápidamente la punta del iceberg psicológico de Miles Richter. Revisé para comprobar que seguía adentro de la escuela, y saqué la libreta.

Estaba forrada con piel. Había varios pedazos de papel sujetos a la contraportada, pero los ignoré y la abrí por la mitad. Ambas páginas estaban cubiertas con sus garabatos desordenados.

Regresé al principio y eché una ojeada. Había muchas páginas llenas de ecuaciones con símbolos que nunca antes había visto y pequeñas notas a los lados. Había citas de libros, más notas, listas de nomenclaturas científicas de plantas y animales, y más listas de palabras que jamás había visto. Había párrafos completos escritos en alemán, fechados como si fueran entradas de un diario. Reconocí algunos nombres, como el mío y el de otros miembros del club.

Y luego, separadas del resto de los garabatos por algunas páginas en blanco, como si quisiera recordar esas cosas específicamente, había frases cortas de una o dos líneas, señaladas con las fechas de los días en que habían sido escritas.

"La inteligencia no se mide por lo mucho que sabes, sino por la capacidad que tienes para aprender".

"Nunca se es tan maravilloso ni tan patético como se cree".

"Aquellos que son elegidos al último son los únicos que realmente saben lo que se siente".

"Las escuelas que no tienen estacionamiento para las bicicletas deberían ser declaradas culpables de negligencia criminal".

Observé la última frase, con fecha del primer día de escuela, suplicando que cambiara, que regresara a su forma original, porque sabía que era un invento mío. Si esa frase no era de algún lado, si era una de sus propias observaciones... significaba que me había mentido al decir que no había enfrentado a Cliff por mí. Celia se había burlado de Erwin, Cliff me había impedido el paso, y Miles había dicho que no lo hizo por mí...

Esta libreta no sonaba a Miles. Parecía la libreta de alguien mucho más ingenuo que él. Alguien a quien de verdad le gustaba saber cosas. Nomenclaturas científicas. Matemáticas complejas. Palabras.

Levanté la vista. Miles estaba saliendo de la escuela. Gruñendo, metí la libreta debajo de su libro de química. Miré hacia adelante, tratando de no parecer sospechosa. Se subió a la camioneta.

—¿Te pasa algo? —me preguntó.

—¿Qué ya se te olvidó que alguien cortó mi bici a la mitad?

—¿Y a ti ya se te olvidó que tengo una camioneta? Te puedo dar un aventón. Por lo menos a la escuela.

—No gracias —dije.

—Hablo en serio. No estoy bromeando. A menos que de verdad no quieras tener nada que ver conmigo. Si es así, no me importa. Puedes formarte en la fila.

Dio la vuelta en la calle principal. La frase de la libreta se sentía como un peso muerto en mi estómago.

—No, no es eso —dije, dándome cuenta con una especie de felicidad temerosa que otra vez estábamos teniendo una conversación como la de la fogata—. Pero me gustaría saber por qué el ofrecimiento.

—¿Qué quieres decir? —Una mirada de verdadera confusión cruzó por su cara—. ¿No es eso lo correcto?

Solté una carcajada.

—¿Desde cuándo eres correcto? ¿Te sientes culpable o algo así?

—A lo mejor un poco sentimental. Mi primera idea fue manejar enfrente de ti varias veces para probarte que sí tenía carro. —Su voz tenía un tono ligero y estaba sonriendo.

Carajo, estaba sonriendo. Una verdadera sonrisa, de esas en las que se enseñan los dientes, y se arruga la nariz y los ojos.

La sonrisa desapareció de su rostro.

—¿Qué? ¿Qué pasa?

—Estabas sonriendo —dije—. Fue medio raro.

—Ah —dijo, levantando la ceja—. Gracias.

—¡No, no hagas eso! Estaba mejor la sonrisa.

Las palabras sonaban raras saliendo de mi boca. No debería decirle cosas así, pero flotaban en el aire y liberaban la tensión. Miles no volvió a sonreír. Dio la vuelta en mi calle y se detuvo en la entrada de mi casa.

—Carla está tocando el violín otra vez —dije. La música salía de la casa como un pájaro en medio de la brisa. La *Obertura 1812*. Tuve que apoyar mi peso contra la puerta para poder abrirla.

—La sonrisa estaba mejor —dije otra vez, mientras cerraba la puerta. Esta vez las palabras sonaron menos raras—. Creo que le caerías bien a la gente si lo hicieras más seguido.

—¿Y para qué quiero caerles bien? —dijo Miles— Entonces, el lunes.

—El lunes, ¿qué?

—¿Debería estar aquí?

—¿Quieres estar aquí?

Parecía un gato observando a su presa.

—A las siete en punto. Si no estás lista a esa hora, me iré. ¿Te toca trabajar esta noche?

—Sí.

—Entonces, supongo que te veré al rato. Y, ¿Alex?

—¿Sí?

—No le diré a nadie. Por si te lo preguntabas.

Sabía a qué se refería, y que estaba diciendo la verdad. Había algo en su voz que me decía que entendía. Le creí.

Saqué a Erwin de la camioneta, apoyé las mitades sobre la puerta del garaje y entré a mi casa mientras Miles se alejó manejando. La cabeza me daba vueltas con todo lo que había pasado. La venganza de Celia. Erwin. La idea cada vez más factible de que Ojos Azules no era una alucinación, y nunca lo había sido.

Mamá dejó que caminara diez pasos después de haber entrado a la casa, antes de empezar a bombardearme con preguntas.

—¿Quién era ese? ¿Qué le pasó a tu bici? ¿Se te olvidó que esta noche trabajas?

Y mi preferida.

—¿Necesitamos tener *la plática*?

Me estremecí. No necesitaba pensar en Miles de esa forma. Ya de por sí estaba bastante confundida sobre él.

—No, no necesitamos tener la plática, mamá. Entiendo cómo funcionan las partes de los chicos y las chicas. Sí, tengo que ir a *Finnegan's*. No sé qué le pasó a Erwin.

—¿Quién era ese de la camioneta? —preguntó, agitando su taza de café vacía. No sabía si estaba enojada o emocionada. Su entusiasmo cubría prácticamente todas las emociones.

—Ese era Miles.

Capítulo Veintiuno

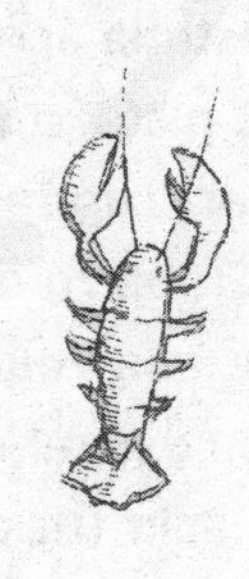

Cuando supe que la bibliotecaria a la que había acusado hace cinco años de ser comunista seguía trabajando en la biblioteca, me reí un poco. Pero me reí mucho más cuando Tucker y yo entramos y ella me miró con gran furia.

—Se acuerda de mí —le susurré a Tucker, sonriendo.

Tucker se rio y me llevó a una sección trasera de la biblioteca, donde había varias computadoras viejas alineadas junto a la pared. Nos sentamos en las dos computadoras libres al final de la mesa.

—No puedo creer que no tengan los registros en Internet —dijo Tucker, haciendo clic sin parar en el mouse amarillento. La vieja computadora resopló y empezó a trabajar—. Creo que ni siquiera están conectadas a Internet. Es más, seguramente no tienen puertos Ethernet. Por Dios, ¿y si no tienen tarjetas de red?

—Haces parecer como si los noventa hubieran sido un infierno.

—Lo más probable es que sí lo fueron. Nuestra ingenuidad infantil nos salvó.

Las computadoras revivieron y nos dieron acceso a los archivos de los periódicos desde el escritorio. Se notaba que acababan de actualizar el catálogo, a pesar de parecer una víctima de los programas de los noventa.

—Bien, me imagino que debe haber algo que nos lleve a la leyenda del tablero —dijo Tucker—. Busca cualquier cosa que diga algo de *East Shoal* o del tablero.

No me importaba buscar entre un montón de artículos viejos. También eran una parte de la historia, sólo que ligeramente más reciente de la que estaba acostumbrada. Veinte minutos después, encontré la primera pista, una que ya había visto antes.

—Scarlet Fletcher, capitana del equipo de porristas de *East Shoal*, presenta el "Tablero de Scarlet", en un acto conmemorativo de la caridad y buena voluntad que su padre, Randall Fletcher, ha mostrado hacia la escuela.

Giré la pantalla hacia Tucker, que frunció la frente.

—Pensé que el tablero era más antiguo. Eso pasó hace sólo veinte años.

En la foto, Scarlet mostraba unos dientes muy blancos. Aquí su cara no estaba rayada; se veía vagamente familiar. Al final del artículo había otra fotografía. Scarlett estaba parada debajo del tablero junto a un chico de cabello oscuro, que llevaba puesto un uniforme de capitán de futbol. Su sonrisa se veía forzada.

—Está guapo —dije.

—Sólo si te gustan los looks clásicos —murmuró Tucker.

—¿Qué dijiste?

—Nada, nada.

—¿Está celoso, Sr. Gelatina Aguada?

—¿Celoso? ¿Cuándo tengo todo esto? —dijo Tucker, quitándose los lentes, mordiendo la punta del armazón y guiñándome el ojo. Me reí.

La bibliotecaria salió de atrás de un librero y me calló. Me tapé la boca con la mano.

Volvimos a concentrarnos en nuestra investigación.

—Mira, aquí hay algo —dijo Tucker—. No es sobre el tablero, pero mencionan otra vez a Scarlet. —Giró su pantalla hacia mí.

—Aunque sólo ocupa el lugar 151, en la clase de último grado de *East Shoal* de 1992 se encuentran varios nombres destacados, como Scarlet Fletcher, hija del político Randall Fletcher, y la mejor de la clase, Juniper Richter, quien obtuvo los mejores resultados del país tanto en matemáticas como en comprensión del lenguaje...—Mi voz se desvaneció—. ¿Esa es...?

—Sí, es la mamá de Miles.

—¿Fueron juntas a la escuela? Eso significa que ella estaba ahí cuando el tablero llegó. A lo mejor te podría decir algo al respecto.

Tucker se frotó el cuello.

—Lo más probable... es que no pase eso.

—¿Por qué?

—Porque está en... mmm... en un hospital mental en *Goshen*.

—¿Un... hospital mental? —dije, haciendo una pausa— ¿Por qué?

Tucker se encogió de hombros.

—Es lo único que sé. Algunas veces llama por teléfono a *Finnegan's* cuando Miles está ahí. Una vez volví a marcar después de que habían colgado, y me contestó una enfermera. —Agitó su mano—. Y ahora entiendes por qué no me importa fisgonear en la vida íntima de los demás.

Me hundí en mi silla.

—¿Estás seguro?

—Sí. ¿Estás bien?

Asentí. Por eso había confiado en Miles cuando me dijo que no le diría a nadie. Sabía lo que significaba esconder un secreto de ese tipo.

Volví a concentrarme en los artículos tratando de sacar de mi cabeza los pensamientos sobre Miles, su mamá y Ojos Azules. Sentí un deseo extraño e intenso de verlo.

Cuando por fin encontré el artículo, mis ojos se pusieron vidriosos y las piernas se me entumecieron. Estaba recorriendo el año 1997 cuando el encabezado saltó de la pantalla y me golpeó en la cara.

UN TABLERO CONMEMORATIVO SE CAYÓ Y APLASTÓ A LA HIJA DEL DONADOR.

—No puede ser —susurré—. Tucker, creo que acabo de encontrar tu historia.

—¿Qué?

—Scarlet murió en el noventa y siete —dije—. El tablero le cayó encima cuando fue a la escuela para la reunión escolar. Y... por Dios, McCoy fue quien trató de quitarle el tablero de encima, y se electrocutó. Scarlet murió en el hospital unas horas después a causa de las heridas, y volvieron a colgar el tablero.

Le enseñé el artículo. Sus ojos se iban abriendo conforme lo iba leyendo.

—McCoy fue a la escuela con Scarlet —dijo Tucker—. Trató de salvarla y no pudo. Ahora idolatra el tablero porque... ¿por qué mató a una persona? —Recargó la espalda en la silla, se pasó las manos por su cabello cuidadosamente peinado y me miró—. ¿Qué tan demente está este tipo?

—El tablero no mató a cualquiera —dije—. Mató a Scarlet. Lo convirtió en un... monumento. Un memorial para ella.

Un memorial para una mujer muerta.

Había algo extraño en todo esto. Sólo que no sabía exactamente qué era.

Capítulo Veintidós

Esa noche me senté en el pequeño bosque que había en la colina detrás del puente de la bruja roja, intentando, por un momento, olvidar lo que había leído en la biblioteca. No la parte de Scarlet, que a pesar de todo había sido interesante. Lo que no me dejaba dormir, era la información sobre Miles y su mamá.

La noche estaba en silencio excepto por la brisa que movía las hojas y el susurro del arroyo. Casi ningún carro utilizaba esta carretera en la noche por culpa del puente. Los lugareños decían que no confiaban en la solidez del puente, pero la verdadera razón era la bruja.

Hace mucho tiempo, vivía una bruja en este lado del río. No el tipo de bruja incomprendida que sólo quiere curar con sus cantos y remedios herbales, sino una aterradora que les corta las cabezas a los cuervos, se come a los niños y a las mascotas pequeñas.

Supuestamente, lo que dice la historia es que la bruja no era un problema porque todos vivían del otro lado del río y no la molestaban. Pero entonces construyeron el puente, y la gente comenzó a invadir su tierra. La bruja se enojó y, en las noches, esperaba junto al puente y mataba a los desafortunados que se atrevieran a cruzar.

Finalmente murió aplastada o algo así. Pero incluso hasta el día de hoy, cuando un carro pasa de noche por ahí, se puede escuchar a la bruja gritando. La llamaban la bruja roja porque se cubría con la sangre de sus víctimas.

Probablemente yo era la única adolescente del estado que no

le tenía miedo. Y no porque fuera súper valiente o algo así, sino porque conocía el origen de la leyenda.

Dos pares de luces aparecieron por la curva del camino. Me escondí atrás de un árbol, rompiendo ramas y pisando hojas secas, aunque sabía que no me verían. Los carros se detuvieron en la cuneta, las puertas se abrieron y se cerraron. Las voces llegaron hasta donde estaba, con las palabras revueltas. La risita aguda de una chica y el murmullo grave de un chico. Seguramente eran adolescentes que venían a jugar con la bruja. Los faros emitían sus largas sombras en el pavimento.

Había cinco chicos: cuatro en el primer carro y uno en el segundo. Todos con los hombros levantados casi hasta las orejas por el frío invierno del otoño. Parecía que los cuatro primeros estaban discutiendo con el quinto. La chica volvió a reírse.

La quinta persona se separó del grupo y comenzó a cruzar el puente. Sus pasos resonaban sobre la vieja madera. Un chico valiente. Generalmente se necesitaba más persuasión. Los demás no podrían verlo cuando llegara hasta donde yo estaba por los árboles, pero si caminaba hasta la colina, la luz de la luna me permitiría ver quién era.

Cruzó el puente y se paró en la oscuridad, mirando alrededor. Luego comenzó a subir por la colina.

—¿Miles?

Me puse de pie y salí de entre los árboles. Debí habérmelo imaginado. No quería asustarlo ni nada, pero aun así se detuvo de golpe y me miró fijamente.

—¿Alex? ¿Qué haces aquí?

—¿Qué haces tú aquí?

—No, yo pregunté primero, y como tú estás literalmente congelándote atrás de esos árboles, y nadie hace eso en el puente de la bruja roja de noche, tu respuesta es mucho más importante que la mía.

—Pues cuando eres la bruja, sí lo haces.

Me miró.

—Tú eres la bruja.

—Yo soy la bruja —dije, encogiéndome de hombros.

—¿Te sientas aquí en las noches y asustas a la gente?

—No —dije—. Me siento aquí en las noches y observo cómo la gente se asusta sola. Es divertido. ¿Tú qué haces aquí?

Miles señaló por encima de su hombro.

—Cliff, Ria y otros juntaron su dinero y me pagaron para que caminara por el puente de noche. No me tomé la molestia de decirles que no creo en leyendas urbanas.

—A lo mejor pensaron que si la leyenda era cierta, la bruja les haría el favor de quitarte de en medio.

—¡Richter! ¿Encontraste algo? —Reconocí la voz de Cliff.

Miles miró hacia atrás y suspiró.

—¿Quieres asustarlos? —pregunté.

Lo jalé colina abajo y nos paramos al otro lado del puente, en la oscuridad de los árboles, donde los demás no pudieran vernos.

—Ok, lo único que tienes que hacer es gritar con todas tus fuerzas.

—¿Ahora?

—Sí, ahora. Como si te estuvieran atacando.

Miles respiró profundamente y gritó. Cliff y los demás brincaron pero no se movieron. La voz de Miles se extinguió.

—Venga, Richter, sabemos que estás tratando de...

Yo grité. Fue un buen grito, de esos que destrozan los oídos, como si acabara de ver un asesinato sangriento. Cliff se tropezó hacia atrás, se cayó y tuvo que gatear para ponerse de pie otra vez. Ria gritó. Los otros dos corrieron a sus carros, seguidos de Cliff y Ria, y salieron huyendo. Miles y yo nos quedamos ahí un instante, en silencio y esperando. El frío me congelaba las mejillas.

—¿Siempre haces cosas así? —preguntó Miles.

—No. Sólo hoy.

Me miró.

—¿Qué? —dije.

—¿Por qué estás aquí?

—Ya te dije. Soy la bruja.

—Explícame, cómo es que tú eres la bruja.

Suspiré y moví los brazos hacia adelante y hacia atrás, preguntándome si debía contarle. Tenía esa mirada en sus ojos otra vez, como si entendiera lo que pasaba en mi cabeza.

El viento a nuestro alrededor agitando los árboles sonaba como si hubiera miles de voces.

—Psiturismo —dijo Miles observando el bosque.

—¿Qué?

—Psiturismo. Es un sonido bajo y susurrante, como el viento en las hojas.

Volví a suspirar. El viento sopló hacia mí su aroma a pastelillos y jabón de menta.

—Hace un tiempo tuve una semana muy mala —dije, finalmente—, cuando estaba en *Hillpark*. Me escapé de mi casa una noche porque, ya sabes, creí que los comunistas me querían secuestrar. Llegué hasta aquí gritando como una loca. Según parece, asusté a unos mariguanos. Al otro día, mis papás me encontraron dormida debajo del puente. Estaban muy avergonzados.

—¿Por qué dormiste debajo de un puente? Yo no utilizaría la palabra "avergonzados".

—Estaba desnuda.

—Ah.

—También estaban enojados. Por lo menos mi mamá. Papá estaba preocupado.

—¿No te pasó nada? ¿Los mariguanos no te hicieron algo?

—No, les metí el susto de sus vidas a esos tipos.

—Entonces eso no fue hace mucho tiempo. ¿Cómo se corrió tan rápido la historia?

Me encogí de hombros.

—Ni idea. La gente se comunica sorpresivamente bien cuando está asustada, sólo que no comunican las cosas correctas.

La brisa movió las hojas sobre nuestras cabezas. Psiturismo. Tendría que memorizar esa palabra. Tenía muchas ganas de preguntarle a Miles sobre su mamá, pero sabía que no era el momento. Me senté en medio del camino de gravilla y le indiqué con una palmadita que se sentara junto a mí.

—Casi no pasa ningún carro por aquí —dije.

Miles se sentó. Dobló sus largas piernas y puso los brazos sobre sus rodillas, tapándose las orejas con su chamarra de aviador. El aire le había enredado el cabello; cerré los puños sobre mis piernas para no estirarme y acomodárselo.

—Hoy no te vi en *Finnegan's* —dije.

—No hubo turnos en la tienda. Fui a casa después de la escuela.

No hubo turnos. Como si hubiera querido uno.

—No te entiendo —aseguré, dándome cuenta de lo que había dicho en el momento en que las palabras salieron de mi boca.

Miles se inclinó hacia atrás apoyándose sobre las manos.

—Ok.

—¿Ok?

Se encogió de hombros.

—Yo tampoco te entiendo a ti, así que supongo que estamos a mano. Pero igual no entiendo a la mayoría de la gente.

—Eso es raro.

—¿En qué sentido?

—Quitándote a ti, la gente es fácil de comprender. Y tú eres tan listo, que pensé que tendrías a todo el mundo colgando de tus hilos de marionetas.

Se rio.

—Hilos de marionetas. Nunca había escuchado decirlo así.

—Quisiera saber qué haces cuando no estás en la escuela, trabajando o haciendo encargos por dinero. Ni siquiera sé en dónde vives.

—¿Por qué te importa eso?

Volví a suspirar. Me hacía suspirar mucho.

—Eres un enigma. Vas por ahí haciendo cosas por dinero, todo el mundo tiene miedo de mirarte a los ojos, y estoy casi segura de que perteneces a alguna mafia. No pareces el tipo de persona que vive en una casa. Sólo andas por ahí. Existes. Estás donde estás y no tienes hogar.

La luz de la luna se reflejaba en sus lentes y hacía brillar sus ojos.

—Vivo a un par de calles de aquí —dijo—. En el área de *Lakeview Trail*.

Lakeview Trail era una de esas zonas que estaban divididas: la mitad de las casas eran nuevas como las de *Downing Heights*, y la otra mitad estaba llena de casuchas destartaladas con aceras desmoronándose, como la mía. Me imaginaba a qué lado pertenecía Miles.

—Casi nunca estoy en casa, y cuando estoy intento dormir.

—Pero no lo haces. —Siempre estaba cansado. Siempre dormía durante la primera clase y en las noches, sobre su comida en *Finnegan's*.

Asintió.

—Casi siempre estoy pensando en cosas. Escribo mucho. ¿Eso es lo que querías saber?

—Supongo. —Me di cuenta de que nos estábamos viendo a la cara. Y llevábamos un rato haciéndolo. Desvié la mirada, pero Miles no lo hizo—. Es de mala educación mirar fijamente a la gente.

—¿Ah, sí? —preguntó, con un tono serio— Dime si hago algo raro. A veces no me doy cuenta.

—¿Qué mosca te picó últimamente? ¿Por qué eres tan amable?

—No sabía que estaba siendo amable. —Su cara permaneció neutral. Excepto por esa maldita ceja.

Ya no podía soportarlo. Tenía que preguntarle.

—Entonces, ¿no crees que es rara? ¿Mi esquizofrenia?

—Eso sería estúpido.

Me reí. Me recosté sobre la gravilla y me reí, y mi voz se alejó entre los árboles y se fue hacia el cielo. Su respuesta me hizo sentir libre. Para eso había venido al puente de la bruja roja, pero jamás esperé recibir ayuda de Miles.

Se sentía como si él perteneciera aquí, aunque de un modo raro. A la tierra de las aves fénix y las brujas, el lugar donde las cosas eran demasiado fantásticas para ser reales.

Se inclinó y me miró. Se veía más confundido que otra cosa.

Volví a sentarme, pero Miles seguía viéndome. Me di cuenta de que quería besarlo.

No sabía por qué. A lo mejor era por la forma en que me veía, como si fuera lo único que quisiera ver.

¿Cómo había que hacerlo? ¿Le tenía que pedir permiso? O tal vez un beso rápido e inesperado sería mejor. Era un blanco muy fácil, ahí sentado dócilmente, por primera vez, y medio dormido.

Me hacía mucha falta la bola 8 mágica de *Finnegan's*. Pero podía imaginarme el tipo de respuesta que me daría. *Vuelve a preguntar más tarde.* Siempre tan asquerosamente evasiva.

No, nada de eso. La decisión estaba tomada: interrogación directa.

Sólo dilo, dijo la voz. *Pregúntale. Suéltalo. ¿Qué es lo peor que podría pasar?*

Puede reírse en mi cara.

Que lo haga. Sería una actitud digna de un imbécil. Sólo estás siendo honesta.

No sé.

¿En serio crees que después de todo esto te diría que no?

Puede ser.

A lo mejor tú también le gustas. Por eso te mira tanto.

Tal vez.

Al carajo. Me estaba acobardando. Actué rápida e inesperadamente.

Me incliné hacia adelante y lo besé. Creo que no se dio cuenta hasta que ya fue muy tarde.

En cuanto lo toqué se quedó inmóvil. Claro, no le gustaba que lo tocaran. Debí haberle preguntado. Debí haberle preguntado, *debí haberle preguntado*... Pero entonces, como una ola formándose, sentí el calor de su cuerpo. Las puntas de sus dedos rozaron mi cuello. El corazón trató de estrangularme y me alejé de un salto.

Un destello de luz de luna encendió sus ojos como focos fluorescentes.

—Perdón —dije, levantándome y corriendo hacia el pequeño bosque para buscar mi bate de beisbol, tratando de averiguar en qué rayos estaba pensando.

Miles seguía sentado en el mismo lugar cuando regresé a la calle.

—Bueno, mmm... —La mandíbula me hacía cosquillas, los pulmones se me habían contraído y tenía la garganta cerrada—. Te veo el lunes, supongo.

No dijo nada.

Apenas me contuve para no salir corriendo a toda velocidad por el puente de la bruja roja. El viento retumbaba en los árboles, y cuando por fin miré hacia atrás, Miles estaba parado junto a la puerta de su camioneta, con la silueta delineada por la luz de la luna, mirándome fijamente.

Capítulo Veintitrés

Pasé el fin de semana preguntándome qué le diría el lunes a Miles. Ahora, yo también sabía algunos de sus secretos. La única diferencia era que él no sabía que yo sabía. Por alguna razón, se sentía un poco injusto. Como si le estuviera mintiendo.

Cuando me desperté, recordé las fotografías que había en mi cámara, y me pregunté cuánto tiempo le tomaría a Celia encontrarme y matarme después de que se las hubiera entregado a Claude. Tucker y yo habíamos agotado las bases de datos de la biblioteca en busca de más cosas sobre Scarlet y McCoy, pero no encontramos más pistas sobre el tipo específico de psicosis de McCoy. Tenía dos opciones: o le preguntaba a Celia qué le pasaba a McCoy, o tendría que encontrar otra fuente de información.

Me dije a mí misma que era mejor olvidar el asunto. No valía la pena. Pero entonces vi la foto de Celia pintando el carro, y lo único que vi fue a mí misma pintando el gimnasio de *Hillpark*.

Dos minutos antes de las siete, la camioneta de Miles se estacionó en la entrada, con el tubo de escape bufando exhausto en el aire helado. Mamá estaba parada en la puerta, sosteniendo su taza de café con las dos manos y con la cara presionada contra la puerta mosquitero. Me habría enojado con ella, pero el fin de semana me había comprado una caja de botellas de leche con chocolate. Así que la quité del camino mientras me ponía la mochila sobre el hombro y tomé una leche de la mesa del recibidor.

—¿Ese es Miles? —preguntó mamá, cambiando de posición para poder ver mejor cuando Miles sacó el brazo por la ventana de la camioneta, como si ese brazo le fuera a contar toda la historia de su vida.

—Sí. Me trajo a casa después de la fogata, ¿te acuerdas? Y el viernes también.

—Deberías invitarlo a cenar.

Me reí a través del popote, e hice burbujear la leche. Mi cara se puso roja.

—Ja ja, sí, claro.

—Necesitas aprender a ser más sociable, Alexandra, o nunca vas a...

—¡Ok, adiós, mamá, te quiero! —Pasé rápidamente junto a ella y salí por la puerta. Mamá resopló fuertemente cuando la puerta mosquitero se cerró.

Crucé el patio delantero revisando el perímetro mientras caminaba, y me subí a la camioneta de Miles.

—Y, ¿cómo estuvo tu fin de semana? —pregunté, tratando de sonar casual.

Sus ojos se movieron hacia mi cara —creo que había estado viendo la botella de leche— y se encogió de hombros.

—Igual que siempre —dijo, dejando algo en el aire, como si quisiera agregar "excepto por el sábado en la noche". Se echó en reversa y salió a la calle.

—Trabajas en *Meijer*, ¿no? —pregunté.

—Sí —dijo. Las comisuras de sus labios se curvaron hacia arriba—. Trabajo en el mostrador de embutidos. Tengo que darle a la gente sus suculentos salamis atascados de químicos, y cosas así.

Imaginé a Miles en un cuarto oscuro, parado junto a una mesa de carnicero con un cuchillo largo en una mano, una pierna de vaca llena de sangre en la otra, y una sonrisa tipo gato risón en la cara.

—Apuesto a que los clientes te aman —dije.

—Sí, cuando el gerente está cerca.

—¿Y ahí también haces cosas por dinero?

—No. Para tu información, no les robo —dijo Miles—. Estoy

por encima de los robos comunes. Fuera de la escuela.

—¿Por qué lo haces? —pregunté—. No puede ser que sólo te mueva el dinero.

—Tengo mis razones.

—Pero, ¿sí sabes que muchas veces sólo quieren humillarte? ¿No crees que si el sábado hubieras regresado del puente de la bruja roja, Cliff y los demás hubieran tratado de asustarte?

—Tal vez. Créeme que lo sé. He hecho muchas cosas vergonzosas. —Estacionó la camioneta y se estiró atrás de su asiento para tomar su mochila—. Sólo es *schadenfreude*[3]. La gente solo quiere reírse de ti.

—¿En serio sabes hablar alemán? —le pregunté, aunque ya sabía la respuesta.

Miles miró por la ventana, y luego dijo, en una voz tan baja que apenas pude escuchar:

—*Ja, ich spreche Deutsch*[4] —sonrió ampliamente—. Pero no me pidas que hable, porque me hace sentir como un mono haciendo gracias.

Nos bajamos de la camioneta y comenzamos a caminar hacia la escuela.

—Debe ser horrible para Jetta —dije.

—Creo que ya está acostumbrada. Cuando alguien le pide que diga algo en francés, les dice una grosería.

—Sabe hablar francés e italiano, ¿no?

—También alemán, español, griego y algo de gaélico.

—Vaya. ¿Puedes hablar todos esos idiomas?

—No. Sólo... alemán. —Cruzamos el estacionamiento—. Por cierto, ya que sacaste el tema, tengo un encargo el jueves por la noche. Quiero que me ayudes.

—¿Por qué? ¿Qué quieres que haga?

—Necesito un par de manos extra. Art era el único disponible.

3 Sentir alegría por el sufrimiento de otro.

4 Hablo alemán.

Obviamente te daré una parte de la recompensa.

—No es nada ilegal, ¿verdad?

—No, claro que no. Estarás bien.

No tenía idea de lo que Miles consideraba legal, pero a lo mejor esto era un ofrecimiento de paz. No era estúpido. Si fuera algo de verdad peligroso, no creo que me hubiera pedido ayuda.

—Está bien, supongo.

Miles me acompañó a la sala del periódico, donde le entregué a Claude Gunthrie mi tarjeta de memoria y le enseñé las fotos del carro de Britney lleno de pintura. Lo primero que hizo Claude fue reírse. Después las descargó y le envió un mail a su papá, al subdirector Borruso y a McCoy.

Noté varias miradas raras mientras íbamos de camino a la clase de Inglés. Pensé que era porque Miles estaba sonriendo, pero no parecía que fuera por eso. No me gustaba esta nueva atención. Me provocaba urticaria en el cuello.

Apenas había terminado de revisar el perímetro, cuando Ria Wolf se sentó en el escritorio junto al mío, con mucho entusiasmo. Su sonrisa depredadora me hizo sentir un escalofrío que me recorrió los brazos y la espalda. Quise alejarme de ella tanto como fuera humanamente posible, pero enterré las uñas en mi escritorio y me obligué a quedarme quieta.

—Oye, ¿cómo se veía Celia cuando estaba pintando el carro de Britney? —me preguntó.

—¿Eh?

—Tú estabas ahí, ¿no?

Miré alrededor y me di cuenta de que Celia no estaba en el salón, y que casi todos estaban viéndonos y esperando mi respuesta.

—Sí, o sea, yo estaba ahí, pero Celia sólo estaba pintando el carro.

¡Qué diablos! ¿En serio ya se había corrido la voz tan rápido? Pero si apenas habían pasado cinco minutos.

—¿Es una venganza contra ella o algo así? —dijo Cliff, apareciendo junto a Ria, y hablándome como si fuéramos mejores amigos. Él era mucho peor que Ria; cada vez que lo veía, sentía que estaba a un segundo de abalanzarse sobre mí con una navaja—. Porque estaría genial; se lo merece.

—Oye, Clifford —gruñó Miles desde su asiento—, ve a buscar otro territorio para marcar.

—Oye, nazi, ve a buscar más judíos para gasear —respondió Cliff, pero mientras lo decía, se paró y regresó a su escritorio.

—¿Sí entiendes lo que dices cuando salen esas palabras de tu boca? —preguntó Miles—. ¿O sólo lo repites por el simple hecho de que los demás lo dicen?

Cliff se acomodó en su silla.

—¿De qué diablos estás hablando, Richter?

—Todos los que están aquí saben de lo que hablo. Deja de decirme nazi.

—¿Por qué?

La mano de Miles golpeó el escritorio.

—¡Porque la matanza sistemática de millones de personas no es graciosa! —Su ataque repentino de furia dejó en silencio a todo el salón. Incluso distrajo al Sr. Gunthrie de su periódico.

Pensé que no le importaba que la gente le dijera nazi. Ver que sí le importaba mandó una oleada de alivio y felicidad a mi cuerpo, pero, ¿por qué se había enojado tanto?

—Basta de charlas —dijo el Sr. Gunthrie, levantándose y observando a Miles y a Cliff como si pensara que estaban a punto de explotar—. Comiencen con el análisis literario en parejas, y no quiero escuchar una sola palabra. ¿Entendido?

—¡Sí, señor!

—Antes de comenzar la clase de hoy, me gustaría tener una pequeña charla sobre el valor del respeto a la propiedad ajena. ¿Les parece bien a todos?

Y así comenzó nuestra lección de veintiocho minutos y medio sobre por qué no hay que mezclar los parabrisas con la pintura en aerosol. Britney y Stacey lo miraron atentamente todo el tiempo, asintiendo con la cabeza. El Sr. Gunthrie nos miró con decepción y nos dijo que nos pusiéramos a trabajar en el análisis de *El corazón de las tinieblas*.

Como siempre, Tucker ya había escrito nuestro análisis. Otra vez se estaba portando de forma extraña, pues la expresión de su rostro parecía como si alguien hubiera cerrado una puerta dentro de él. En cuanto vio a Miles supe por qué.

—Y...—dijo— ¿ya son amigos?

Traté de mantener una expresión neutral.

—Pues... supongo. Me dio un aventón en la mañana —hice una pausa, y luego dije—. Habló en alemán.

—¿Qué?

—Me dijiste que te avisara cuando hablara con acento alemán. Lo hice hablar en alemán. Eso es todavía mejor, ¿no?

Ahora Tucker se veía más enojado.

—¿Por qué estás en su club?

—Mmm. Por el servicio comunitario.

—¿Qué hiciste?

—Nada del otro mundo. Sólo un malentendido en *Hillpark*.

Cualquier persona inteligente hubiera relacionado el incidente grafiti del gimnasio de *Hillpark* —del que casi todo *East Shoal* conocía— con mi servicio comunitario. Pero nadie sabía mucho sobre mí. *East Shoal* y *Hillpark* se odiaban tanto que no existía comunicación entre ellas. Aquí, en el quinto infierno de los suburbios de Indiana, todo se reducía a rojo contra verde, dragones contra sables. No le hablabas a nadie de la otra escuela, a menos que fuera para escupirle en la cara. La única razón por la que *East Shoal* se había enterado del grafiti fue porque el gimnasio principal de *Hillpark* había permanecido cerrado durante varios juegos mientras limpiaban el piso. Mi reputación en *Hillpark* no había traspasado las fronteras de *East Shoal*. Todavía no.

Pero Tucker era punto y aparte en todo esto. Él sí sabía suficientes cosas sobre mí.

—Hace rato, cuando llegaron caminando juntos, Miles estaba sonriendo —dijo Tucker, mirando su escritorio y siguiendo con su lápiz las ranuras en la madera—. No lo había visto sonreír desde que estábamos en segundo de secundaria.

—Sólo me dio un aventón a la escuela —dije, para tranquilizarlo—. No voy a andar con él ni a averiguar los misterios del tablero de puntajes, ni nada.

—No, porque ese es mi trabajo. —Tucker levantó la cara, y sonrió—. Él sólo es un medio de transporte, a mí me toca la parte de los misterios. Vaya, veo que ya empiezas a formar tu harem de sirvientes.

—Mi siguiente víctima será Ackerley. Creo que sería un experto dando masajes de pies.

Tucker se rio, pero miró por encima de su hombro, como si Cliff fuera a aparecerse detrás de él y golpearle la cabeza contra el escritorio.

Conocía muy bien esa sensación.

Durante el resto de la semana, me sentí optimista. En el trabajo, en la escuela, hasta cuando tenía que pasar cerca del tablero. Todo estaba bien. A Celia la expulsaron por lo de la pintura. Hice toda mi tarea a tiempo (y hasta logré entender los ejercicios de cálculo, lo que ya de por sí era un milagro), tomé suficientes fotos e hice varias revisiones del perímetro para tranquilizar mi paranoia, y además, tenía gente con quien platicar.

Gente de verdad. No homicidas.

Miles me llevaba a la escuela y de regreso a mi casa. Como pasa casi siempre, no actuaba igual cuando estaba solo. Seguía siendo un estúpido, pero cuando estábamos solos se portaba más como Ojos Azules y menos como un imbécil. El miércoles, cuando el club se quedó después de la escuela para una competencia de natación, hasta me ayudó a enterrar a Erwin.

—¿Le pusiste Erwin a tu bicicleta?

—Claro. ¿Por qué no?

—¿Por Erwin Rommel? ¿Bautizaste a tu bicicleta en honor a un nazi? —preguntó Miles, entrecerrando los ojos. La mitad trasera de Erwin se balanceó junto a él.

—Mi papá lo consiguió en el desierto africano. Además, Rommel no era cruel. Recibió una orden directamente de Hitler para ejecutar judíos, y la rompió. Y luego, se suicidó a cambio de obtener protección para su familia.

—Sí, pero sabía lo que hacía y de qué lado estaba peleando —dijo Miles, sin sonar muy convencido—. Pensé que te daban miedo los nazis.

Mis pasos vacilaron.

—¿Cómo sabes eso?

—Eres una fanática de la historia; supuse que todo lo que te da miedo proviene de la historia, y los nazis eran bastante aterradores. —Las comisuras de sus labios se curvaron hacia arriba—. Eso, y además cada vez que alguien me dice nazi, pones una cara de terror como si hubiera tratado de matarte.

—Ah, buena deducción. —Sujeté con más fuerza el manubrio de Erwin. Rodeamos la parte trasera de la escuela y caminamos hacia el basurero afuera de las puertas de la cocina. Me llegó un olor a tabaco y virutas de madera, y supuse que era la chamarra de Miles. La usaba todos los días. Abrió la tapa del basurero y lanzamos dentro las mitades de Erwin, cerrando el ataúd de mi pobre bicicleta para siempre.

—¿Por qué te enoja tanto que te digan nazi? —le pregunté—. O sea, no creo que a nadie le hiciera muy feliz algo así, pero el otro día pensé que ibas a arrancarle los dientes a Cliff.

Se encogió de hombros.

—La gente es ignorante. No sé.

Sí sabía. Miles siempre sabía todo.

Mientras caminábamos hacia el gimnasio, me dijo:

—Escuché por ahí que estás haciendo una especie de cacería de tesoros con Beaumont.

—Sip. ¿Celoso?

Lo dije casi sin pensar. Estaba demasiado paralizada para poder decir otra cosa. No sabía sobre la biblioteca, ¿o sí? Era imposible que supiera que había descubierto lo de su mamá.

Pero entonces se rio burlonamente y dijo:

—Lo dudo.

Me relajé.

—¿Qué tienen contra él? La verdad, a mí no me parece tan malo. Sí, tiene su "culto del armario", pero es muy amable. Te odia, pero, ¿no te odian también todos los demás?

—Pero él sí tiene una razón para odiarme. Todos los demás lo hacen porque es de esperarse.

—¿Qué razón?

Miles hizo una pausa.

—Éramos amigos cuando estábamos en la secundaria —dijo—. Creí que era un buen tipo porque los dos éramos inteligentes, nos llevábamos bien y porque cuando yo era el nuevo, él no se burló de mi acento. Pero al llegar aquí, me di cuenta de que se deja pisotear por todos. No tiene ambiciones ni impulso, o una meta final.

Y tú, ¿qué tipo de ambición tienes?, pensé. *¿Dónde puedas ver qué tan eficazmente puedes matar un cachorro?*

—Es inteligente —continuó Miles—, muy inteligente. Pero no le da un buen uso. Podría tener la misma influencia que yo, pero lo único que hace es andar por ahí con sus estúpidas conspiraciones, pasarse el día haciendo sus ecuaciones químicas y obsesionarse con tipas que ni siquiera voltean a verlo.

—¿Cómo quién?

—Como Ria.

—¿A Tucker le gusta Ria? —me pregunto ¿por qué no lo sabía?

—Desde que lo conozco. Si tuviera un poco de sentido común, ya hubiera desechado esa idea romántica que tiene de ella desde hace tanto tiempo y se hubiera puesto a trabajar en algo útil.

—Entonces, te deshiciste de él —dije.

—Pues... sí.

—Te deshiciste de tu amigo... tu único amigo, porque no quiso ayudarte a controlar la escuela.

Los labios de Miles se cerraron en una delgada línea.

—No, no fue por eso...

—¿Porque no tiene ambiciones? ¿Ni “una meta final”?

—Sí.

Me reí burlonamente. Él volteó a verme con la majestuosa ceja levantada, pero me di cuenta de que su mente estaba en otro sitio.

—Eres un imbécil —dije y me marché.

Miles se adelantó a la alberca mientras yo buscaba toallas extras para los nadadores en los almacenes detrás del gimnasio. Tenía que pasar por las puertas del gimnasio para llegar ahí, y me detuve cuando escuché voces adentro.

—No le estás dando el apoyo que necesita —dijo una voz empalagosa.

—Lo estoy intentando. Te lo juro que lo estoy intentando.

Era McCoy, hablando con la mamá de Celia.

Sí había una conexión entre ellos. No podía ignorar este encuentro. Entré agachada al gimnasio y me escondí debajo de las gradas, revisando los andamios en busca de micrófonos mientras cruzaba hacia el otro lado. McCoy estaba parado frente al tablero, con su cabello gris despeinado, y su traje arrugado. Me agaché lo más que pude y encendí mi cámara, apuntándola hacia McCoy y hacia la mujer que estaba de espaldas a mí. Hoy llevaba el cabello recogido en una apretada trenza.

—Sé que es tu hija —dijo McCoy—, pero no es muy brillante que digamos. No es como tú eras.

—Celia es tan lista como cualquiera de estas tontas. Sólo necesita más atención, pero eso es todo —dijo la mujer, arrastrando las palabras—. Necesita bajarse de las nubes y enfocarse en las cosas importantes. En lo que le estoy dando en bandeja de plata.

McCoy levantó las manos en tono de súplica.

—Quiero que esto sea fácil y estar aquí para ella.

La madre de Celia adoptó una posición burlona.

—Por favor, Richard. Si de verdad quisieras ayudarla, le harías entender que su futuro está en juego. Que tiene que continuar el legado que le dejé y tiene el potencial para ser la mejor. —Hizo una pausa, reflexionando en sus propias palabras. Sus brillantes uñas tamborileaban sobre su brazo—. Fracasó como porrista. Seguramente hay algo que puedas hacer al respecto.

—No puedo hacerla capitana del equipo sólo porque hizo un berrinche. Tendrá que ser otra cosa.

—Bien, ¡entonces haz algo con ese chico! ¡Elimina las distracciones!

—Richter es un problema. No entiendo qué es lo que ve en él. O qué piensa que va a pasar. Él no quiere nada con ella.

—No importa lo que él quiera. Mientras Celia le interese, tenemos problemas.

McCoy suspiró.

—Puedo ayudarla, siempre y cuando ella no trate de arreglar el problema por su cuenta. Tengo todo lo que necesita.

—Me da gusto ver que estás utilizando para algo útil tu puesto como director —su voz volvió a sonar dulce—. Gracias, Richard. Por todo. —Se estiró para acariciar su cara, y luego salió del gimnasio. McCoy esperó un minuto, y la siguió.

Me quedé escondida debajo de las gradas, apagué mi cámara y traté de comprender lo que acababa de oír.

McCoy conocía a la mamá de Celia y la estaba ayudando con un plan extraño y destructivo para convertir a Celia en la reina de la escuela.

Iban a eliminar las distracciones.

Eso significaba eliminar a Miles.

Capítulo Veinticuatro

—Rápido, otro.

—Ya tengo uno.

—¿Practicas algún deporte?

—Maldición, ya sabes quién es, ¿verdad?

—Eres Pelé.

Evan estaba pasándose la mano por el cabello, y al quitarla de un tirón se arrancó un mechón.

—¿Cómo? ¿Cómo lo adivinaste sin haberme hecho ninguna pregunta?

Miles entrelazó las manos sobre su pecho y miró fijamente al techo sin decir una palabra. Los demás estábamos sentados alrededor de él, mientras el equipo de basquetbol masculino practicaba en la cancha. Jetta sacó una uva de su lonchera y la dejó caer en la boca de Miles, quien masticó lentamente su recompensa.

—La semana pasada dijiste que te estaba empezando a interesar mucho el futbol —dijo, finalmente.

—El soccer —dijo Ian.

—Futbol —dijo Jetta, enojada, pateando a Ian en la espinilla.

Miles los ignoró.

—La próxima vez no elijas a uno de los jugadores de futbol más famosos del mundo.

—Tengo uno, Jefe —dijo Art.

—¿Estás vivo?

Miles siempre comenzaba con esa pregunta cuando no estaba seguro de la clase de personaje que habías elegido. Al menos eso creía. Después de haberlo visto jugar con los miembros del club durante varios meses, había notado un patrón. Siempre hacía pedazos a Theo, Ian y Evan porque eso los animaba a tratar de vencerlo, pero a Jetta y a Art normalmente les daba un poco de ventaja.

—Sí.

—¿Eres hombre?

—Sí.

—¿Tienes un programa de televisión?

—No.

—¿Alguna vez tuviste un programa de televisión?

Art nunca sonreía mucho, pero cuando lo hacía revelaba todos los pensamientos en su cabeza.

—Sí.

—¿Usas corbatas de moño?

Art siguió sonriendo.

—No.

Miles tuvo que ladear un poco la cabeza sobre la grada para poder ver a Art.

—¿En serio? Qué interesante.

—¿Te rindes? —preguntó Art.

—No. Eres Norm Abram. Había dos opciones: Bill Nye o alguien relacionado con la carpintería.

Ian, Evan y Theo gruñeron al mismo tiempo. Jetta le dio otra uva a Miles. Art se encogió de hombros y dijo:

—Cuando era niño, me gustaba ver *Esta casa vieja* con mi papá.

Miles agitó su mano hacía mí.

—Te va.

No había jugado a esto desde aquella primera vez, con los emperadores aztecas. Nunca me había invitado.

—Bien, tengo uno.

—¿Estás vivo?

—No.

—Eres historiadora; obvio vas a elegir a una persona muerta. ¿Eres hombre?

—Sí.

—¿Eres de Norteamérica o Sudamérica?

—No.

Giró la cabeza para poder verme directamente a los ojos, como si concentrándose lo suficiente pudiera leer mis pensamientos.

—Europa es una trampa... ¿eres de Asia?

—Sí.

—¿Influiste significativamente en el desarrollo de algún tipo de filosofía que afectó profundamente al mundo?

—¿Por qué no nos preguntas cosas así a nosotros? —dijo Theo.

Me aguanté las ganas de soltar una carcajada.

—Sí.

Miles se sentó y se quedó pensando un momento. Apenas llevaba cinco preguntas y ya se estaba acercando mucho.

—¿Eres de China?

—No.

—¿Eres de la India?

—Nop.

Me miró, entrecerrando los ojos.

—¿Eres del Medio Oriente?

—Sí.

—¿Practicabas el islam?

—Sí.

—¿Naciste antes del año 1500 A.C.?

—Sí.

—¿Contribuiste con el campo de la medicina?

—Sí.

Miles volvió a girar la cabeza hacia el techo y cerró los ojos.

—¿Eres conocido también como el padre de la medicina moderna?

Ian frunció la frente.

—¿Hipócrates era musulmán?

—No soy Hipócrates —dije—. Soy Avicena.

—¿Sí sabes que una parte del juego es no decirle al Jefe quién eres antes de que lo adivine? —dijo Ian.

Me encogí de hombros.

—Ya lo había adivinado.—Me giré hacia Miles—. Y llegamos a la pregunta doce. Pero, bueno, por lo menos no lo alargaste para presumir, como la vez pasada.

Miles gruñó.

Jetta levantó la cabeza hacia las puertas del gimnasio y luego volteó a ver a Miles.

—*Mein Chef. Der Teufel ist hier.*[5]

Todos volteamos. El Sr. McCoy entró al gimnasio, arreglándose el saco y la corbata, y su mirada se dirigió hacia nuestro grupo. Caminó rodeando la cancha de basquetbol y se detuvo frente a las gradas.

—Sr. Richter —dijo. Sonaba como si le hubieran inmovilizado la mandíbula—. ¿Puedo hablar con usted un momento?

—Sí —dijo Miles, pero no se movió.

McCoy esperó un total de cuatro segundos antes de añadir:

—En privado, Sr. Richter.

Miles se puso de pie, pasó junto a mí, y comenzó a bajar las gradas. Cuando McCoy y él caminaron hacia el otro lado del gimnasio, fuera del alcance del oído, Ian y Evan se estremecieron exageradamente al mismo tiempo.

—Atentos, no los pierdan de vista —dijo Evan.

—Sí —añadió Ian—. McCoy podría sacarle los ojos al Jefe con un cortador de melones y usarlos como aceitunas para sus martinis.

—¿Qué? —dije— ¿Por qué?

—*Der Teufel hasst Chef*[6]—dijo Jetta.

—No sé qué significa eso.

—McCoy odia al Jefe —explicó Theo—. Te diría que mis hermanos están de odiosos, pero es muy probable que McCoy sí tenga un cortador de melones en su escritorio con el nombre del Jefe escrito en él.

—Ya en serio —dije—. ¿Lo odia del mismo modo que todos

5 Mi jefe. El diablo está aquí.

6 El diablo odia al jefe.

los demás? Porque probablemente es horrible ser el director que tiene que lidiar con él. —Por favor, que sea así. Por favor, que no sea nada raro.

—No, no —dijo Evan—. Mira, se podría decir que Ian y yo hemos... convertido la oficina de McCoy en nuestro segundo hogar. ¿Cuántas veces dirías que nos han mandado ahí en los últimos tres años, Ian?

Ian se dio unos golpecitos en la barbilla.

—Digamos que unas cuatro veces por semestre. De hecho, ya nos toca ir.

—Por eso sabemos un poco de lo que pasa en la oficina de ese tipo. Habla del Jefe todo el tiempo. El Jefe es muy cuidadoso con sus... *cosas*... ¿sabes?, y McCoy no tiene ninguna prueba contra él, de no ser por un montón de teorías que le cuenta todo el tiempo al subdirector Borruso. Cosas como que el Jefe tiene armas o drogas, historias ridículas como esas. Lo que quiere es desaparecerlo.

Estábamos hablando de *East Shoal*, por supuesto que iba a ser algo raro.

—Pero... ¿por qué? —pregunté—. No puede ser por un simple enojo. ¿Qué originó todo eso?

Evan se encogió de hombros.

—Lo único que sé —dijo Ian—, es que McCoy no creó este club y obligó al Jefe a dirigirlo sólo porque quería que él dejara de pegar en el techo las tareas de los demás. Lo hizo porque no quiere perderlo de vista.

Así que McCoy, quien era probable que fuera mentalmente inestable, tenía a Miles en su punto de mira. ¿Por qué? ¿Por qué le importaba tanto Miles? ¿Por qué quería hacerle daño?

¿O estaba siendo paranoica? ¿Acaso McCoy sólo estaba lidiando con un estudiante rebelde?

¿Podía arriesgarme a pensar eso?

—No te pgeocupes, Alex —dijo Jetta, recostándose con su racimo de uvas—. Si tgata de lastimag a *mein Chef*, lo mandagemos de gegeso al infiegno de donde salió.

Viniendo de Jetta, esas palabras sonaron muy tranquilizadoras.

Unos minutos después, Miles regresó a las bancas, con ambos ojos todavía en su lugar. Lo miré tres veces antes de hacer una rápida revisión del perímetro. No había nada raro, pero no podía dejar de seguir mi instinto diciéndome que algo malo iba a pasar.

Ojos Azules era una pequeña flama en la oscuridad, y aunque no sabía a ciencia cierta si Miles era realmente Ojos Azules, no podía dejar que se apagara.

Capítulo Veinticinco

La noche del trabajo con Miles, me senté junto a mi ventana a esperar la señal. Mis dedos golpeaban nerviosamente el alféizar y los pies me sudaban en los zapatos, a pesar de que afuera estaba haciendo frío. Papá roncaba en el cuarto al final del pasillo, y si estaba roncando, significaba que tanto él como mamá estaban dormidos. En el cuarto junto al mío, Carla dijo algo sobre piezas de ajedrez cubiertas de azúcar. Sólo tenían que seguir dormidos durante las siguientes dos horas y todo estaría bien.

Le había preguntado a Art varias veces si el trabajo era seguro (en su mayoría) y si definitivamente estaría listo en dos horas. Todavía no sabía cuál era el trabajo exactamente, o lo que se supone que tendría que hacer.

Pero me di cuenta de que no me importaba. Esta noche iba a disfrutar la descarga de adrenalina sin importarme nada. Quería ser una adolescente. Quería escaparme de noche (pero no mientras creía que me estaban secuestrando los comunistas) y hacer cosas que no debería de hacer. Quería hacerlas con otras personas. Con personas reales, que no les importara saber que yo era diferente.

La camioneta de Art dio vuelta al final de la calle, con las luces parpadeando. Haciendo el menor ruido posible, quité el mosquitero de mi ventana, lo recargué en la pared, trepé sobre la cama de flores, y cerré la ventana atrás de mí. Igual que lo hacía en mis viajes nocturnos al puente de la bruja roja. Caminé por la calle cubierta de nieve a medio derretir, entrecerrando los ojos para asegurarme de que fuera Art el que estaba dentro de la camioneta, y luego me subí.

—Bueno, ahora tenemos que ir por el Jefe —dijo Art.

—¿A dónde vamos?

Me puse el cinturón de seguridad.

—A *Downing Heights* —dijo Art, sonriendo ligeramente—. Sé que te encanta ese rumbo.

—Uy, sí, claro —murmuré—. Dime que no vamos a ir a casa de Celia.

—Nop. Pero primero tenemos que ir por el Jefe, y él definitivamente no vive en *Downing Heights*.

Pasamos un montón de calles silenciosas. A lo lejos, las costosas casas de *Lakeview* se elevaban como montañas oscuras. Pero a nuestro alrededor, cada casa se veía menos amigable que la anterior. De pronto, mi casucha color tierra me pareció mucho más linda que antes.

Dimos vuelta en una esquina y las casas se volvieron completamente aterradoras. Como si Miles Sangriento anduviera por ahí tratando de asesinarme. Ni siquiera en pleno día hubiera venido por aquí.

Art se detuvo frente a una casa de dos pisos que parecía como si estuviera unida por un montón de grapas. El techo tenía varias tejas faltantes, la mitad de las ventanas estaban rotas, y el porche tenía una hendidura en el medio. El césped de la entrada estaba cubierto de basura y rodeado por una malla de alambre oxidada. La camioneta azul de Miles estaba estacionada en la entrada, junto a un Mustang viejo que tal vez podría valer mucho dinero si alguien lo arreglara.

Sabía que algo en esta escena debía ser una alucinación. Algo. La oscuridad siempre empeoraba todo, pero este lugar... nadie podía vivir así. Esto no podía ser real.

—Oh-oh, Ohio está afuera —dijo Art, señalando con la cabeza hacia un lado del porche, donde había una improvisada casa para perro con el *Rottweiler* más grande que había visto en toda mi vida. Parecía el tipo de perro que comía bebés en el desayuno, ancianos en el almuerzo y vírgenes sacrificadas en la cena.

No me extrañó que ese fuera el perro de Miles.

—¿Vive aquí? —pregunté, inclinándome hacia adelante para poder ver mejor la casa—. ¿Cómo es posible que esta casa sea habitable?

—No creo que lo sea. Su papá se la vive borracho y molestando a los vecinos con el perro —Art se estremeció—. La primera vez que pasé por el Jefe, Ohio estaba despierto. Pensé que me iba a arrancar la cabeza, y eso que no me bajé de la camioneta.

No creí que el gigantesco y corpulento Art le tuviera miedo a nada. No sé qué esperaba, pero definitivamente no era nada parecido a esto. Así que Miles no era rico. Con todo, esperaba algo un poco mejor.

—¿En qué trabaja su papá?

Art se encogió de hombros.

—Creo que trabaja como guardia de seguridad en el centro. Viven los dos solos, así que no creo que necesiten mucho dinero. Pero nadie se hace cargo de la casa.

El movimiento en el segundo piso me distrajo. La ventana de la izquierda se abrió y una silueta oscura se deslizó por la estrecha abertura como un gato y estiro el brazo para coger un abrigo y un par de zapatos. Se puso el abrigo, pero no los zapatos, y luego caminó rápidamente hacia uno de los extremos del techo del porche, se deslizó por el tubo del desagüe como un fantasma, y cayó silenciosamente sobre las plantas de sus pies, justo encima de la casa del perro.

Ohio dio un resoplido, pero no se despertó.

La silueta se bajó de la casa del perro, caminó por el patio, brincó la reja y corrió a la parte trasera de la camioneta. Tuve que obligarme a respirar de nuevo.

Miles se subió en la parte de atrás, sacudiéndose el aguanieve del cabello y de los calcetines, y se puso los zapatos. Art se alejó de la casa.

—Maldito perro. —Miles se inclinó hacia adelante, apoyando

la cabeza en el respaldo. Se sentía raro verlo así. Llevaba puestos unos pantalones de mezclilla, una playera vieja debajo de su chamarra de aviador y unas botas que parecían como si alguien las hubiera mordido. Se pasó las manos por el cabello, abrió un ojo y me atrapó viéndolo.

—Vivo en Villa Porquería, ya lo sé. —Volteó a ver a Art—. ¿Trajiste las cosas?

—Están atrás de mí.

Miles tomó la maleta negra que estaba detrás del asiento del conductor, vació el contenido en el piso y las cosas empezaron a rodar.

Un bote de pomada para golpes, una bolsa llena de bolitas negras, cinco o seis cuerdas elásticas resistentes, un destornillador, una llave inglesa y un martillo pequeño.

—¿Para qué trajiste esto? —preguntó Miles, levantando el martillo.

Art se encogió de hombros.

—Pensé que sería divertido, por si necesitamos romper algo.

Me reí. Las manos de Art bien podrían funcionar como martillos.

—No rompas nada que sea muy caro. Le dije a Alex que no íbamos a cometer ningún delito grave.

—Mmm, ¿Jefe? Entonces, ¿cómo le llamas a entrar ilegalmente a una casa?

—Un crimen —dijo Miles—. Pero si tienes la llave, no es ilegal.

Sacó una llave de su bolsillo y nos la enseñó.

—¿Dónde diablos la conseguiste?

—Tengo un contacto. Da vuelta aquí. Es la tercera casa a la izquierda.

Estábamos de vuelta en *Downing Heights*, zigzagueando por el camino hacia las casas súper lujosas. Nos detuvimos frente a una que parecía la segunda casa de Bill Gates. La entrada llevaba a un garaje de tres puertas con un porche gigantesco y una puerta doble de vidrio.

Miles volvió a meter las cosas en la maleta, menos el destornillador, la llave inglesa y el martillo.

—Art, tú estás a cargo del carro. Alex, tú vienes conmigo. —Miró su reloj—. Ojalá que nadie se despierte. Vamos.

Nos bajamos de la camioneta y caminamos hacia la casa. Miles se detuvo junto a la puerta frontal, abrió la caja del teclado de seguridad y escribió un código. Se volteó hacia la puerta y metió la llave. Las puertas se abrieron.

Entramos por un pasillo. Miles cerró la puerta detrás de nosotros y revisó el otro teclado numérico que había dentro de la casa, después me señaló una puerta que seguramente llevaba al garaje. Art entró por ahí con el destornillador, la llave y el martillo en una mano.

Esta casa pertenecía a Hollywood, no a Indiana. En medio del foyer (sí, el *foyer*, tenían un maldito foyer) había unas escaleras enormes que se dividían en dos direcciones en la parte de arriba. A la derecha del foyer había una sala de estar donde la luz de una televisión parpadeaba en la pared. Le di un golpe en el brazo a Miles, señalando la luz. Movió la cabeza y revisó el pasillo. Un segundo después, una chica de cabello negro con pijama de cachemira se apareció en el foyer. Se talló los ojos con una mano, mirándonos fijamente.

—Hola, Ángela —dijo Miles, tranquilamente. La chica bostezó y lo saludo con la mano.

—Hola, Miles. Está profundamente dormido. Trituré las pastillas y las puse en su cena, como me dijiste.

—Genial, gracias. —Miles sacó su cartera y le dio un billete de veinte dólares a Ángela.

—Buen trabajo. Su recámara sigue siendo la misma, ¿no?

—La cuarta puerta a la derecha —dijo Ángela—. El de mamá y papá está a la izquierda, así que no te preocupes por ellos.

—Gracias. Vamos.

Miles y yo empezamos a subir las escaleras. Cuando llegamos a la parte de arriba, dimos vuelta a la derecha y caminamos por un largo pasillo. Todo se veía perturbadoramente normal —bueno, sin tomar en cuenta la increíble cantidad de dinero invertida en esta casa— que por un instante pensé que todo esto era una alucinación.

Miles se detuvo en la cuarta puerta de la izquierda, con mucho cuidado tocó la perilla varias veces, como si pensara que iba a estar ardiendo, y luego abrió la puerta.

Quienquiera que fuera el dueño de la recámara era increíblemente desorganizado. Había ropa tirada por todo el piso y un escritorio cubierto de papeles, gráficos y mapas de distintos lugares. Encima de la cómoda había autos pequeños, animales mecánicos y superhéroes. En todas las paredes había pósters de ciencia, incluyendo una tabla periódica que brillaba en la oscuridad.

El durmiente se giró.

—Toma —dijo Miles, abriendo la maleta y sacando el frasco de pomada—. Ve a la cómoda, busca en los cajones de arriba y unta esto adentro de toda la ropa interior que encuentres.

—¿Que haga qué? —dije, tomando el frasco—. Qué asco.

—Te voy a pagar cincuenta dólares por hacerlo —dijo Miles, enojado, volteándose hacia la cama.

Fui a la cómoda y abrí el primer cajón de la izquierda. Estaba vacío. El de la derecha tenía un montón de ropa interior y calzoncillos blancos e impecables.

Bueno... por lo menos estaban limpios.

Tomé el primer par de ropa interior y abrí el frasco de pomada. Mientras hacía mi trabajo, vi a Miles de reojo quitando las cobijas y amarrando al durmiente a la cama con las cuerdas elásticas, desde los hombros hasta los tobillos. Después, Miles vació la bolsa de bolitas negras —¿eran pulgas?— encima de la cabeza del durmiente.

—Ya terminé —dije en voz baja, y volví a cerrar el cajón.

—Ahora, recoge toda la ropa interior que encuentres en el piso, y métela debajo de la cómoda —dijo Miles, mientras programaba la alarma en el reloj del buró.

Utilizando mi dedo índice y el pulgar como si fueran una garra, recogí la ropa interior del suelo, tratando de tocarla lo menos posible. La junté toda en un montón junto a la cómoda y la metí debajo con el pie.

—El efecto de los somníferos tiene que haber pasado cuando suene la alarma —dijo Miles. Le di el frasco de pomada—. Ahora sólo tenemos que salir de aquí.

Caminé con cuidado hacia la cama para poder ver mejor a nuestra pobre e inconsciente víctima.

Me quedé congelada.

—Ay, por Dios, Miles.

—¿Qué?

—¡Es Tucker!

Se veía tan inocente con su playera de Einstein y su pantalón de pijama cubierto de átomos; y yo acababa de untar pomada para golpes en toda su ropa interior.

—¡Cálmate! —Miles me tomó por la muñeca y me sacó de la recámara. Bajamos rápidamente las escaleras y regresamos al foyer, donde Ángela nos saludó con la mano desde la sala. Luego salimos al porche. Miles cerró la puerta, reprogramó el sistema de seguridad y corrimos hacia la camioneta. Art nos estaba esperando frente a la casa.

—¡Imbécil! —dije, cuando las puertas de la camioneta se cerraron y Art pisó el acelerador. Le di un puñetazo en el brazo con toda la ira que se había acumulado dentro de mí—. ¡No me dijiste que era Tucker!

—Si te hubiera dicho quién era, ¿hubieras aceptado? —preguntó Miles.

—¡Obvio no!

—Ah, claro, pero está bien si se trata de otra persona —dijo Miles, quitándose los lentes para frotarse los ojos—. Un poco hipócrita, diría yo.

—Pues no digas. —Me crucé de brazos y miré por la ventana. Un horrible sentimiento de culpa me revolvía el estómago—. Debiste haberme dicho.

—¿Por qué? ¿Te da lástima? ¿Cómo es que te sigue a todas partes como un perro? Nunca sabrá que me ayudaste. Sólo se sentirá confundido e incómodo, y tú tendrás cincuenta dólares en la bolsa.

Otro ataque de ira me recorrió el cuerpo.

—Eso no importa. ¡Es cuestión de principios!

—No lo es. ¡No cuando decides que está mal por tratarse de Beaumont!

Nos miramos furiosos por un minuto, hasta que Art tosió. Sentía los brazos rígidos.

—Eres un imbécil —dije, mirando hacia otro lado.

—Se necesita uno para reconocer a otro —respondió Miles.

Capítulo Veintiséis

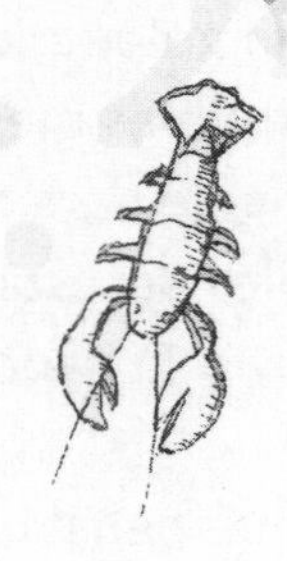

A la mañana siguiente, Miles tuvo el cinismo de pasar por mí. Pero dejé que dieran las siete y le pedí a papá que me llevara a la escuela. Se dio cuenta de que algo andaba mal cuando ataqué el plato de cereal sin revisar primero si había rastreadores. Cuando me preguntó si me pasaba algo, le dije que no había podido dormir.

Pero, en cuanto llegamos al estacionamiento de la escuela, estaba completamente despierta.

Me dejó en la entrada principal. Revisé el perímetro, observé a los hombres en el techo —¿reales o no reales?— y me puse la mochila en el hombro. Tuve la horrible sensación de que la gente veía mi cabello. Pero cuando miré alrededor, nadie me estaba viendo.

Miles estaba en los casilleros, parado frente al suyo con la puerta abierta y metiendo sus libros. Cuando abrí el mío, un reluciente billete de cincuenta dólares cayó volando en mis pies. Lo recogí y se lo aventé a Miles.

—No lo quiero.

Levantó una ceja.

—Pues mala suerte, porque es tuyo.

—No lo voy a aceptar —dije, lanzando el billete sobre sus libros.

—Son cincuenta dólares. Seguro que te sirven de algo.

—Claro que sí. Pero no los quiero.

—¿Por qué? ¿Por un falso sentido de moralidad? —dijo Miles—. Créeme, Beaumont no se merece tu remordimiento.

—¿Quién eres tú para decidir eso? —Me contuve con todas

mis fuerzas para no golpearlo en la cara o patearlo en la ingle—. No te cae bien porque es mejor persona que tú. No tiene que robar ni sabotear a nadie para que la gente lo escuche.

Parecía que Miles se estaba conteniendo para no decir algo ofensivo, pero movió la cabeza y volvió a meter el billete en su mochila.

Lo único en lo que pensaba mientras caminaba a mi salón, era en por qué había querido besarlo. Y entonces escuché los horribles gritos que venían del salón del Sr. Gunthrie. Un grupo de estudiantes estaba parado afuera del salón. Me abrí camino entre la gente y me hice a un lado por si había disparos.

Celia había regresado y tenía los dedos enredados en la cola de caballo de Stacey Burns, gritando a todo pulmón. Su cabello, alguna vez rubio, ahora era color verde pasto. Britney Carver estaba del otro lado de Celia, tratando de liberar a Stacey. Celia se balanceó hacia adelante y le dio un puñetazo en la cara a Stacey.

Claude Gunthrie empujó a varios estudiantes de primer grado de la puerta, y entró corriendo al salón tomando a Celia por la cintura y levantándola del suelo.

—¡Suéltame! —dirigió su mirada al grupo—. ¡Malditas, ustedes me hicieron esto! ¡Voy a matarlas!

—¡Nosotras no hicimos nada! —gritó Stacey, con un hilo de sangre goteando de sus labios—. ¡Suéltame!

—¡Alguien sujétele los brazos! —dijo Claude con esfuerzo, bajo el peso de Celia— Va a...¡Ugh!

Celia le dio un codazo en la cara.

—¿Qué? —Theo se abalanzó y atacó el brazo con el que Celia le había pegado a Claude, lista para arrancárselo.

—¿Qué pasa aquí? ¡Sepárense!

Como si hubiera sido mandado por Dios, el Sr. Gunthrie entró vociferando al salón, tomó a Celia del cuello con una mano y a Stacey con la otra, y las levantó del suelo. Cuando las bajó, se veían tan espantadas, que se quedaron quietas y se soltaron.

—Claude, lleva a Burns a la enfermería. Hendricks, tú vienes conmigo. —El Sr. Gunthrie hizo una pausa, mirando a Celia—. ¿Por qué te pintaste el cabello de verde?

Celia empezó a gritar otra vez y el Sr. Gunthrie tuvo que rodearla con sus brazos para poder sacarla del salón. Stacey salió sin Claude y con la mandíbula apretada. Claude la siguió con la nariz goteando sangre. Theo se las ingenió para salir detrás de él.

Me senté en uno de los escritorios vacíos. ¿De verdad Stacey y Britney le habían pintado el cabello a Celia, o era otra de sus locuras para llamar la atención?

Los susurros se hicieron cada vez más fuertes. Miles entró, viéndose medio decepcionado por el salón semivacío y porque nadie estaba en su escritorio. Se sentó sin hablarme.

Cliff y Ria estaban sentados en el escritorio de Ria, riéndose y revisando la puerta de vez en cuando. Y entonces, la cara de Ria se puso tan roja, y Cliff empezó a reírse tan fuerte que yo también me giré para ver lo que pasaba.

Tucker entró cojeando al salón caminando con las piernas arqueadas. Tenía unas ojeras enormes debajo los ojos, y se iba restregando el cabello negro y despeinado con las manos. Su corbata estaba mal puesta y llevaba la camisa por fuera. Se sentó con cuidado haciendo muecas de dolor mientras se acomodaba, y comenzó a rascarse todo el cuerpo.

Me levanté de mi escritorio y crucé rápidamente el salón.

—¿Estás bien?

¿Estás bien? probablemente es una de las cinco preguntas más estúpidas del mundo. El 99% de las veces, un poquitito de sentido común facilita mucho las cosas. Pero, en la situación actual, no se me ocurría nada mejor que decir, porque "Perdón por haber puesto pomada para golpes en tu ropa interior" no es lo primero que quieres decirle a alguien que no tiene la menor idea de que fuiste tú quien lo hizo.

Tucker puso las manos sobres sus piernas, como si por fin se hubiera dado cuenta de que parecía un mono rabioso.

—No —dijo—, esta mañana me desperté sintiendo que estaba en un viaje ácido. Tengo comezón en todo el cuerpo y no sé por qué. —Se acercó un poco más, moviéndose incómodo en su silla—. Y siento como si alguien le hubiera prendido fuego a mi ropa interior.

Presioné mi puño contra mi frente, sintiendo como se me revolvía el estómago.

—Sé lo que pasó —dijo. Lo miré horrorizada, pero continuó—. En verdad, no sé bien los detalles, pero sé lo que pasó y por qué. Y sé que fue Richter. Sé que fue él porque es el único que podría entrar y salir de mi casa a media noche sin activar las alarmas. Al menos, es el único que lo haría por el simple hecho de fastidiarme.

Tucker le lanzó una mirada furiosa a Miles por encima de mi hombro.

—Míralo; ni siquiera trata de disimular. Nos está mirando fijamente en este momento.

No me moví.

—No pudo haber sido tan grave, ¿o sí? ¿Qué fue lo que pasó?

Movió la cabeza.

—No sé. Mi alarma sonó una hora después, y desde ahí todo ha salido mal. Mi carro se descompuso de camino a la escuela. —Tucker hizo una pausa para rascarse el pecho distraídamente—. No lo hizo él solo. Creo que alguien más lo ayudó. Richter no sabe de carros... probablemente alguien del club...

Tucker se detuvo otra vez.

—Tú no... tú no lo ayudaste, ¿verdad?

Tal vez me tardé mucho en responder. A lo mejor miré en la dirección equivocada o me jalé el cabello demasiado fuerte. Pero la cara de Tucker se transformó, antes de que pudiera empezar a negarlo. Se volteó completamente, dándome la espalda.

¿Por qué había dudado? ¿Por qué no le había contado todo tal y como lo había planeado?

Capítulo Veintisiete

Cuando llegó la hora del almuerzo, toda la escuela sabía lo que había pasado en la clase del Sr. Gunthrie. Claude tenía la nariz hinchada y morada, y hacía muecas de dolor cada vez que trataba de hablar. Stacey no había regresado de la enfermería, pero Britney andaba por ahí quejándose de la mala leche de Celia con cualquiera que la escuchara. Estaba 90 por ciento segura de que habían expulsado a Celia. Otra vez.

No vi a Tucker durante el resto del día, y eso me hizo odiarme. O sea, ya podía olvidarme de los viajes a la biblioteca para averiguar más cosas sobre McCoy o de las conspiraciones en *Finnegan's*. Debí haberle preguntado a Miles de quién era la casa. Y sabía que Miles tenía algo de razón cuando me llamó hipócrita por decir que había estado mal sólo por tratarse de Tucker. Hubiera estado mal sin importar quién fuera. Pero lo había hecho de todas formas.

Cuando llegó la clase de química, lo último que quería era estar en la misma mesa que Miles durante cincuenta minutos. Llevaba todo el día evitándolo, pero en el laboratorio tuve que darle información sobre las reacciones químicas con ciertos tipos de metal para que pudiera anotarlas. No sé por qué no lo hizo él solo —las muestras podían analizarse muy fácilmente— pero después de cada reacción se quedaba viéndome, esperando a que le diera el resultado.

Por lo visto, eso lo hizo pensar que lo había perdonado. Cuando terminó la clase, me siguió en silencio hasta los casilleros y luego al gimnasio, hasta que vimos a Celia salir de la oficina del director acompañada por su padre y por un guardia de seguridad de la escuela.

—Celia nunca se había portado así —dijo Miles—. Le gustaba molestarme, pero nunca había lastimado a nadie. Creo que está pasando algo raro, pero no sé qué es.

Me giré y miré hacia la vitrina de cristal afuera del gimnasio, como si me importaran un bledo él y Celia.

—Por lo visto, parece que piensas que te estoy dirigiendo la palabra.

—En la clase de Química lo hiciste.

—Para que pudiéramos trabajar.

Escuché cómo rechinaban sus muelas.

—Está bien. Perdón. —No podía tener más apretada la mandíbula cuando lo dijo—. ¿Ya estás contenta?

—¿Perdón por qué? —dije, mirando otra vez la foto de Scarlet. Ahora estaba completamente rayada con plumón rojo. Deseé tener a la mano la bola 8 mágica de *Finnegan's*.

Miles entornó los ojos.

—Por... no sé, ¿por no decirte que era Beaumont?

—Y, ¿qué más?

—Y por pedirte que untaras pomada para golpes en su ropa interior.

—Eso fue cruel.

—¿Y por eso crees que fue mi idea? Yo no soy quien planea estas cosas; sólo lo hago para otras personas.

Al ver la mirada que le lancé como respuesta, levantó las manos en señal de rendición.

—Perdón, en serio, perdón... Bueno, si no me vas a hablar, ¿por lo menos puedes escucharme?

—Depende de lo que vayas a decir.

Miles miró alrededor para asegurarse de que estuviéramos solos, y luego respiró profundamente.

—Hay algunas cosas que necesito decirte, porque siento que... que te lo debo. No sé por qué siento eso, y no me gusta sentirme así, pero aquí va.

Estaba sorprendida, pero no dije nada. Miles volvió a respirar profundamente.

—Primero que nada, mi mamá está en un hospital psiquiátrico... y si yo no le he contado a nadie sobre ti, tú no le puedes contar a nadie sobre esto.

¿Debía parecer sorprendida? ¿Confundida? No creí que me lo fuera a decir. Aunque ahora ya no me sentiría culpable por la desigualdad de secretos entre nosotros.

—¿Qué? No seas mentiroso.

—No lo soy. Está en un hospital al norte de *Goshen*. La visito una vez al mes. Dos veces, si me las puedo arreglar.

—¿Es en serio?

—Sí. Nunca me crees nada de lo que te digo. No entiendo cómo alguien mentiría sobre una cosa así. Estoy tratando de arreglar las cosas, pero si no vas a escucharme ya no diré nada.

—No, no, perdón, continúa.

Miles me miró.

—¿Te vas a callar y vas a escuchar?

—Sí. Lo prometo.

—Bueno, como ya sé que quieres saber por qué está ahí, te diré que no es por nada importante. Siempre ha sido un poco... desequilibrada... pero nunca tan grave como para estar internada. Ni tan grave como para tener que quedarse encerrada. Pero, generalmente, negar que estás loco, hace pensar a la gente que estás más loco todavía.

Hice un sonido de comprensión.

—...y así fue como mi papá los convenció. Dijo que mamá lo negaba todo el tiempo. Primero les dijo que los moretones, los ojos morados y los labios hinchados eran su culpa. Que se los hacía ella misma durante sus ataques de depresión o ira. Que era bipolar y que ya no confiaba en ella. Y, obviamente, en cuanto mamá escuchó todo eso se puso furiosa, y eso empeoró las cosas —la parte trasera de su garganta emitió un sonido de repugnancia—. Y luego... el lago.

—¿El lago?

—Papá la arrojó a un lago, la “rescató”, y dijo que había tratado de suicidarse. Que estaba histérica. Nadie se tomó la molestia de buscar evidencias contra él. Fue entonces cuando empecé a hacer cosas por dinero, y ahora hago todos los turnos extra que puedo en el trabajo, e ignoro las leyes laborales para menores de edad porque no me importan. Cuando cumpla dieciocho años, en mayo, la voy a sacar de ahí, y necesito el dinero para ella, para... que tenga algo, ¿entiendes? Porque papá no le va a dar nada, y no puedo dejar que regrese a esa casa.

Miles se detuvo de repente, con los ojos fijos en un punto a la izquierda de mi cabeza. Una sensación de malestar me revolvió el estómago. Algo parecido a lo que se siente cuando recibes de golpe mucha más información de la que pensabas recibir sobre una persona.

—Y, ¿ya?... ¿ya?

—No, todavía no termino —dijo, enojado—. Algunas veces me cuesta trabajo entender las cosas. Las emociones. No entiendo por qué se molesta la gente cuando pasan ciertas cosas, no entiendo por qué Tucker no se esfuerza por ser más de lo que es, y sigo tratando de entender por qué me besaste.

Ok. Me hubiera podido morir en ese instante. Simplemente caerme al suelo y morirme.

—¿Alguna vez has oído el término *alexithymia*? —preguntó.

Moví la cabeza negativamente.

—Significa “no tener palabras para describir las emociones”. Pero no es sólo eso. Es casi un trastorno mental, aunque tiene ciertos grados. Mientras más alta sea tu *alexithymia*, más difícil será interpretar las emociones y cosas así. La mía no es tan alta, pero tampoco está en el nivel más bajo.

—Ah.

—Sí. Así que, perdón si algunas veces parezco insensible. O, no sé, como que estoy a la defensiva. La mayor parte del tiempo sólo estoy confundido.

—¿Eso quiere decir que no te importa para nada la gente a la que le haces cosas? —pregunté.

—No soy un sociópata; sólo me toma más tiempo procesar las cosas. Soy bastante bueno para desconectar mi sentido de culpabilidad cuando quiero. Pero no puedo dejar de hacerlo. Es una forma fácil de ganar dinero, mantiene a la gente lejos de mí y me hace sentir... seguro.

—¿A qué te refieres?

—A que cuando yo hago el trabajo sucio de los demás, y todos me tienen miedo, me siento seguro. Yo controlo lo que pasa y al que le pasa.

—A quien le pasa —murmuré, corrigiéndolo, y para mi sorpresa, sonrió.

—Tienes razón. A quien le pasa.

Tuve la sensación de que la sonrisa no fue solamente por haber corregido su gramática. Me pregunté si era la primera vez que hablaba de esto con alguien, y luego me pregunté sobre su mamá, en *Goshen*, y cómo planeaba sacarla de ahí mientras su papá estuviera cerca. Y también sobre qué pasaría si su pequeña dictadura en la escuela se viniera abajo.

Volví a mirar la vitrina de trofeos. La foto de Scarlet me gritó.

—Creo que sé lo que le pasa a Celia —dije, finalmente. Le conté todo lo que sabía sobre Celia, su mamá, McCoy, Scarlet y el tablero. Sobre cómo Tucker me había ayudado a conseguir información, hasta que llegamos a un punto muerto.

—Sé que no le agradas a McCoy, pero a Celia sí —añadí—. Y eso... me preocupa. Creo que ambos son muy inestables. McCoy necesita ayuda psiquiátrica, y no pienso que vaya a conseguirla en el futuro cercano. Ni siquiera creo que lo sepa, o que le importe. Y sé que soy la chica loca que inventa historias y no tendrías por qué escucharme, pero si pudieras hacerme un favor, te pediría que... tuvieras cuidado.

Me miró fijamente, y luego parpadeó.

Luego asintió y dijo:

—Bien, tendré cuidado.

Capítulo Veintiocho

No anunciaron la segunda expulsión de Celia, pero todos sabían los detalles. Gracias a que su papá era abogado (y a una inesperada intervención del mismo Satanás, porque, seamos honestos, ¿quién más la ayudaría?), no la expulsaron. Esa era la mala noticia. La buena era que estaría lejos el resto del semestre. La otra mala noticia era que sólo faltaban diez días para que terminara. Y todos los del club vimos la otra mala noticia desde un kilómetro de distancia: cuando el semestre terminara, Celia regresaría, y tendría que hacer servicio comunitario.

La única persona a la que no parecían gustarle las buenas o las malas noticias era al director McCoy, que estaba más irritable y enojón con todo el asunto de Celia. Sus anuncios matutinos eran cortos y secos, y no mencionaba para nada el tablero. En las tardes, se la pasaba afuera del gimnasio vigilando al club mientras trabajábamos. Sabía que Miles era un chico grande y que podía cuidarse solo, pero no había un mejor momento que éste para poner en uso mi sentido de paranoia altamente perfeccionado.

Durante esos diez días, la escuela regreso a una normalidad relativa. A lo mejor era porque se respiraba el espíritu navideño en el aire, o porque se aproximaban dos semanas de vacaciones, pero todos parecían estar mucho más alegres, a pesar de los exámenes finales. Hubo intercambio de regalos. Vi a gente pequeña vestida como elfos revoloteando entre los salones. Hice tarjetas de Navidad para todos los de club, y les puse una dracma griega del siglo XIX a cada una, aunque no sabía si lo verían como algo estúpido.

Al primero que se la di fue a Miles, para ver cómo reaccionaba. Me puse los anteojos protectores sobre la cara, en la mesa del laboratorio, mientras Miles examinaba la tarjeta. Después la abrió como si tuviera una bomba adentro.

Tomó la moneda y la analizó.

—¿Una dracma? ¿Es... ¿Es de verdad? ¿De dónde la sacaste?

—Mi papá es arqueólogo. Recolecta cosas de todo el mundo.

Y las monedas eran una de las cosas que había traído a casa que sabía que eran reales.

—Pero esto podría valer mucho dinero —dijo Miles—. ¿Por qué me la das?

—No te sientas tan especial —dije, tomando los tubos de ensayo y la gradilla que necesitaríamos para el experimento—. Puse una en todas las tarjetas para los del club.

—Aun así. ¿Cómo sabes que no valen miles de dólares?

—No sé, pero supongo que papá no me las hubiera dado si valieran tanto dinero. —Me encogí de hombros—. Tengo un montón de cosas así.

—¿Nunca se te ha ocurrido que a lo mejor te da las cosas a pesar de que valen mucho dinero?

—¿La quieres o no? —dije bruscamente.

Miles bajó la barbilla y me miró maliciosamente por encima de sus lentes, metiendo la moneda en el fondo de su bolsillo. Volvió a tomar la tarjeta.

—¿Tú la hiciste? —dijo—. ¿Por qué todo está escrito con color verde?

—Últimamente Carla tiene una obsesión por el verde. Fue el único color que encontré.

Leyó lo que decía la tarjeta.

Querido Imbécil: Gracias por cumplir con tu palabra y por haberme creído. Fue más de lo que esperaba. También te pido perdón por las molestias causadas cuando pegué las puertas de tu casillero con pegamento al inicio de este año. Pero, no me arrepiento de haberlo hecho, porque me divertí bastante. Con cariño, Alex.

Cuando la terminó de leer, hizo algo tan sorprendente que casi tiro el mechero Bunsen e incendio al chico de junto.

Se rio.

Nuestros vecinos voltearon, porque ver a Miles Richter riendo era una de esas cosas que los mayas habían pronosticado como señal de que el fin del mundo estaba cerca. No fue una risa particularmente fuerte, pero era la risa de Miles, un sonido que ningún mortal había escuchado antes.

Me gustó.

—Esta sí que la voy a guardar. —Miles fue por su libreta negra. Metió la tarjeta dentro y regresó a la mesa de laboratorio, donde siguió ignorando las miradas de los demás y me ayudó alegremente a comenzar con el experimento.

A los chicos del club les gustaron mucho sus regalos, aun antes de que les explicara lo que eran las dracmas. Jetta, que sabía griego, lo habló durante el resto del día. Los trillizos también quisieron saber cuánto costaban las monedas y si podían empeñarlas.

—A lo mejor si encuentran a la persona indicada —dije—, pero si lo hacen voy a matarlos.

El club tenía una fijación con dar regalos a todos. Jetta, que planeaba regresar a Francia algún día para convertirse en diseñadora de modas, hizo bufandas para todos. Art nos dio estatuillas de madera de nosotros mismos, que había hecho en el taller de carpintería (la mía parecía una *Rageddy Ann*[7] de cabello largo). Los trillizos cantaron un villancico navideño compuesto por ellos mismos. Miles entró al gimnasio como cinco minutos después de que habían terminado de cantar, con una enorme caja blanca llena de *cupcakes* gigantes. Todos devoraron el suyo mientras veíamos el entrenamiento de basquetbol. Yo no me comí el mío; lo puse encima de la bufanda y de la estatuilla junto a mi mochila, con el pretexto de que me lo comería después. Lo más probable es que no lo haría. No porque no confiara en Miles, sino porque

7 Rageddy Ann es una muñeca de trapo pelirroja, protagonista de una serie de libros estadounidenses.

no era tan sensible a la comida envenenada como yo.

Después, los trillizos empezaron a cantar de nuevo, pero esta vez cantaron "Usted es cruel, Sr. Grinch" para Miles que no los había escuchado.

Recibí un regalo más, y al principio no supe si era de verdad un regalo o un pedazo de pavimento fuera de lugar. Había una roca del tamaño de mi puño sobre mi escritorio sin ninguna explicación. La verdad es que no podía culpar al que la dejó ahí —yo había puesto una de mis dracmas y una tarjeta pidiendo perdón en el escritorio de Tucker— pero al menos podría haberme explicado qué clase de mensaje significaba una roca.

Aun así la guardé, en parte porque tenía curiosidad y en parte porque nunca he sido de las personas que se deshacen de los regalos.

Capítulo Veintinueve

En la familia Ridgemont la Navidad se celebraba de manera muy parecida a la de cualquier otra familia. Era la única época del año en que mis padres compraban un montón de cosas. Casi todos los regalos habían sido comprados en las ofertas post Navidad del año pasado. Carla no se daba cuenta y a mí no me importaba, porque la mayoría era ropa y con que fuera de la talla correcta, me daba por bien servida. Nuestros regalos, míos y de Carla, estaban debajo del árbol con tarjetas escritas por Santa.

Todos los años, en Nochebuena, Carla y yo hacíamos que papá y mamá salieran a cenar solos, y nos asegurábamos de que fueran a algún lugar donde les gustara la comida y se divirtieran. Eso ponía feliz a papá y me quitaba a mamá de encima.

A petición mía, mamá compró los ingredientes para preparar un pastel Selva Negra. Carla se atiborró de cerezas mientras el pastel estaba en el horno, pero por suerte quedaron suficientes para cubrir la parte superior. Se veía delicioso, y estaba 100 por ciento segura que no tenía veneno ni rastreadores, cosa que me tenía al borde del éxtasis.

Algunas veces parecía como si la única época del año en que me sentía así de feliz era en Navidad. El resto del año, me preguntaba si la Navidad sólo se trataba de gastar dinero, engordar y abrir regalos. De sucumbir a las tentaciones.

Hasta que por fin llega el día, y empiezas a sentir en el estómago esa sensación cálida y hormigueante de los chocolates calientes, los suéteres y el fuego de la chimenea. Cuando estás acostada sobre el piso con todas las luces apagadas menos las del árbol de

Navidad, escuchando caer la nieve afuera, en ese exacto momento, lo entiendes todo. Porque en ese instante todo está bien en el mundo. No importa si en realidad no es así. Es el único momento del año donde basta con fingir.

El problema llega cuando hay que salir de la Navidad, porque cuando sales, tienes que redefinir las fronteras entre la realidad y la imaginación.

Odiaba eso.

Después de Año Nuevo, unos días antes de regresar a la escuela, le pregunté a mamá si podía acompañarla a *Meijer*. Me miró extrañada, pero no me preguntó por qué hasta que puse en un plato una rebanada de nuestro segundo intento de pastel Selva Negra.

—Miles trabaja en *Meijer*. Quiero ver si está en la tienda.

Carla quiso ir con nosotros, y cuando llegamos al supermercado, tomé el plato con el pastel en una mano y a Carla con la otra para llevarla a la sección de alimentos. Mamá tomó un carrito y entramos a la tienda.

Había estado en *Meijer* miles de veces desde que tenía siete años. El mostrador de embutidos seguía exactamente igual, y la pecera de las langostas estaba en el mismo lugar. Las langostas seguían apilándose unas encima de otras intentando escapar desesperadamente. Llevé a Carla a la pecera, y se quedó observandolas tan atentamente como yo lo hacía. La única diferencia era que ella nunca trató de liberarlas.

A pesar de la euforia de las compras post navideñas, curiosamente la tienda estaba vacía. Cuando empezaba a preocuparme de que Miles no estuviera, se abrió una puerta detrás de los mostradores y apareció.

—¡Hola! ¡Sí estás aquí!

Miles se quedó inmóvil como un gato atrapado por la luz de una linterna.

—¿Qué haces aquí? —preguntó.

Retrocedí un poco.

—Pues de compras, obviamente. Una pregunta un poco grosera para un cliente, ¿no crees? —puse la rebanada de pastel sobre la vitrina de cristal—. Ojalá puedas guardar esto en algún lado, o comerlo rápidamente. Considéralo un regalo extra de Navidad. Es un *Sch... Schwarzw...*

Miles se rio.

—*Schwarzwälder Kirschtorte*[8] —dijo—. Un pastel Selva Negra. ¿Tú lo...?

—Lo hicimos entre Carla y yo —dije, señalando por encima de mi hombro hacia donde mi hermana estaba parada, mordisqueando un caballo de ajedrez.

Miles frunció la frente mientras observaba hacia donde estaba Carla. Por un instante me pregunté si creía que se parecía a mí cuando tenía siete años, parada en la pecera de las langostas junto a él, también de siete años, pidiéndole ayuda para liberarlas. ¿Se acordaría de eso si se lo preguntara?

Una parte de mí tenía mucho miedo de saber la respuesta.

—Al principio es linda —dije—, pero créeme, el efecto pasa rápido cuando se corona a sí misma como papisa y declara que el baño es su "propiedad religiosa".

—¿En serio hace eso? —preguntó Miles.

—Uy, sí. Todo el tiempo. La última vez que lo hizo yo necesitaba bañarme, y se puso a gritar tan fuerte sobre los blasfemos que se escuchaba en toda la calle.

Miles volvió a reírse. A estas alturas, ya casi me había acostumbrado al sonido de su risa. Volteé a ver a Carla, que empezaba a distraerse.

—Mmm, vine porque quería ver si te encontraba aquí, y pensé que te gustaría el pastel...

De pronto, ya no había nada más que decir. Mi presencia lo incomodaba, estaba segura. Y, ¿por qué se me había ocurrido traerle comida al trabajo? Miles quitó la cereza del pastel, mirándome

8 Pastel *Selva negra*.

fijamente mientras la masticaba. En ese momento deseé haberle puesto más cerezas a esa rebanada. Todo el frasco de cerezas. Podría ver como se lo come.

Por todos los diablos, ¿qué me estaba pasando?

Me jalé el cabello y me di la vuelta para marcharme, pero Miles dijo:

—Oye, espera, antes de que te vayas...

Me giré. Se frotó el cuello, volteando hacia los lados y se tardó un poco en hablar.

—Te tengo otra propuesta —dijo, y cuando vio la cara que hice, añadió rápidamente—. No es como la última. Esto no es un encargo, te lo juro. Quiero, mmm, preguntarte algo. Dijiste que no habías encontrado nada más sobre Scarlet y McCoy, ¿no? Mi mamá fue a la escuela con ellos y pensé que a lo mejor querías... mmm...

—¿Sí?

Miles respiró profundamente, aguantó la respiración con el pecho hinchado, y me miró con recelo. Luego exhaló y dijo:

—¿Quieres conocerla?

Parpadeé.

—¿Qué?

—¿Te acuerdas que te dije que voy a visitarla todos los meses? Voy a ir antes de que comience la escuela. Podría pasar por ti de camino al hospital. Aunque es un viaje de casi ocho horas, así que si no quieres, no pasa nada.

Mientras más hablaba, más parecía como si pensara que la propuesta no había sido una buena idea. Dejé que siguiera hablando, hasta que ya no pude soportar la lastimosa expresión de su cara y tuve que aguantarme las ganas de reír.

—Sí, claro que iré.

Nunca pensé tener una oportunidad tan magnífica como ésta para hablar con su mamá. Estaba segura de que tendría todo un tesoro de información sobre Scarlet y McCoy.

Y... ay, carajo.

Me quedé inmóvil. Esto iba más allá de Scarlet o McCoy. Quería presentarme a su mamá. Acababa de acceder a conocer a su mamá.

Se animó un poco, pero seguía viéndose algo ansioso, como si tuviera miedo de atreverse a preguntarme "¿En serio? " y que yo le respondiera "No".

—Tengo que pedir permiso —dije—, pero no creo que haya problema. ¿Cuándo sería?

—El sábado. Hay que salir muy temprano, así que...

—No te preocupes, soy madrugadora. —Vi a mamá dando vuelta en la esquina, yendo hacia la pecera de las langostas donde estaba Carla—. Ahí está mi mamá, puedo preguntarle de una vez.

—No es... no tienes que hacerlo...

Pero ya la había llamado con la mano.

—Miles me pidió que lo acompañe a visitar a su mamá.

Mamá examinó a Miles. Obviamente se acordaba de cuando me había llevado a casa durante mi crisis, y Miles la miró a ella y luego a mí, con una mirada de pánico que nunca antes le había visto.

—¿Vas a ir a visitarla? —preguntó mamá con interés genuino, pero el tono de su voz sugería que pensaba que Miles iría a "visitarla a la cárcel".

—Mmm, sí —dijo Miles, tragando saliva—. Voy a verla una vez al mes y no es por nada grave pero, mmm, está en un hospital en Goshen.

—¿En un hospital?

Miles me miró de nuevo.

—Un hospital psiquiátrico.

Mamá se quedó en completo silencio por lo menos durante un minuto. Cuando volvió a hablar, su voz sonaba cautelosa, pero casi... feliz.

—Bueno, me parece buena idea —dijo.

Miles se veía aliviado, pero el estómago se me hundió hasta las profundidades del océano. ¿Por qué estaba tan de acuerdo en que fuera de visita a un hospital psiquiátrico? ¿Acaso le parecía una buena idea?

Sentí como si me estuviera pateando en el estómago, y con cada patada me dijera:

No te quiero.

No te necesito.

No te amo.

Capítulo Treinta

El sábado por la mañana, Miles estaba frente a la puerta, con su chamarra de aviador y las manos metidas en los bolsillos. Su respiración empañaba el cristal de la puerta frontal.

Me miró de arriba abajo, con mi pijama puesta y mis pantuflas de gato.

—¿Por qué no estás lista?

—Mamá dice que tengo que invitarte a desayunar.

Miles miró hacia la cocina por encima de mi hombro.

—No sabía que ibas a desayunar. Puedo esperar en la camioneta...

—No, no, está bien. —Lo tomé por la manga de la chamarra y lo llevé adentro—. En serio, será más fácil si entras y comes.

Miles volvió a mirar hacia la cocina. Sabía que podía oler el desayuno. Mamá había llenado la casa de olor a comida desde que empezó a cocinar en la mañana.

—¿Está tu papá? —preguntó Miles.

—Sí —dije.

Se formó una arruga entre sus cejas.

—Es prácticamente inofensivo. Pero supongo que con tu historial tienes razones para preocuparte —bajé la voz para añadir—. No todos los papás son unos completos imbéciles.

Eso último pareció convencerlo. Se quitó la chamarra. Cuando me la dio, el peso casi me tira al suelo.

—¡Por Dios santo! —Levanté la chamarra, haciendo un esfuerzo—. ¿Por qué pesa tanto?

—Es una chamarra de aviador de peso completo —dijo Miles—. Tengo otra que pesa menos, pero cuando me la pongo parezco motociclista —interrumpió sus palabras para observarme—. ¿Qué haces?

—Oliéndola. —Metí la nariz en el cuello—. Siempre huele a tabaco.

—Sí, es normal. Opa fumaba mucho.

—¿Opa?

—Perdón, mi abuelo.

Colgué la chamarra en el perchero junto a la puerta y casi arrastré a Miles hacia la cocina.

—¡Ah, ya llegaste! —dijo mamá, fingiendo sorpresa—. Ya te puse un lugar en la mesa, aquí junto a Alex.

Los ojos de Miles brillaron cuando recorrieron la mesa con los huevos revueltos, las salchichas, el tocino, el pan tostado y el jugo de naranja. Lo empujé hacia una silla.

—Es un placer conocerte por fin, Miles. —Papá se estiró para darle la mano y Miles se le quedó viendo como si se hubiera quedado sin habla—. ¿Te quedarás a desayunar antes de que se vayan?

—Supongo —dijo Miles.

—¡Fantástico! ¿Cuánto sabes sobre la Revolución francesa?

—¿Sobre qué exactamente?

—¿Cuándo fue?

—¿De 1789 a 1799?

—El veinte de junio de 1789, ¿se realizó el..?

—El juramento del juego de pelota.

—¿Qué sucedió de 1793 a 1794?

—El período del terror —respondió Miles, frotándose el cuello.

—Y, ¿cuál era el nombre completo de Robespierre?

—Maximilien François Marie Isidore de Robespierre.

—¡Muy bien, caballero! —dijo papá, sonriendo—. Me gusta, Lexi. ¿Ya podemos comer?

Tomé el plato de Miles y le serví el desayuno, pues parecía haberse quedado paralizado de los ojos para abajo. Papá lo acribilló con preguntas hasta que llegaron a la Segunda Guerra Mundial, y luego pasaron a la discusión analítica de las tácticas de guerra.

Carla no entró para nada a la cocina mientras Miles estaba ahí, aunque mamá le había puesto su lugar en la mesa. Quería presentarle a Miles, tenía el presentimiento de que no le importaría jugar mil veces con ella a la palabra de la semana.

Cuando ya no quedaba nada en los platos, Miles miró su reloj y se enderezó.

—Será mejor que nos vayamos. Ya casi son las nueve.

Me vestí y luego fuimos a la entrada de la casa para ponernos los abrigos y los zapatos.

—Ah, Alex, no se te olvide llevarte esto —mamá buscó entre un pila de cosas que había en la mesa del recibidor—. El celular... tus guantes... y algo de dinero, por si van a cenar a algún lado cuando vengan de regreso.

Metí todas las cosas en mis bolsillos y le di un beso en la mejilla.

—Gracias, mamá. —Giré hacia la cocina—. ¡Adiós, papá!

—Adiós, Lexi —gritó papá.

Miles salió por la puerta justo antes de que Carla se lanzara corriendo hacia mí desde la cocina.

Se estrelló contra mis piernas.

—¿Cuándo me vas a llevar contigo?

—Un día —dije—. Un día voy a recorrer el mundo, y te llevaré conmigo, ¿de acuerdo?

—Sí —murmuró. Pero sus ojos se iluminaron y, levantando un dedo hacía mí dijo—. ¡Pero voy a hacer que cumplas tu palabra!

—No te defraudaré, Carlamagna.

Capítulo Treinta y uno

Me pregunté cómo podía hacer Miles este viaje todos los meses sin volverse loco. No había música, ni estéreo, sólo un interminable tramo de carretera entre Indianápolis y Goshen.

Cuando estaba con Miles, mi detector de alucinaciones se activaba cada vez menos. Si su invitación para visitar a su mamá hubiera llegado a principios del año, no la hubiera aceptado ni por todo el dinero del mundo. Me hubiera vuelto loca tratando de descifrar si me estaba mintiendo, si era un intrincado plan o si me iba a abandonar en medio de la nada, y carcajearse durante todo el camino de regreso. Pero su presencia ya no me ponía nerviosa. Más bien, todo lo contrario, porque como Tucker y yo ya no nos hablábamos, Miles era la persona con la que me relacionaba más fácilmente. Tal vez hasta mejor que con Tucker, porque Miles sabía y no le importaba.

Y a él tampoco parecía incomodarle estar conmigo.

—Y, ¿cómo es tu mamá? —pregunté, mientras manejaba.

—No sé —dijo Miles.

—¿Cómo que "no sabes"? Es tu mamá.

—No sé, porque nunca le he tenido que decir a nadie cómo es.

—Bueno... ¿cómo es físicamente?

—Como yo.

Entorné los ojos.

—¿Cómo se llama?

—Juniper —dijo—. Pero prefiere que le digan June.

—Me gusta.

—Era maestra. Es inteligente.

—¿Inteligente como tú?

—Nadie es tan inteligente como yo.

—Tengo una pregunta —dije—. Si eres tan cerebrito, ¿cómo es que nunca te han adelantado de año?

—Mamá no quiso —dijo—. No quería que pasara por lo mismo que ella cuando la adelantaron de grado. Siempre la excluyeron de los grupos, y se burlaban de ella...

—Ah.

—Es muy probable que mientras estemos con ella no deje de sonreír. Y no digas nada sobre mi papá o sobre mi casa. No me gusta preocuparla con ese tipo de cosas.

Asentí mientras recordaba a Miles escabulléndose por el techo de su casa y cayendo sobre la casa del perro diabólico.

—Ese, mmm, ese perro...

—Ohio —dijo Miles.

—Sí. ¿Es de tu papá?

—Sí. Mi papá lo compró en parte para que nadie entre a la casa, y para evitar que yo salga. Piensa que me escapo en las noches.

—Pero sí lo haces.

—No tiene pruebas —dijo Miles—. En todo caso, Ohio no es muy inteligente y duerme como un narcoléptico, así que supongo que papá y él son tal para cual —luego, mirando hacia la carretera, dijo con desprecio—. Odio a los perros. Los gatos son mucho mejores.

Me reí, pero hice que sonara como si hubiera tosido. Siguió manejando y nos quedamos en silencio durante algunos minutos. Intenté acurrucarme más dentro de mi abrigo.

—Casi no comiste en el desayuno —dije.

—No tenía mucha hambre —respondió.

—Mentiroso. Veías la comida como si fueras un niño de un país tercermundista.

—Tu mamá cocina muy rico.

—Ya sé; por eso me lo como. —Después de revisar que no tenga veneno, por supuesto—. Por cierto, que pésima forma de desviar el tema. Podrías haber dicho, "Porque me hubiera sentido incómodo de comer como loco durante una reunión familiar con gente que no conozco", y terminar con el tema.

Tosió ruidosamente, golpeando el volante con los dedos.

Finalmente, Miles se salió de la carretera y entró a un suburbio lleno de árboles. Todo estaba cubierto de nieve cegadoramente blanca. Tomó por uno de los callejones. Mientras más casas recorríamos, más me daba cuenta de que este lugar me recordaba mucho a donde yo vivía. Las calles eran prácticamente iguales.

Tal vez todos los paranoicos tienen una especie de sexto sentido para detectar los lugares en donde los quieren encerrar. Reconocí el hospital en cuanto lo vi. Un edificio de ladrillo de un piso rodeado por una reja. Una hilera de arbustos sin hojas enmarcaba la entrada frontal y había árboles cubiertos de nieve en el jardín. Probablemente el paisaje se veía bonito el resto del año.

Ahora todo el asunto de McCoy-Scarlet-Celia parecía una tontería. No lo suficientemente importante para querer entrar a un manicomio. McCoy podía hacer lo que se le diera la gana y Celia podía resolver sola sus problemas.

—¿Estás bien? —preguntó Miles, abriendo de un tirón la puerta de la camioneta. Me las ingenié para quitarme el cinturón de seguridad y bajé del asiento.

—Sip, todo bien. —Cerré fuertemente los puños y los puse a los costados.

Junto a la entrada principal había un letrero.

BIENVENIDOS AL CENTRO PSIQUIÁTRICO RESIDENCIAL CASCADAS ROJAS

—¿Cascadas Rojas? —Ese nombre me hizo pensar en un derramamiento de sangre. Y además estaba escrito con letras rojas.

Me moría de ganas por tomar fotos, pero la vocecita en mi cabeza me dijo que si lo hacía, los enfermeros saldrían de los arbustos, me lanzarían unas esposas y me encerrarían aquí para siempre. Nunca me graduaría de la preparatoria, nunca iría a la universidad y nunca podría hacer las cosas que hace la gente normal porque *¡la gente normal no se pone tan melodramática cuando* *visita un manicomio, estúpida!*

Esa voz era tan ambigua algunas veces.

Por dentro, el lugar tenía más apariencia de hospital, con pisos de azulejos cuadrados y paredes grises del tono exacto para querer matarte. Una chica no mucho mayor que Miles y yo estaba sentada detrás del escritorio.

—Ah, hola, Miles —dijo, dándole una tabla sujetapapeles. Miles anotó nuestros nombres en la columna de visitantes—. Te perdiste la hora de recreación de la mañana. Ahorita están en la cafetería. Puedes ir y comer algo.

Miles le entregó la tabla.

—Gracias, Amy.

—Salúdame a tu mamá, por fa...

—Seguro.

Seguí a Miles por un pasillo a la izquierda de la recepción. La sala de recreación, que estaba siendo aseada por el personal, estaba detrás de un par de puertas dobles. Un poco más adelante había una cafetería no muy grande, con siete u ocho pacientes.

Miles entró primero. Caminé detrás de él siguiendo su sombra, jalándome el cabello y tratando de no pensar que en cualquier momento los hombres con bata blanca saltarían para atraparme.

Sólo había una fila para pedir comida, y como diez mesas cuadradas en medio de la habitación. El sol entraba por unas ventanas enormes. Miles recorrió las mesas con la mirada sin ver ni una sola vez a los pacientes, concentrado únicamente en una de ellos, al otro lado del cuarto.

Tenía razón, se parecía a él. O, más bien, él se parecía a ella. Estaba sentada en una mesa junto a las ventanas, moviendo con el tenedor unos chícharos en su plato y hojeando las páginas de un libro. Levantó la cabeza y en su rostro se dibujó una sonrisa radiante, mostrando todos los dientes, casi como la de Miles, sólo que más natural, como si la usara más seguido. No era la sonrisa de una persona loca. Ni la de alguien que se lastimaba por sus cambios bruscos de humor. Simplemente era la sonrisa de una mujer que estaba muy, muy feliz de ver a su hijo.

Se levantó para abrazarlo. Era alta, esbelta, y la luz del sol hacía ver su largo cabello rubio como una aureola. Sus ojos también eran iguales a los de Miles, del mismo color que el cielo despejado afuera. Lo único que no tenían en común eran las pecas.

Miles le dijo algo a su mamá y me señaló.

—Así que tú eres Alex —dijo June.

—Sí.—De pronto sentí la garganta seca. Por alguna razón, tal vez porque Miles la había abrazado con tanto gusto, no tuve la necesidad de revisar si tenía armas. No experimenté ninguna sensación extraña sobre ella. Simplemente era... June—. Encantada de conocerla.

—Igualmente. Miles habla de ti todo el tiempo.

Y antes de que pudiera pensar en lo que acababa de decir, me jaló para darme un fuerte abrazo.

—No recuerdo haberla mencionado antes —dijo Miles, pero se frotó el cuello y miró hacia otro lado.

—No le hagas caso. Le gusta fingir que olvida las cosas desde que tiene siete años —dijo June—. Siéntense, ¡fue un viaje muy largo!

Guardé silencio y los observé mientras hablaban absolutamente de todo. Cuando Miles le contaba las cosas que habían pasado en la escuela, exagerando algunos detalles o cosas pequeñas, yo lo interrumpía para corregirlo. June nos contó cómo era cuando ella iba a la escuela, y cómo era la gente que había conocido ahí.

—¿Ya saben cuál será su broma de fin de año? —nos preguntó con la cara iluminada por la emoción. La primera impresión que me dio no fue de alguien que disfrutara mucho las bromas—. Yo fui quien planeó la nuestra cuando era estudiante de último año en *East Shoal*. Aunque no mucha gente siguió el plan hasta el final. Sólo hicimos la primera parte.

—¿Qué fue..? —preguntó Miles.

June sonrió ligeramente.

—Dejar suelta por la escuela a la pitón birmana del Sr. Tinsley.

Miles y yo intercambiamos miradas, y luego vimos a June.

—¿Fuiste tú? —pregunté incrédulamente— ¿Tú dejaste suelta

a la pitón?

June levantó las cejas.

—Uy, sí. Aunque creo que nunca pudieron atraparla. Eso me preocupó un poco.

—Mamá, esa víbora es un mito —dijo Miles—. La gente cree que todavía anda por ahí.

Empecé a contarles que yo había visto a la víbora —que llevaba todo el año viéndola en el pasillo de ciencias— pero continuaron con la plática, cambiando de tema.

Conforme June hablaba, me fui dando cuenta de que sabía sobre historia. Pero no la historia de la que mis papás estaban enamorados, sino historias personales. Conocía los acontecimientos que conformaban la vida de las personas, y los usaba para entender por qué hacían las cosas que hacían. Miles conocía palabras. Ella conocía a las personas.

Así que cuando le conté sobre McCoy y Celia y sobre todo lo que había pasado este año, escuchó atentamente absorbiendo la información igual que mis padres lo hacen con los documentales de guerra: con total seriedad. Yo hablaba y ella escuchaba. Lo único que no le dije fue que McCoy se había ensañado con Miles.

—Esa Celia suena problemática —dijo cuando salimos de la cafetería y fuimos a la sala de recreación—. Yo tenía una compañera igual. —June se acomodó en su sillón, cruzando las piernas. Así como estaba, relajada y pensativa, tenía la misma apariencia gatuna que Miles—. Era exactamente como me acaban de describir a Celia. Una porrista muy exigente, muy... ¿cómo se dice?..

—¿Determinada? —dijo Miles.

—¡Ah, sí! Determinada. Y obcecada. Igual a su madre. Esa mujer era brutal, desde que su hija comenzó a usar tacones, no volvió darle un segundo de tranquilidad. Ambas consiguieron lo que querían. —June meneó la cabeza—. Le decíamos la Emperatriz. Empy, para abreviar. Todos los chicos estaban a sus pies. Richard McCoy, también querías saber sobre él, ¿no? Pues McCoy estaba loco por ella. Y no era el tipo de locura dulce y tierna. Tenía un altar en su casillero dedicado a ella.

Me reí. Al parecer, McCoy adoraba ahora a otras diosas. Principalmente a la mamá de Celia.

—Pero Empy nunca se interesó en él, en lo más mínimo —continuó June—. Todavía recuerdo el día en que se hizo novia del capitán del equipo de futbol americano, porque ese día, cuando Daniel fue a su casillero después de la escuela, sus cosas estaban regadas por el pasillo, rotas. Todos sabíamos que había sido Richard, pero nadie pudo probarlo. Y se siguió arrastrando a los pies de Empy hasta su muerte.

—¿Recuerda que fue lo que pasó?

—Pues fue algunos años después de que Empy y el capitán del equipo se casaron. Justo después del año de graduación, ella quedó embarazada y lo uso como pretexto para obligarlo a casarse con ella. El día que regresó para nuestra quinta reunión escolar, estaba parada debajo del tablero, hablando sobre sus días de gloria y la filantropía de su padre, cuando le cayó encima. Dijeron que murió en el hospital unas horas después, pero yo creo que el golpe que el tablero le dio en la cabeza la mató justo ahí en el piso del gimnasio. Richard estaba ahí. Supe que aun después de la preparatoria la seguía a todas partes, y trató de quitarle el tablero de encima. La gente dijo que se veía... muerto en vida. Como si la única razón de su existencia estuviera atrapada debajo del tablero, y ya no hubiera nada que lo atara a la tierra.

Me estremecí.

—¿Cree que ahora McCoy podría estar obsesionado con alguien más? Que haya... ¿encontrado una nueva atadura?

—Puede ser.

¿Podría ser esa la razón por la que Celia estaba haciendo todas esas cosas horribles? ¿Porque McCoy le estaba haciendo algo a ella? Eso cambiaba las cosas. De verdad esperaba que la participación de Celia en todo esto fuera consecuencia de su necesidad por ser popular, algo ocasionado por ella misma. Pero todo parecía indicar cada vez más que estaba atrapada en algo fuera de su control. Y si ese era el caso, ¿cómo podía ignorar la situación? Después de este semestre, ya no tenía amigos. Prácticamente tenía la palabra *paria* tatuada en la frente.

—Creo que soy la única que piensa que está pasando algo malo —dije.

—Deberías hablar con ella —dijo June—. Tal vez piense que no puede pedir ayuda. O no sepa cómo hacerlo.

Hablar con Celia —qué maravilla— una de mis cosas favoritas. Aunque quisiera hacerlo, ¿cómo le haría para acercarme a ella? Por lo que se veía, el simple hecho de hablar con alguien más la enojaba, y además no éramos mejores amigas exactamente.

—Y mientras te encargas de eso, aléjala de mí —dijo Miles.

June se rio.

—Ay, cariño, siempre te ha costado trabajo hablar con las chicas.

Miles se sonrojó.

June me miró.

—Cuando vivíamos en Alemania, había una chica muy linda que iba en bicicleta hasta la granja para hablar con él. Le llevó un pastel en su cumpleaños, pero él nunca le dijo más de tres sílabas, y no aceptó el pastel.

—Sabía que no me gustaba el chocolate —murmuró Miles, poniéndose más rojo y hundiéndose en el sillón.

Eso era mentira, porque se había comido el pastel Selva Negra que yo le regalé.

—¿Vivieron en Alemania? —dije, mirándolos a los dos—. ¿En una granja?

Junes levantó las cejas y volteó a ver a Miles.

—¿No le has contado?

—No, no me ha contado.

Su madre lo miró, frunciendo el ceño, y Miles se encogió de hombros.

—Nos mudamos allá cuando Miles tenía siete años. Y regresamos unos meses después de que cumplió trece —dijo June, volteándose hacia mí—. Miles estaba muy enojado, pero después de que mi padre murió ya no pudimos quedarnos.

La forma en la que lo dijo me hizo pensar que había algo más detrás, que estaba tocando un tema importante, pero no continuó.

Miles miró furioso hacia la pared, con los brazos cruzados.

—No parecías tener problemas para hacer amigos —dijo June.

—Sí, claro, Tucker Beaumont, el único chico en la secundaria que no se burlaba de mi acento —escupió Miles—. Qué gran amigo.

—A mí me gustan los acentos —dije en voz baja.

—Y también le gustan a la mayoría, cuando vienen de chicas guapas y tipos bronceados y musculosos con sonrisas de comercial. No cuando el que habla así es un enclenque sabelotodo con ropa que no es de su talla, y que no sabe cómo relacionarse con los otros chicos de su edad.

No supe qué responder. Y por lo visto, tampoco June. Se llevó una mano a la boca, y miró alrededor como si estuviera buscando un libro extraviado.

—Voy al baño —dijo Miles, de pronto, levantándose del sillón—. Regreso en un minuto.

Cuando las puertas se cerraron detrás de él, June bajó su mano.

—¿Te dijo por qué estoy aquí? —me preguntó.

Asentí.

—Dijo que era culpa de su padre, ¿verdad?

Volví a asentir.

—Al principio así fue. No quería dejar a Miles con él, y luché por salir de aquí. Habría sido mejor para Miles que yo hubiera estado ahí, pero no puedo negar que esto me ha ayudado. Ahora me siento... más estable. Enojada todavía, pero más estable. Y cuando salga de aquí, podré hacer todo lo que no pude antes.

Hizo una pausa y volvió a mirar hacia la puerta.

—Alex, si te hiciera algunas preguntas, ¿tratarías de responderlas honestamente?

—Sí, seguro.

—¿Miles tiene amigos? Sé que no es fácil que le caiga bien a la gente, y sé que él piensa que tratar con la gente es... digamos, engorroso, pero siempre hay un roto para un descosido, y no sé si... —Se detuvo y me miró esperanzada.

—Creo que sí tiene amigos —dije—. Todos los del club son sus amigos. Pero me parece que Miles no lo sabe.

June asintió.

—Segunda pregunta. ¿La gente cree que es desagradable?

Si June no hubiera estado tan seria, me hubiera reído.

—Sí, la mayoría. Pero eso es porque no lo conocen, y porque él no los deja. Creo que así se siente más cómodo.

June asintió otra vez.

—No sé si puedas responder esta última pregunta, pero... —Respiró profundamente, casi igual que Miles cuando me invitó a venir aquí—. ¿Es feliz?

Esa me tomó por sorpresa. ¿Era feliz? ¿Podía yo contestar a eso? Me parecía que la única persona que sabía si Miles era feliz, era Miles.

—La verdad, no sé —dije—. Creo que hoy, al estar aquí, es lo más feliz que lo he visto. Pero yo diría que en casa y en la escuela... su nivel de felicidad no es muy alto.

Su cara se descompuso.

—Sólo preguntó porque Miles se esfuerza demasiado. Cuando no está en la escuela, está trabajando, y lo único que hace es ahorrar dinero. Creo que nunca lo he visto gastar en algo que no sea imprescindible. Ni siquiera cuando era pequeño le gustaba aceptar las cosas que la gente intentaba comprarle. —June suspiró y volvió a recargar la espalda en el sillón—. Parece que lo único que siempre le ha importado es el conocimiento: números para hacer cuentas, historia para aprenderla, información para memorizarla y usarla después...

—Siempre lleva con él una libreta negra, y escribe todo el tiempo en ella —la interrumpí.

June sonrió.

—Ah, las libretas. Yo fui quien le enseñó eso. A Cleveland, su padre, nunca le gustó la idea de que su hijo fuera más inteligente que él. Se enojaba cuando Miles lo corregía. Siempre tuve miedo de que Cleveland le hubiera quitado a golpes eso, su amor por enseñar. Le dije que en lugar de decir en voz alta lo que sabía, lo escribiera en las libretas, y si todavía lo hace significa que su papá no lo ha cambiado mucho.

Quería hacerle más preguntas, pero no podía decirle que había leído la libreta. Había que tomar una ruta distinta.

—Y, ¿qué te ha dicho sobre mí?

June se rio.

—Sólo cosas buenas. Se preocupa mucho por gustarte.

—¿Se preocupa por gustarme? —No podía imaginarme a Miles preocupado por lo que alguien pudiera pensar de él, y mucho menos yo. Habíamos tenido miles de discusiones todo el año, balanceándonos todo el tiempo en un sube y baja constantemente desequilibrado, porque siempre actuaba de dos formas: Miles el imbécil o Miles el niño de siete años.

Ay, Dios, pensé. *¿Y si le contó lo del beso?*

Seguro que sí lo hizo.

¿Qué habrá pensado June?

¿Qué habrá pensado él?

Es mejor que no te responda en este momento.

—Se acuerda de ti —dijo June, y mi estómago dio un brinco mortal.

—¿Se acuerda de mí?

—La niña que quería liberar a las langostas. Eso pasó el mismo día que nos fuimos a Alemania. Estaba haciendo compras de último minuto, y él quería hablar contigo. Le gustaba tu cabello.

La garganta se me cerró y el corazón se me hinchó dolorosamente en el pecho. *Por favor, que esto no sea una alucinación. Por favor, que sea real.* Aquí estaba, finalmente y a ciencia cierta, mi prueba. Mi primer amigo completamente real y no imaginario estaba aquí. Lo había encontrado, o él me había encontrado a mí, o lo que fuera.

Era real, podía tocarlo, respirábamos el mismo aire.

Miles eligió ese preciso momento para regresar, viéndose más tranquilo que cuando se fue. Traté de no mirarlo cuando se sentó en el sillón, pero mi cerebro comenzó a reunir rápidamente los fragmentos de mis recuerdos para poner al niño de la pecera de las langostas junto al chico que estaba frente a mí.

June dijo algo en alemán, y Miles sonrió a regañadientes. Tal vez le costaba trabajo entender lo que sentían los demás, pero era evidente que sabía exactamente lo que sentía por su mamá.

Ella era su razón.

Es él.

No puedo predecir en este momento.

No, no te estoy preguntando. Lo estoy afirmando. Pero, ¿y si…

Sí.

¿Y si no se acuerda?

Concéntrate y vuelve a preguntar.

Ay, perdón. O sea… es como cuando un árbol se cae en el bosque pero no hay nadie alrededor para escucharlo, ¿aun así hace ruido cuando cae? Si no se acuerda, ¿no sucedió? Sé que June dijo que estábamos juntos, pero ella no estaba con nosotros. No había nadie más.

Muy probablemente.

Entonces, ¿estás diciendo que sí pasó? Pero… ¿y si sólo yo recuerdo los detalles…

Si…

Capítulo Treinta y dos

Durante el camino de regreso a casa, me acurruqué dentro de mi abrigo, recorriendo una por una todas las cosas que habíamos descubierto hoy. Estaría mal dar por hecho que no estaba pasando nada, que sólo estaba imaginando cosas en mi cabeza. Estaba pasando algo con McCoy, y si nosotros éramos los únicos que sabían, entonces teníamos que hacer algo. Pero, ¿quién iba a creerme? Y, ¿quién le creería a Miles?

Cada vez que podía, lo miraba de reojo, preguntándome por qué me seguía sorprendiendo que fuera el niño de la pecera de las langostas. Quería besarlo y golpearlo al mismo tiempo por haberse ido.

Los ojos se me llenaron de lágrimas, y se me hizo un nudo en la garganta. No podía dejar que me viera llorar. Se burlaría de mí o pondría los ojos en blanco. No parecía ser el tipo de persona al que le gustaran las lágrimas, y yo no soportaba que nadie se burlara de mí.

—¿Estás bien? —preguntó, después de media hora de silencio.

—Sí. —El tono de mi voz fue demasiado agudo. Tucker se hubiera burlado mucho de mí.

—¿Tienes hambre? —preguntó, echando una ojeada a la carretera—. ¿Se te antojaría comer en *Wendy's*?

—Sí.

Condujo hacia el estacionamiento de *Wendy's*, y luego se dirigió a la ventanilla de la comida rápida. Pedí el sándwich más barato del menú. Cuando llegó el momento de pagar, saqué mi dinero de la bolsa.

Lo miró y me empujó la mano.

—No lo quiero.

—No me importa. Tengo dinero, así que tómalo.

—No.

Le arrojé el billete de diez dólares, y él lo recogió y me lo lanzó de regreso. Eso desencadenó una guerra de lanzamiento de billetes que terminó con Miles pagando la comida, pasándome el portavasos y las bolsas, y doblando el billete para meterlo debajo de mi muslo. Lo miré con el ceño fruncido.

Se estacionó para que pudiéramos sentarnos en la caja trasera de la camioneta y tener una mejor vista de la carretera. Adentro estaba igual de frío que afuera, y estirar las piernas parecía una buena idea.

—Estás tan flaco que no entiendo cómo no te pones azul.

Me recargué en la camioneta, con mi sándwich en la mano. Miles ya se había devorado la mitad de sus papas a la francesa. Definitivamente no tenía problemas para comer cuando tenía comida enfrente.

—Es por la chamarra —dijo, entre mordidas—. Es muy caliente.

—¿De dónde la sacaste?

—Era de mi *opa,* perdón otra vez, mi abuelo, de cuando estuvo en la Segunda Guerra Mundial. Fue piloto. —Miles mordió su sándwich—. Vivíamos con él en Alemania. Antes de morir, me dio algunas de sus pertenencias. Uniformes, periódicos viejos, medallas y ese tipo de cosas.

—Entonces, ¿se quedó en Alemania después de la guerra?

—¿A qué te refieres?

—No se regresó a Estados Unidos. ¿Le gustaba más vivir allá o algo así?

Miles me miró por un segundo, sin decir nada, y luego se rio.

—Ah, pensaste que... no, no, Opa no estaba en la Fuerza Aérea de Estados Unidos. Estaba en la Luftwaffe.

Mi cuerpo se quedó helado.

—¿Por qué te sorprende tanto? Te dije que era alemán.

—Pero esa chamarra es de Estados Unidos.

—Sí, era de un piloto estadounidense —respondió Miles, y al ver mi expresión de horror, añadió—. ¿Qué? ¡No lo mató! ¡Eran amigos! ¿Por qué estás tan asustada? Se supone que tú eres la experta en historia. Tú mejor que nadie deberías de saber que no todos los nazis querían ser nazis.

Sí sabía. Claro que lo sabía. Pero eso no impedía que les tuviera miedo.

—Opa te hubiera caído bien. Tenía los pies en la tierra.

—¿Por eso todos en la escuela te dicen "el nazi"?

—No, Nadie sabe sobre Opa. Me dicen así porque cuando llegué aquí, todavía hablaba con acento, me gustaba mucho hablar en alemán, y cuando empecé con lo de los encargos, creyeron que sería un apodo gracioso. Después de un tiempo, se me quedó.

—Ah —dije, bajando mi sonrojada cara hacia mis papas a la francesa—. Y, mmm, ¿cuál es la verdadera razón por la que se regresaron a Estados Unidos? Tu mamá se puso medio rara cuando tocó el tema.

Miles frunció los labios.

—Fue por Cleveland. Le escribió cartas a mamá durante mucho tiempo tratando de convencerla para que regresara. Sé que quería volver, pero Opa se aseguraba de que recordara por qué estábamos allá. Y su muerte fue la excusa perfecta. —Entornó los ojos—. ¿De qué hablaron?

—¿Eh?

—Cuando fui al baño —dijo Miles—. ¿Qué te dijo mi mamá?

—Nada importante. Cosas de mamás.

Miles me miró como diciendo que eso ya lo sabía y que no quería tener que repetir la pregunta.

—Me preguntó si te iba bien en la escuela. Qué pensaba la gente de ti... si tenías amigos... si eras feliz...

Miles miró su hamburguesa, esperando.

—Y, pues, le dije.

—¿Qué le dijiste?

—La verdad. ¿Pensabas que iba a mentirle a tu mamá?

—No, pero, ¿cuál es exactamente "la verdad"?

—Pues muy fácil —dije, ya enojada—. La gente piensa que eres un imbécil.

Miles se rio irónicamente.

—...porque no te conocen, y no dejas que te conozcan. Y le dije que sí tienes amigos.

—¿Quiénes, exactamente? —preguntó burlonamente—. Según yo toda la escuela me odia.

—¿El club? Ya sabes, esos con los que te la pasas todo el tiempo. Los únicos a los que les hablas.

—No sé de qué selva saliste, pero déjame te informo que esos no son mis amigos. ¿Alguna vez has notado que nunca me llaman por mi nombre? Hasta Jetta me dice *Mein Chef*. Sólo soy la persona a la que deben obedecer.

—Estás bromeando, ¿no? —quería reírme y al mismo tiempo darle una cachetada, fuerte—. No entiendo cómo puedes decir que no son tus amigos. ¿Lo niegas para no encariñarte con nadie? ¿Estás?... no sé... ¿cómo puedes decir eso? ¿No quieres tener amigos, o algo así? ¡Hasta yo quiero amigos!

Se metió el último pedazo de sándwich a la boca, mirando la carretera mientras masticaba. Nos quedamos en silencio el resto de la cena, yo preguntándome por qué alguien, incluso él, no querría tener amigos, y él mirando las luces de la carretera que se reflejaban en sus lentes. Recogimos la basura, la tiramos en un bote cercano, y nos subimos a la camioneta en silencio.

Y cuando Miles encendió la camioneta, el motor hizo clic.

—Creo que eso no es normal —dije.

—No, ¿en serio? —La ironía se notaba en su voz.

Volvió a dar vuelta a la llave. Clic. Clic, clic, clic. Se quedó viendo el tablero unos minutos, volvió a intentarlo, y luego bajó de la camioneta y abrió el cofre.

Esto no está pasando. Un escalofrío helado me recorrió el cuerpo. No quería quedarme atrapada aquí, con Miles Richter, en medio de la nada, en la noche. *Estás teniendo un sueño increíblemente lúcido, te despertarás dentro de poco, y todo estará bien*.

—No tengo idea de qué es lo que pasa —dijo Miles, con una

voz hueca. Me bajé de la camioneta y lo hice a un lado empujándolo con el hombro.

—Deja veo... —Examiné detenidamente el motor, tratando de recordar lo que papá me había enseñado sobre carros. Pero yo tampoco encontré el problema.

Miles se recargó contra la camioneta, rascándose la cabeza y mirando al piso como si se le hubiera perdido algo. Tucker me había dicho que Miles no sabía nada de carros, y les agradecí a todos los dioses que esto no hubiera pasado cuando todavía estábamos en la autopista.

—Puedo llamar a alguien —dije, abriendo el celular para emergencias de la familia que mamá me había dado—. ¿Conoces algún taller mecánico?

—¿Parezco el tipo de persona que conoce de talleres mecánicos?

—Sabes muchas cosas, por eso te pregunté. —Comencé a marcar el número de mi casa.

—¿Problemas con el auto?

Me di la vuelta; un hombre mayor, de unos sesenta o setenta años, se acercó a la camioneta, sonriendo. Por una fracción de segundo, pensé que lo conocía, sus ojos eran idénticos a los de Miles. Como vi que Miles apretó la mandíbula, supuse que yo tendría que hablar. Examiné rápidamente al hombre en busca de micrófonos o algún otro artículo extraño.

—Sí. No enciende, pero no se ve nada raro.

El hombre asintió.

—¿Puedo echarle un vistazo?

Me encogí de hombros. Se acercó a la camioneta y metió la cabeza abajo del cofre.

—En serio —le dije a Miles, que volteó a verme con una expresión de enojo y confusión—. Si yo tuviera tantos amigos, no andaría por ahí fingiendo que no me caen bien. Y no digas que no haces eso, porque sé que sí.

—¿Por qué te importa tanto? —preguntó.

Lo miré fríamente.

—¿Estás preguntándomelo en serio? ¿No lo has descubierto?

Respiró profundo, con la mandíbula apretada.

—No son mis amigos —dijo—. No quieren serlo, y nadie en esa escuela quiere serlo tampoco. Están ahí porque no les queda de otra. ¿Ya podemos dejar el tema?

—Ok, ¿qué te parece este otro? ¿Te acuerdas qué fue lo último que me preguntó tu mamá? ¿Que si eras feliz? Le dije que nunca te había visto tan feliz como hoy. Para serte honesta, eso es un poco patético. —No pude evitar que las palabras salieran de mi boca—. Podrías tener amigos y podrías ser feliz, pero eliges no serlo.

—¡¿Qué estás tratando de decirme?! —preguntó, gritando tan fuerte que el señor no sacó la cabeza del cofre seguramente por educación.

—¿Quién eres tú para sermonearme sobre ser feliz? Tú, que vives tomando pastillas y todas esas estúpidas fotografías, esperando que el mundo no se vaya al infierno cuando por fin la cagues y descubran que estás loca. ¿Tú estás tratando de ayudarme con mi vida cuando la tuya lleva todo el año cayéndose a pedazos? Y eso, sin mencionar que te has llevado a todos entre las patas. Mira a Tucker, que te sigue como un perro, y estoy seguro que te sentiste tan mal por lo que le hiciste, tanto que ni siquiera pudiste decirle que fuiste tú. ¿Sabes qué? Si soy un imbécil arrogante, entonces tú eres una maldita hipócrita, y estamos aquí parados en el estacionamiento de un *Wendy's* en medio de la nada discutiendo sin razón, y... y... —su voz perdió fuerza. Bajó los brazos, derrotado, su cara ya no se veía enojada, sino llena de culpa—. Y te hice llorar.

Me sequé los ojos y miré hacia el cofre de la camioneta, deseando con todas mis fuerzas que el hombre no estuviera ahí.

—Sí, y no es la primera vez.

Me di la vuelta y empecé a caminar.

Loca. Cayéndome a pedazos. Hipócrita.

Tenía razón. Eso es exactamente lo que era. Les dije locos a Tucker, a Celia y a McCoy, cuando la única loca era yo. Yo soy la loca, siempre fui la única loca.

Caminé siguiendo las luces traseras de los carros. No sabía a dónde iba ni qué dirección tomar, ni siquiera sabía a dónde estaba exactamente. Estaba, como bien había dicho Miles, en el estacionamiento de un *Wendy's* en medio de la nada, y ahí es a donde iba, a la nada.

Podía sentir cómo me miraba mientras me alejaba. Tal vez el hombre y Miles intercambiaron algunas palabras. Me derrumbé sobre la nieve en la orilla del estacionamiento, a unos quince metros de la camioneta, encogí las rodillas, llevándolas al pecho, y observé fijamente la carretera. ¿Cuántas veces había tratado de huir de Miles? La primera fue en la fogata, pero me detuvo; luego cuando Erwin murió, y me volvió a detener. Esta vez sabía que no tenía a donde ir.

Escuché unos pasos detrás de mí, y la manga de la chamarra de Miles me tocó el hombro.

—Toma —dijo pasándome su chamarra.

—No la quiero. —Me volví a secar los ojos, tratando de controlar los escalofríos. Seguramente era un horno ahí adentro con todas esas capas de piel de oveja.

—Perdón por haberte dicho loca.

—¿Por qué? Es la verdad. —Encogí más las rodillas—. Lo más probable es que termine en un hospital con tu mamá.

—Eso no es cierto —dijo, exasperado—. Tus papás...

—Lo ven como una posibilidad.

Eso lo dejó callado.

—Así que llévate tu estúpida chamarra porque probablemente te congelarás sin ella. ¿Cuál es tu porcentaje de grasa corporal? menos cero punto cero... ugh...

Se arrodilló y me puso la chamarra sobre los hombros. Sin mirarme, la acomodó, y dijo:

—Eres tan terca. —Aunque trató de ocultarlo, estaba temblando—. Anda, vámonos. —Me ofreció su mano y la tomé, usando la otra para sostener la chamarra.

Curiosamente, cuando llegamos a la parte trasera de la camioneta no soltó mi mano. Apreté un poco la suya para ver lo que pasaba.

Él me apretó también.

El señor se asomó por encima del cofre y sonrió cuando me vio con la chamarra de Miles.

—Parece que tu batería necesita un poco de energía —dijo—. En mi cajuela tengo cables para pasar corriente. Sólo tomará un segundo.

Abrió su carro y sacó un par de cables. Después de darle algunas indicaciones a Miles, pusieron manos a la obra. Casi me quedo dormida de pie, y Miles tuvo que sacarme de mi estupor cuando llegó la hora de irnos.

—Gracias de nuevo —le dijo al señor. Su voz sonaba débil y frágil.

—De verdad no fue ninguna molestia. —El hombre sonrió, se despidió con la mano y volvió a guardar los cables—. ¡Disfruten el resto de la noche, muchachos! —Se subió a su carro y se alejó manejando.

Miles lo miró mientras se marchaba, con la frente levemente fruncida.

—¿Qué pasa? —pregunté, con una mano en la manija de la puerta. Miles meneó la cabeza.

—Nada, es sólo que... —se veía exasperado, y sus hombros parecían más pesados—. Me recordó a Opa —rodeó la camioneta hacia el lado del conductor y se subió.

—Ah, espera. —Me quité la chamarra, subí a la camioneta y se la di—. En serio, los labios se te están poniendo azules. De verdad no la necesito —añadí cuando empezó a protestar. Fingió resistencia mientras se la volvía a poner.

—Él fue quien me dijo que te la diera —dijo Miles, después de pasar un minuto entero mirando el parabrisas.

Estaba a punto de hacer una broma sobre lo mucho que me alegraba, porque alguien necesitaba enseñarle buenos modales, cuando vi la expresión de su cara.

—Vámonos —dije suavemente—. Ya no falta mucho para llegar a casa, ¿no?

Miles asintió y empezó a conducir.

Capítulo Treinta y tres

Veinte minutos después tuve que empezar a hablar para que Miles no se quedara dormido. Interrumpí mi extensa charla sobre las guerras napoleónicas (uno de los temas favoritos de Carla) cuando empecé a reconocer las calles de la ciudad y vi algo que tomé como un mensaje divino.

El letrero de *Meijer*.

—Detente un minuto —dije, volteando hacia atrás para ver la tienda.

—¿Qué pasa?

—Necesitamos ir a *Meijer*.

—¿Para qué?

—Confía en mí, necesitamos ir. Detente y estaciónate.

Entró al estacionamiento y se acercó lo más que pudo a las puertas. Casi tuve que sacarlo de la camioneta por la fuerza y meterlo a empujones a la tienda.

—Trabajo aquí todo el tiempo —se quejó, bostezando—. ¿Para qué quieres entrar?

—Cuando estás cansado te portas como un bebé, ¿sabías?

Lo llevé casi arrastrando hasta el mostrador de embutidos. Sus compañeros del trabajo nos miraron extrañados cuando pasamos. Miles los saludó. El pasillo principal estaba vacío.

Miles casi choca contra la pecera de las langostas cuando me detuve frente a ella. Parpadeó una vez, la miró fijamente, y luego volteó a verme.

—Es una pecera para langostas —dijo.

Respiré profundamente. Era ahora o nunca.

—Es la pecera de las langostas —dije—. Tu mamá me dijo que te acordabas.

Miles volvió a mirar la pecera con agua que se reflejó en sus lentes. Al principio creí que me había equivocado, que las probabilidades eran muy altas, que tal vez mamá había tenido razón todos estos años y que yo lo había inventado todo. Pero luego dijo:

—¿Siempre haces cosas así?

—No —respondí—. Sólo hoy.

Sus labios temblaron un poco.

—Hueles a limones.

Me paré de puntas.

Miles se giró, puso sus manos sobre mi cintura y sus labios se encontraron con los míos, como si llevara mucho tiempo preparándose para este momento.

Decir que no estaba lista para esto se queda muy corto.

No estaba lista para la emoción, ni para la forma en que sus largos y helados dedos se abrieron camino por entre mi chamarra, sudadera, playera y apretaron mi cadera, poniéndome toda la piel de gallina. Todo a nuestro alrededor se alejó lentamente. Miles exhaló un gemido, y la vibración recorrió mis labios.

El calor. ¿Cómo es que no había notado el calor? Había un horno entre las capas de ropa que nos separaban.

Retrocedí un poco. Miles respiraba agitadamente, y me miraba con ojos atentos y ávidos.

—Miles.

—Perdón. —Su voz, que sonaba más ronca de lo normal, no sonaba arrepentida.

—No... es que... ¿quieres venir a mi casa?

Dudó un instante; pude ver en sus ojos que estaba tratando de descifrar el significado de mis palabras. Le tomó mucho más tiempo que cuando resolvía un problema de matemáticas o un acertijo. Esos los hacía inmediatamente. Esto requirió todo su poder mental.

Tenía que creer que había nacido con esa confusión, esa incapacidad de entender a las personas, porque la alternativa era que se había condicionado a sí mismo a creer que nunca nadie le propondría algo así, y por ello simplemente no podía procesarlo. Y eso era muy triste.

—¿Quieres… quieres decir...? —preguntó, frunciendo la frente.

—Sí.

Contuvo la respiración.

—¿Estás segura?

Puse mis dedos sobre la cintura de sus pantalones.

—Sí.

Capítulo Treinta y cuatro

No dijimos nada durante el camino de regreso. Los nudillos de Miles se veían blancos sobre el volante, y no dejaba de verme de reojo. Y lo sabía porque yo tampoco dejaba de verlo. Una sensación rara y cosquilleante me atravesó el estómago, emocionante y aterradora a la vez. Cuando se estacionó en la entrada y se estiró para quitarse el cinturón de seguridad, lo detuve.

—Espera. Primero voy a entrar yo. Maneja un rato, y luego regresa. ¿Ya sabes cuál es mi ventana?

—No.

Se la señalé.

—Entra por la ventana. Yo te abriré.

Caminé hacia la puerta, revisando el perímetro del jardín mientras avanzaba, y tratando de comportarme lo más normal posible cuando entré a la casa y cerré la puerta detrás de mí.

—¿Alex?

Era mi mamá.

—Hola, mamá.

—Qué bueno que ya llegaste. —Se paró del sillón y estiró la mano—. No pensé que fueras a llegar tan tarde. Ten, necesitas tomarte esto.

Me dio una pastilla, y me la pasé en seco.

—Nos detuvimos a cenar.

—¿Te divertiste?

—Mmm, sí, supongo. —Quería irme a mi recámara. Quería estar encerrada, segura, lejos de las miradas curiosas. Con Miles.

—¿Cómo se portó Miles?

—¿Bien? No sé a qué te refieres.

—Fue a visitar a su mamá a un hospital psiquiátrico. Se podría pensar que a lo mejor tiene problemas. De por sí, el chico parece un poco... atrofiado emocionalmente. Estoy casi segura de que es autista.

—¿Y qué si lo fuera?

Me miró, parpadeando.

—¿Qué?

—¿Qué tiene que Miles sea autista? Y no está "atrofiado emocionalmente". Tiene emociones como todos, sólo que algunas veces le cuesta trabajo entender lo que significan.

—Parece un chico muy inteligente, Alex, pero no creo que sea la mejor influencia.

Resoplé burlonamente. Si tan sólo supiera.

—Entonces, ¿por qué te emocionó tanto que fuera con él? ¿Porque querías que viera dónde voy a vivir cuando termine la preparatoria?

—¡No, claro que no! No me refería a eso.

Me quité la chamarra y la colgué en el perchero.

—Me voy a dormir. No me molestes, por favor.

La dejé parada en el pasillo oscuro y me metí a mi recámara, cerrando la puerta y poniendo el seguro. No me preocupé en revisar el perímetro. No me importaba. Me hubiera dado lo mismo si Joseph Stalin en persona hubiera estado escondido en la esquina. Levanté la ventana y quité el mosquitero.

—No hagas ruido —dije.

Eso no fue un problema para Miles. Se deslizó dentro de la habitación, fusionándose con la oscuridad. Moví las manos en el aire para ver dónde estaba, y cuando lo encontré lo acerqué a mí, ayudándole a quitarse la chamarra. El olor a pastelillos y jabón de menta llenó mi recámara. Con Miles aquí, sabía que en verdad todo estaba bien. Lo abracé y apoyé mi cara en su pecho. Retrocedimos, tambaleándonos, por el estrecho rayo de luz amarilla del farol de la calle, y caímos sobre la cama.

Los objetos sobre las repisas se sacudieron y mis fotos se agitaron. Me senté y puse un dedo sobre mis labios. Miles asintió. La luz de la calle alumbró sus ojos y los convirtió en cristales azules.

Tenía que ser real. De todo lo demás, Miles tenía que ser real. Le quité los lentes y los puse en el buró. Me sorprendió lo limpia que se veía su cara, con esos claros ojos azules, su cabello rubio y pecas doradas. Mi corazón latía rápidamente, pero Miles no había hecho nada. Me pregunté por un instante si a lo mejor era yo la que se había condicionado a creer que esto nunca pasaría. Acostado y mirándome fijamente, aunque estaba segura de que no podía ver mucho, se sentía como si estuviera analizando hasta el más mínimo detalle.

Mis dedos se dirigieron hacia su abdomen. Sus músculos se tensaron y se rio en silencio. Era cosquilludo. Sonreí, pero Miles había cerrado los ojos. Deslicé la playera por su abdomen y él se sentó para ayudarme a quitársela.

El contacto de su piel bajo mis dedos envió pequeñas descargas eléctricas por mis brazos, y cuando me quitó cuidadosamente la playera, creí que me iba a incendiar. Odiaba la natación y tener que cambiarme de ropa en los vestidores porque no me gustaba estar tan descubierta enfrente de otras personas. Me sentía muy expuesta, y me parecía una tortura. Pero esto no era una tortura en lo más mínimo.

Miles se detuvo, con sus brazos alrededor de mí y su cuello apoyado en mi hombro. Sentí un leve tirón en mi sostén y me di cuenta de que estaba estudiando el broche. Ahogué una carcajada en su hombro. Lo había desabrochado y ahora lo estaba abrochando de nuevo. Lo abrochó y desbrochó algunas veces más.

—Deja de jugar —susurré.

Lo desabrochó una vez más y dejó que yo me lo quitara.

El resto de nuestra ropa se unió a las playeras en el suelo. Sentí escalofríos y me acerqué más a él, dejando que el calor se volviera a acumular entre nuestros estómagos, y escondiendo mi cara en su cuello. Me di la vuelta y él se acurrucó junto a mí. Jalé la cobija sobre nosotros para formar una especie de capullo.

Me encantaba estar tan cerca de él. Me encantaba poder tocarlo tanto. Me encantaba lo fuerte que me abrazaba, la suavidad de su respiración, y la sensación de no tener que revisar a mi alrededor cuando él estaba ahí. Me encantaba poder aparentar que era una adolescente normal, escondiéndome de mis papás, y que todo estuviera completamente bien.

Sus dedos presionaron la parte baja de mi espalda.

—Basorexia —murmuró—. Gesundheit —se rio—. Es un irresistible deseo de besar alguien.

—Creí que te costaba trabajo entender los sentimientos.

—Lo más probable es que esté usando la palabra en el contexto equivocado. Pero estoy casi seguro de que se refiere a esto.

Lo besé en el hombro. Uno de sus pulgares rozó mi espalda y... Fue demasiado.

Mucho y muy rápido.

—No me odies —dije—. Pero creo que no quiero hacer esto. No... no en este momento. No aquí. Perdón; no creí que cambiaría de opinión.

Soltó una risita silenciosa y aliviada.

—Eso son buenas noticias. Creo que me va a dar un infarto sólo con esto. Cualquier otra cosa podría matarme.

Metí una mano entre nuestros cuerpos. Su corazón latía rápidamente contra mi palma. Saqué la mano.

—Vaya, tienes razón. ¡Creo que sí te va a dar un infarto!

Lo dije de broma, pero Miles se apartó, avergonzado. Su respiración se agitó un poco más.

—Sería mejor si... pudiéramos cambiar de posición...

Nos separamos y su respiración regresó a la normalidad. Nos miramos cara a cara en la oscuridad, con las cobijas sobre nosotros. Su mano encontró la mía.

—Perdón —dijo—. No estoy acostumbrado a que la gente me toque.

—Yo tampoco.

Nos quedamos en silencio durante largos minutos, hasta que se me ocurrió una idea.

—Elije a alguien —dije.

—¿Qué?

Sonreí.

—Elije a alguien.

Dudó un poco, y luego también sonrió.

—Ok. Empieza.

—¿Estás muerto?

—No.

—¿Eres hombre?

—No.

—¿Vives en un país extranjero?

—No.

Mujer, viva, de Estados Unidos. A lo mejor no había elegido a alguien desconocido.

—¿Tienes algo que ver con *East Shoal*? —pregunté.

—Sí.

Una suposición con suerte.

—¿Estás en el club?

Hizo una pausa.

—Sí.

—Eres Jetta.

Meneó la cabeza.

Fruncí la frente.

—¿Theo?

—No.

—Pues si no eres ninguna de las dos, entonces eres yo.

Parpadeó.

—¿Soy yo? —dije.

—No pude pensar en nadie más —dijo.

Se acercó un poco más y abrió los brazos; me deslicé hacia él y recargué mi cabeza en su hombro. Susurró algo en alemán. Cerré los ojos y volví a poner mi mano sobre su corazón.

Tercera Parte

Las ligas

Capítulo Treinta y cinco

Miles se levantó de la cama a la una y media de la mañana, con una expresión de pánico en la cara.

—Tengo que irme. —Se vistió, tambaleándose. Me incorporé, tratando de despertarme, y me tapé el pecho con el edredón.

—¿Qué pasa? —pregunté, susurrando.

—Mis zapatos... ¿dónde están mis zapatos?

—Junto a la ventana.

Los tomó y se los puso.

—Papá sabe que nunca trabajo después de la medianoche.

—¿Qué hace si no llegas a tu casa a la hora a la que debes llegar?

Miles se detuvo y me miró. Luego encontró su chamarra en el piso y se la colgó sobre los hombros.

—Ven. —Abrí los brazos. Se sentó en el borde de la cama, con el cuerpo rígido. Giré su cara hacia mí y lo besé—. ¿Puedes pasar por mí el lunes por la mañana?

—Claro.

Lo besé otra vez y le di sus lentes.

—Toma.

Capítulo Treinta y seis

Al día siguiente en *Finnegan's*, no podía dejar de sonreír. Los clientes me dejaron mejores propinas, aunque a lo mejor eso fue porque no los miré fijamente como si tuvieran micrófonos ocultos.

Tucker notó el cambio.

—¿Por qué estás tan feliz? —preguntó, refunfuñando, mientras metía los billetes a la caja registradora, que se sacudió cuando cerró el cajón de un golpe.

—¿No puedo estar feliz? —pregunté. Pero dejé de sonreír. La culpa me hizo un nudo en el estómago. Quería decirle lo que June me había contado, pero esto era lo primero que me decía en días. Tomé la bola 8 mágica de *Finnegan's*.

¿Hice algo malo?

Mis fuentes dicen que no.

Tucker me miró de reojo.

—Te comportas como si te hubieras sacado la lotería. Sólo dime que no tiene nada que ver con Richter.

—No, no lo haré. —Le había pedido perdón como mil veces y lo había suplido en el trabajo. Había hecho yo sola todo el trabajo para el debate de la clase de inglés, y no le había pedido ni una maldita cosa. No me importaba si estaba enojado conmigo. No tenía ningún derecho a opinar sobre lo que había hecho con Miles.

Se volteó para verme de frente.

—¿Es en serio? ¿Sigues saliendo con él, después de lo que me hizo? ¿Después de todo lo que ha hecho?

—Lo que hago con él no es asunto tuyo, Tucker. —Bajé la voz

para que la pareja que estaba en la mesa más cercana no pudiera oírnos.

Tucker dudó un instante.

—¿Lo que haces? ¿Qué estás haciendo con él?

Mi cara debió haberse puesto tan roja como mi cabello.

—Dije que no es asunto tuyo, ¿o no?

Tucker bajó la voz hasta susurrar.

—No inventes... ¿Te acostaste con él?

Fingí revisar la caja registradora.

—Estamos juntos, ¿ok? Eso es todo lo que necesitas saber.

Me tomó por el brazo y me llevó a la cocina.

—¡No tienes la menor idea de lo que te hará! ¡No es una persona normal, Alex! ¡No entiende que sus acciones afectan a los demás!

Por un instante, todo lo que pude hacer fue mirarlo. Le hubiera respondido algo rápido, pero lo que dijo me tomó por sorpresa. No había dicho: "Es un imbécil" o "Es la encarnación del mal".

Tucker había pasado por eso. Las circunstancias no habían sido las mismas, pero... Miles lo había lastimado mucho antes de que yo los conociera.

—Voy... voy a estar bien, Tucker —retiré mi brazo de su mano—. Estaré bien.

Tucker meneó la cabeza y bajó la mirada. Pasó junto a mí, murmurando algo casi imperceptible:

—Eso espero.

Voy a estar bien, ¿verdad?

Por supuesto.

Capítulo Treinta y siete

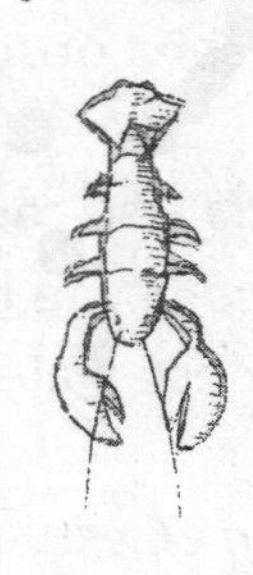

A papá no pareció molestarle mucho no tener que llevarme a la escuela el lunes; de hecho, cuando estaba a punto de salir me sonrió pícaramente.

No sé qué había esperado. ¿Tal vez que Miles se viera un poco más feliz? ¿O que me hubiera dado una razón para no creerle a Tucker? Sólo había pasado un día desde la última vez que lo vi, y yo no había intentado reprimir la emoción que sentía en el estómago. Pero cuando me subí a la camioneta, apenas y me sonrió para después hundirse en una especie de depresión avergonzada. Tenía unas ojeras enormes, como si no hubiera dormido nada.

—¿Qué pasa? —pregunté— ¿Qué te hizo?

—Nada —dijo, sin quitar la vista del camino.

Me quedé en silencio hasta que nos estacionamos, y cuando empezamos a caminar hacia el edificio me di cuenta de que estaba tratando de disimular una cojera.

—¿Por qué estás cojeando? ¿Qué pasó?

—Nada. No pasó nada... estoy bien.

—Miles, ¿qué te hizo?

—¡No te preocupes! —dijo, bruscamente.

Retrocedí un poco. No volvimos a hablar hasta la clase de inglés, y cuando nos sentamos en nuestros escritorios, se escucharon risas burlonas que venían de la esquina del salón donde estaba Cliff.

—Oye, Richter —dijo Cliff—. ¿por fin te patearon el trasero los Aliados?

Miles le hizo una seña obscena con el dedo y apoyó la cabeza en el escritorio.

Observé su espalda y su cabello rubio, y el corazón se me cayó hasta los pies. A lo mejor me había ilusionado demasiado. Tal vez Tucker tenía razón, y ese viaje había sido cosa de una sola vez. A lo mejor Miles no...

¡Deja de pensar en él, estúpida!

Levanté la vista hacia la luz parpadeante en el techo, y luego vi a mis compañeros recién llegados de las vacaciones de Navidad.

El cabello de Celia tenía ahora un extraño color entre amarillo y café mohoso, pero las puntas todavía estaban verdes. Llevaba puesto el uniforme deportivo de *East Shoal*, y no tenía sus lentes de contacto azules; sus ojos eran cafés. La cara se le veía rara, y luego me di cuenta de que no llevaba maquillaje. Aun así, sin una gota de maquillaje y con acné, se veía bonita.

¿Por qué se esforzaba tanto?

Todos estaban hablando de ella, burlándose y haciendo comentarios sarcásticos, asegurándose de que los escuchara. Celia no se movía, tenía la vista fija en su escritorio y las cejas juntas. No parecía que tuviera ganas de matarme. Ni a nadie más. Era como si ya no tuviera espíritu de combate.

Una pequeñísima parte de mí, la que se había olvidado de cuando la vio gritando con el cabello en llamas, y alegando por no haber conseguido lo que quería, se sintió mal por ella.

Miles se la pasó dormido durante todas las clases del día. Aunque generalmente no le importaban mucho, nunca se dormía así nada más. Los profesores debieron haberse dado cuenta de que algo andaba mal, porque no lo despertaron. Cinco minutos antes de que sonara la campana, se levantaba como un zombie y se arrastraba a la siguiente clase. Después de la quinta hora alguien le dijo "nazi" en el pasillo, pero él siguió caminando sin hacer caso.

No me gustaba verlo tan perturbado, así que cuando salimos de la clase de Química y fuimos al gimnasio, me cambié los libros de brazo y lo tomé de la mano, entrelazando nuestros dedos. Me paré de puntas y lo besé en la comisura de los labios. Una sonrisa iluminó su cara por unos segundos. Pero cuando llegamos al gimnasio ya había desaparecido, aunque todavía seguíamos tomados fuertemente de las manos. El club se sentó en las gradas, y Celia estaba a unos cuantos metros de distancia. Todos sabíamos que esto iba a pasar, pero nadie parecía muy feliz.

—Hola, Jefe. Alex —dijo Evan.

—¿Tienen algo que contarnos? —preguntó Ian, señalando nuestras manos.

Miles bajó la vista como si se hubiera olvidado de que estábamos tomados de las manos, luego vio a Evan y a Ian con sus pícaras sonrisas, y dijo muy claramente:

—No.

Moví la cabeza, solté su mano, y fui a sentarme junto a Jetta.

—Como probablemente ya todos saben, Hendricks estará haciendo servicio comunitario con nosotros —dijo Miles, moviendo la mano perezosamente hacia donde estaba Celia. Ella lo miró, pero sólo por un instante.

—¿No puedes hacer nada al respecto, Jefe? —preguntó Theo— ¿No puedes hacer que la manden a otro lado?

—A mí tampoco me gusta —dijo Miles, bruscamente—, pero no puedo hacer milagros. Las estúpidas reglas de McCoy la pusieron aquí, y créeme él tampoco estaba muy feliz. Sólo será un semestre. Sopórtenla. Ian y Evan ustedes estarán a cargo de ella. Asegúrense de que haga algo. Todos los demás a sus puestos habituales.

Ian y Evan miraron a Celia con iguales expresiones de alegría en sus caras, y luego la llevaron al almacén por los carritos de pelotas. Jetta fue a vigilar el entrenamiento de lucha libre de Art en el gimnasio suplementario, y Theo se marchó al puesto de golosinas. Empecé a seguirla, pero Miles me tomó de la manga y me jaló suavemente.

—Tú vienes conmigo —dijo, señalando hacia el tablero.

Nos sentamos y preparamos las tablas y las listas antes de que llegaran los equipos de basquetbol a su entrenamiento. Observé a Celia mientras Evan la puso a barrer sola el gimnasio e Ian le dijo que cambiara todas las bolsas de los basureros.

Cuando terminó, se sentó en las gradas. Unos segundos después, su mamá entró rápidamente por la puerta, con su cabello rubio balanceándose sobre su espalda. Celia ni siquiera levantó la vista cuando se paró frente a ella y empezó a bufar.

—¿Qué haces? ¿Lamentándote?

Celia miró al suelo y no dijo nada. Su mamá continuó, cubriéndola con su sombra.

—Hubieras podido tener todo, Celia. Si me hubieras obedecido, habrías elegido una universidad. La que tú quisieras. Lo tendrías todo. Pero ahora estás fuera del equipo de porristas y tienes que juntarte con estos delincuentes...

—Perdón por lo de hace rato —dijo Miles—. No estoy acostumbrado a... mmm... a tener a alguien que...

No podía concentrarme en sus palabras. Toda mi atención estaba dirigida hacia Celia y su horrible madre que no paraba de gritar. Quise saber sobre qué, pero no alcancé a escuchar más que frases sueltas.

—Y en lugar de que estés tratando de recuperar tu lugar, te encuentro suspirando por ese tipo... Sí, fue él. ¿Te preocupaste? No era mi intención... De una vez te digo que Richard tendrá varias cosas que decir sobre esto. No permitirá que mi hija sabotee su potencial... No tienes nada de qué preocuparte, ¿ok? Todo está bien... Richard pondrá todo en orden. Se asegurará de que seas merecedora de mi legado. Y si ese tipo se interpone en el camino, Richard lo eliminará.

Miles me jaló la mano, desviando mi atención completamente hacia él.

—Estás temblando. ¿Por qué estás temblando?

—Estoy... nerviosa. Y me siento mal por Celia. Su mamá parece terrible, y McCoy... quiero contárselo a alguien, pero no sé quién me escucharía.

—A lo mejor McCoy se descuida, y entonces tendremos evidencias.

Celia se paró sobre las gradas, al otro lado del gimnasio, mirándonos fijamente. Su mamá ya no estaba. Cuando me vio mirándola, bajó las escaleras corriendo como loca y se tropezó con los últimos tres escalones.

—Eres un obstáculo —dije.

—¿Qué?

—Le gustas a Celia.

—Eso me han dicho.

—Y su mamá y McCoy no lo ven con buenos ojos. Creen que estás obstaculizando su... potencial, o algo así. Y no les gusta para nada.

Se quedó pensativo, y sus cejas formaron una línea recta. Hasta Miles tenía un límite para su incredulidad, y yo había sido paranoica el tiempo suficiente para saber que estaba a punto de alcanzarlo.

—Sé cómo suena —dije—, pero los escuché decirlo, y tengo mucho miedo de que McCoy te lastime. No voy a hacer nada estúpido ni raro, ni... sólo dime, por favor, que te mantendrás lejos de él.

Levantó mi mano y la apretó contra su pecho.

—Te dije que tendría cuidado, ¿no?

—Sí.

Celia se limpió los ojos y caminó hacia la puerta.

—¿Qué hace? —Miles se levantó de su asiento, pero yo lo volví a sentar.

—Deja que se vaya —dije—. Va a regresar.

Efectivamente, unos diez minutos después, Celia regresó, con los ojos más rojos e hinchados que cuando se había ido. Se sentó justo a final de la última hilera de gradas, mirando sus manos. Se veía...destrozada. Como si la malvada chiflada que vivía dentro de ella finalmente se hubiera muerto y sólo quedara una carcasa.

June tenía razón. Necesitaba hablar con ella.

Capítulo Treinta y ocho

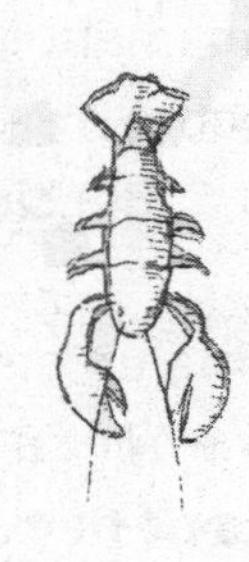

Cuando el juego terminó, Celia trató de salir por uno de los pasillos traseros.

No pensé que fuera difícil detenerla. Dos palabras y se voltearía para abalanzarse sobre mí. Pero cuando abrí las puertas y grité su nombre, giró la cabeza, con los ojos muy abiertos, como si tuviera miedo de que yo quisiera matarla.

Y luego se echó a correr.

La perseguí. Supongo que ser porrista tenía sus ventajas, porque tenía mejor condición física que yo. Pero sabía a dónde iba. Cuando llegamos a la intersección, Celia dio vuelta a la derecha y yo continué derecho hasta la zona oeste de la escuela, brinqué por la rampa de discapacitados y llegué al ala noroeste justo a tiempo para detenerla. Mi fuerza la estrelló contra la pared.

—Deja... de... correr —dije, jadeando.

Me miró furiosa, sobándose el hombro que se había golpeado con la pared.

—Tengo... que... preguntarte algo...

—Pues pregunta —dijo, enojada.

Respiré profundo.

—McCoy. ¿Qué está pasando... con McCoy?

Celia abrió enormemente los ojos, y luego los entrecerró.

—¿De qué hablas?

—Mira, sé sobre tu mamá. Y sé sobre McCoy. Sé que te llama a su oficina todo el tiempo, y que está obsesionado. Si... si está haciéndote algo, deberías decírselo a alguien.

Durante medio segundo, una expresión de entendimiento cruzó

por su cara, pero rápidamente cambió y sacó los colmillos.

—No sabes nada sobre mí —dijo, empujándome—. Déjame en paz. Y no me vuelvas a mencionar al inservible de McCoy o a mi mamá.

Se marchó, dándome un empujón tan fuerte cuando paso junto a mí, que me hizo tropezar hacia atrás y casi perder el equilibrio. Pensé en seguirla de nuevo y cuestionarla hasta que admitiera lo que estaba pasando y que necesitaba ayuda, pero entonces lo entendí.

Le había quitado algo que ella amaba. Jamás confiaría en mí.

No está loca, ¿verdad?

Mis fuentes dicen que no.

Sólo está... sola.

Muy probablemente.

Pero no quiere a nadie a su alrededor.

Respuesta incierta, inténtalo otra vez.

No quiere ayuda. ¿Por qué no quiere ayuda?

No puedo predecir en este momento.

Capítulo Treinta y nueve

Parecía que la temática de enero era hacerle la vida imposible a Celia. Ian y Evan la obligaban a recoger la basura que ellos habían tirado. Theo la puso a limpiar las máquinas de palomitas y de *hot-dogs* durante toda una semana. Jetta la hizo saltar a la alberca con la ropa puesta para sacar los bloques de buceo que ella misma había lanzado cuando el equipo de natación estaba a menos de tres metros de distancia.

Celia nunca se opuso a nada. De hecho, las únicas veces en que se enojaba lo suficiente como para poner un alto era cuando le mencionaba a McCoy.

A mediados de febrero, empecé a preguntarme qué tenía el club contra Celia para justificar las cosas que le hacían. Sí, era una perra. Sí, le había hecho cosas horribles a muchas personas... o eso me habían contado.

Miles y yo no participábamos, pero tampoco hacíamos nada por impedirlo, y eso me hacía sentir que teníamos que hacer algo. Cada vez que Celia nos veía, que la atrapaba mirándonos después de darnos un beso en el gimnasio o cuando estábamos tomados de la mano en los pasillos, podía jurar que estaba a punto de echarse a llorar.

—Pueden hacerle lo que se les dé la gana —dijo Miles un día a finales de febrero, después de que los trillizos la obligaran a llevar las toallas sucias y apestosas a la lavandería sin un carrito. Dejó caer algunas en la alberca, sin querer, y tuvo que meterse al agua para sacarlas. Miles y yo estábamos parados con la espalda apoyada en los azulejos. Miles miraba el agua con la nariz respingada.

Cuando Celia salió de la alberca, nos miró fijamente... a Miles.

—Llévalas a la lavandería —le gritó Miles.

Celia asintió. Miles era la única persona de quien recibía órdenes sin maldecir en voz baja o lanzar miradas furiosas.

—¡Hola, Reina Verde! —gritaron Evan, Ian y Jetta, saliendo de los vestidores con sus trajes de baño puestos.

—¿Qué hacen? —preguntó Miles, mirando su reloj—. Son las seis.

—¡Lo que significa que tenemos tiempo de sobra para nadar antes de irnos! —Ian se subió al trampolín.

—¡*Mein Chef!* ¡Alex! ¡Vengan a nadag con nosotgos! —dijo Jetta, flotando hacia un lado de la alberca y mirándonos.

—¡Sí! ¡Venga, Jefe! —gritó Ian, antes de saltar.

—No —dijo Miles—. Odio mojarme.

—Eso dijo ella —empezó a decir Evan, antes de que su hermano lo hundiera en el agua.

—Ya sabes que no me gusta nadar —dijo Miles, al ver que Jetta no dejaba de mirarlo con ojos de cachorrito triste.

—Entonces vamos a jugag tu juego. Pgeguntame quién soy.

Miles se quedó serio unos segundos, pero luego sonrió. Empezaron a jugar a las veinte preguntas en alemán. No sabía lo que estaban diciendo, pero seguro Miles estaba alargando el juego a propósito. Cuando sólo estaban él y Jetta, Miles aprovechaba para hablar en alemán.

Me daba gusto que pudiera hablarlo con Jetta, pero yo me perdía de cosas. Había otra persona totalmente distinta dentro de él que yo no podía ver porque no hablaba su idioma.

Cuando el juego terminó —Miles hizo quince preguntas antes de adivinar— Jetta levantó los brazos agitando los dedos.

—No voy a meterme —dijo, por última vez, y Jetta admitió la derrota y se alejó nadando.

—No me digas que no sabes nadar —dije.

Miles se rio irónicamente.

—Claro que sé nadar. Si no supiera, ya estaría muerto. —Bajó el tono de su voz y añadió—. Cuando era niño, mi papá me llevaba a pescar con él. Así como casi todos los niños van a pescar con sus papás; es una linda experiencia familiar para crear vínculos, ¿no? Bueno, pues agrégale a la escena la capacidad de concentración de una pulga con déficit de atención, algo de alcohol y un enorme lago... el resultado es un papá que cree que es gracioso arrojar a su hijo al agua y verlo nadar hacia la orilla.

—¿Igual que lo hizo con tu mamá?

Asintió.

—Sólo que primero me lanzó a mí.

—Eso es terrible —dije, susurrando—. ¡Te hubieras podido ahogar! O enfermarte de algo grave, porque los lagos están llenos de bacterias, o...

—¿O ser jalado por algo que no puedes ver? —dijo Miles, en voz baja—. Ah, sí, eso fue lo mejor. Sabía que me aterraban las cosas que había en los lagos. Maldito.

De ahí venía el olor a algas de estanque... Aquella vez de las langostas.

—Eso pasó un día antes de que mamá y yo nos fuéramos a Alemania. Ella se dio cuenta de que Cleveland me había hecho algo y fue a buscarme. Esa noche dormimos en el carro, y al otro día decidió que nos iríamos. Sólo regresamos un minuto a la casa para recoger nuestros pasaportes. Luego, fuimos directo a *Meijer* a comprar algunas cosas que necesitaba, y finalmente al aeropuerto.

Lo abracé, algo que últimamente hacía todo el tiempo, a veces porque podía hacerlo, pero casi siempre porque parecía necesitarlo.

Hasta ahora, nadie había intentado hacerle daño a Miles. Apenas había visto a McCoy desde el nuevo semestre, y Celia parecía incapaz de lastimar a nadie. Cuando la atrapaba mirándonos, lo único que tenía que hacer para que se marchara era sostenerle la mirada. Pero siempre andaba rondando, como un fantasma, esperando a que alguien más se uniera a ella del otro lado.

Miles hacía cada vez menos de sus trabajos mafiosos por dinero, y era obvio que no tenía mucho en qué entretenerse. A menudo se le veía caminando alrededor del gimnasio, escribiendo tanto en su libreta que tuvo que empezar una nueva, y a veces empezaba a hablar a media frase. Su cojera desapareció, pero siempre llevaba los brazos cubiertos y un día llegó a la escuela con un ojo morado. Su estado de ánimo infectó a todo el club como una enfermedad; las cosas ya no transcurrían sin problemas como antes. Y, muy pronto, su melancolía invadió toda la escuela.

El Sr. Gunthrie se la pasó una hora despotricando contra la luz parpadeante del techo, desperdiciando toda una clase. La Srta. Dalton extravió todas sus notas y hasta olvidó su Coca *Light*. Los estudiantes que normalmente le pagaban a Miles por sus servicios empezaron a hacerse cargo de sus asuntos, y la sala de detención se llenó por primera vez en el año.

Empecé a preguntarme si la melancolía me estaba afectando a mí también, pero tenía la sensación de que más bien tenía que ver con los delgados sobres que recibía de universidades y fundaciones de becas. La mayoría empezaban diciendo: *"Lamentamos informarle..."* Traté de no tomarlo como algo personal —¿cuántas chicas de preparatoria, pobres y con trastornos mentales, podían haber en Indiana? Probablemente más de las que pensaba— pero entregar cada uno de esos sobres a mamá era como abrir la puerta a los discursos motivacionales pasivo-agresivos: *¿Estás segura de que hiciste todo lo que debías? Tal vez se te olvidó algo. ¿Quieres que le pida a Leann que les explique tu situación?*

Está de más decir que no disfrutaba pasar tiempo en casa. Pero las cosas en la escuela no iban mucho mejor.

En marzo empecé a notar que algunas personas me señalaban cuando pasaba por el pasillo, me ignoraban cuando trataba de hablarles y me negaban en la cara las cosas que yo decía. No me hubiera importado tanto, de no ser porque en *Hillpark* había pasado exactamente lo mismo cuando se enteraron.

A finales de ese mes, todo el club estaba reunido en el gimnasio principal para la competencia de bandas. Las gradas estaban llenas de espectadores y bandas de otras escuelas. McCoy puso a la mitad de los estudiantes de segundo de secundaria a colgar listones dorados alrededor del tablero y a organizar una "mesa tributo" donde la gente pudiera firmar una petición para cubrir el tablero con baño de oro y recibir a cambio un diminuto imán en forma de tablero. (Obviamente, fue un éxito total).

Por lo visto, la mayoría de la gente creía que se trataba de una broma. Que honrar el tablero era una cosilla rara que hacíamos los estudiantes de *East Shoal* para ocultar el hecho de que había matado a alguien. Nunca escuché a nadie acusar a McCoy de haber perdido un tornillo.

Cuando la competencia empezó, el chico que anunciaba las bandas nos dijo que nos quitáramos de la mesa del tablero. Nos paramos junto a las puertas principales del gimnasio con la espalda apoyada contra la pared. Me acerqué lo más que pude a Miles, porque así no sentía la necesidad de revisar todos los instrumentos en busca de artículos de contrabando y propaganda comunista. Si algo extraño pasaba de verdad, Miles me diría.

La primera banda terminó de tocar, y luego llegó otra para tomar su lugar. El presentador abandonó su puesto, quejándose de que nunca le daban tiempo de ir al baño. En ese silencio relativo, empecé a quedarme dormida sobre el hombro de Miles.

—¿Disculpen? —La voz de Celia se escuchó en todo el gimnasio. Me desperté de un salto. El lugar se quedó en silencio—. Hola —saludó desde el tablero—. Sólo quiero robarles un minuto de su atención para recordarles que todas las ganancias del puesto de golosinas se destinarán a beneficio de la Asociación de Esquizofrenia de Estados Unidos.

¡Tú eres el obstáculo, estúpida!, gritó la vocecita.

—Alex —dijo Miles, rápidamente, llevándome hasta la puerta—. Alex, tienes que irte.

Pero me quedé petrificada y con el cerebro congelado.

—Todo esto es en honor de nuestra estudiante esquizofrénica paranoide, Alexandra Ridgemont, quien fue transferida a esta escuela después de haber pintado el piso del gimnasio de la escuela

Hillpark. —Celia se dio la vuelta y me miró, junto con todos los demás. Me saludó agitando la mano y sonriendo—. Hola, Alex.

Sus últimas palabras se perdieron en el aire vacío del gimnasio; Miles corrió rápidamente por la primera hilera de gradas para desconectar el cable del micrófono, y luego fue hacia la mesa del tablero y le quitó el micrófono, pero el daño ya estaba hecho.

Estaba en una pecera llena de tiburones.

Todas las miradas se abalanzaron sobre mí. Los miembros de la banda dejaron de tocar. Algunas personas al otro lado de las gradas se pusieron de pie para poder ver mejor. Theo había abandonado el puesto de golosinas y estaba parada junto a la otra puerta con Ian y Evan, los tres con las caras pálidas.

Mis manos buscaron la puerta a tientas. La manija se deslizó bajo mis dedos, una vez, dos veces... hasta que por fin pude abrirla, y salí corriendo hacia el baño más cercano.

Me encerré en uno de los cubículos, vomité, me acosté en el piso y cerré los ojos con fuerza. Me jalé el cabello, deseando que no fuera tan asquerosamente rojo, que mi mente trabajara correctamente, que las cosas volvieran a ser como cuando tenía siete años, cuando todo era real y eso era lo único que importaba.

Cuando por fin me tranquilicé lo suficiente para abrir los ojos, seguía en el piso de un cubículo de baño en una preparatoria pública, seguía estando loca y mi cabello se seguía viendo como si hubiera metido la cabeza en una cubeta llena de kétchup.

Miles debe haber alejado a la gente del baño, porque no entró nadie, y de vez en cuando tocaba la puerta, gritaba mi nombre y me juraba que él no le había dicho a nadie.

Quería decirle que le creía, que Celia pudo haberse enterado por otras fuentes. Pero no podía moverme ni abrir la boca.

—¿Lexi?

Me puse de pie, secándome las lágrimas que todavía quedaban sobre mi cara, y abrí la puerta del baño. Papá estaba parado afuera, oliendo a tierra recién excavada y hierbas silvestres. El pasillo estaba vacío detrás de él. Miles se había ido. Papá no dijo nada, sólo me abrazó y me acompañó hasta el carro.

Capítulo Cuarenta

Papá supo tranquilizarme mucho mejor de lo que hubiera imaginado. Creo que en parte fue gracias a su olor. La otra parte fue por su buen gusto en películas.

—Tú podrías ser Indiana Jones, papá.

—¿Tú crees? —respondió—. Tendría que andar más andrajoso de lo que ando ahora —dijo, frotándose la cara sin rasurar—. Oye, el próximo Halloween podría disfrazarme de Indiana Jones. ¿Tú crees que mamá quiera disfrazarse de mi valiente y sexy compañera?

—Ni idea. Tendrías que verte muy bien. Y probablemente sobornarla con chocolate.

Papa se rio, y alguien tocó a la puerta. Mientras yo me acomodaba en el sillón con un tazón de palomitas, papá se paró a abrir. Carla no se había aparecido por la sala desde que llegamos y, gracias a Dios, mamá estaba de compras cuando Miles llamó por teléfono.

Traté de no hacer caso a lo que estaba sucediendo en el pasillo. Papá se encargaría de ahuyentar a todos, a menos que fuera Miles. Pero tenía el presentimiento de que Miles me daría un poco de espacio.

—Quería ver a Alex y asegurarme de que estuviera bien. Escuché lo que pasó hoy en la escuela.

Era Tucker.

—Sí, Alex está bien —respondió papá, echando un vistazo hacia la sala—. Oye, Lex Luthor, ¿tienes ganas de atender invitados?

Me levanté del sillón y me asomé por el marco de la puerta hacia el pasillo. Tucker estaba parado en el umbral, con un gesto de preocupación en la cara. Su mano jugaba nerviosamente con la enorme maceta de geranios blancos que mamá había puesto en el porche. Detrás de él, los árboles de la calle estaban atascados de flores, estallando con los colores de la primavera.

—Ah, hola, Alex. ¿Estás bien?

—Está bien, papá. Hablaré con él afuera. —Puse el tazón de palomitas en el piso y fui hacia la puerta, pasando junto a papá, para salir con Tucker al porche—. En serio, está bien —dije otra vez, y papá cerró la puerta, con una sonrisa renuente.

—Entonces... ¿todo bien? —preguntó Tucker en voz baja— ¿Vas a volver a la escuela?

—No, no estoy nada bien —dije—. Pero sí, voy a regresar a la escuela. Después de todo, sólo quedan dos meses para que termine. Y si no regreso, las cosas van a empeorar.

Desertora escolar. Sí, eso era exactamente lo que las universidades querían leer en las solicitudes.

Tucker se quedó parado un instante, pasándose las manos por el cabello negro, acomodándose los lentes y girando su reloj en la muñeca.

—¿Cómo te enteraste? —pregunté.

—Por un mensaje de texto —dijo, enseñándome su celular—. Creo... que todos lo recibieron.

Asentí. Supuse que a estas alturas ya lo sabían casi todos; por eso me habían ignorado y hablado a mis espaldas los últimos días. Seguramente Celia llevaba toda la semana hablando de ello. La competencia de bandas fue sólo para asustarme.

—Pues..., bueno, ahora ya lo sabes —dije.

—Lo siento.

—¿Por qué? No es tu culpa que esté loca.

—No eso... a mí no me importa eso. Mi papá tiene pacientes esquizofrénicos. Los llama "personas normales sólo que un poco más excéntricas". Siento haberme enojado contigo e ignorado tanto tiempo. Y siento no haberte creído cuando me dijiste que podías manejar a Miles. No debí intervenir.

—Pero tenías razón... no debí hacerte lo que te hice. Ni a ti ni a nadie. Tendría que haber detenido a Miles.

Tucker se rio.

—Bueno, creo que me lo merecía.

Esperé para ver qué más decía. Él suspiró y se sentó en el columpio del porche.

—Fue Cliff quien le encargó a Miles ese trabajo. Llevaba todo el semestre esperando a que pasara. ¿Te acuerdas de la fogata en casa de Celia, el día del tablero?

—Sí... —el estómago se me cayó hasta los pies porque ya sabía a dónde iba a terminar esto.

Se sonrojó y miró hacia otro lado.

—Me acosté con Ria.

Antes de darme cuenta de lo que estaba haciendo, ya lo había tomado de la cara y le estaba gritando:

—Tucker, dime que no es verdad. ¡Tú eres la única fuente de BIEN en este maldito lugar! No puede ser que hayas aceptado ayudar a Ria en sus planes. ¡Yo soy quien dañó todo y puso cosas en tu ropa interior!

Tucker meneó la cabeza, y le solté la cara.

—No, no eres mala persona —dijo—. Y Richter no es mala persona, y yo tampoco lo soy. Sólo somos personas, y a veces las personas hacen cosas estúpidas.

Lo miré. Después de unos segundos, dije:

—Así que... Ria y tú.

—Ria y yo —respondió.

—Te acostaste con Ria Wolf.

—Me acosté con Ria Wolf —dijo, levantando las manos en señal de derrota.

—Y, ¿cómo estuvo?

—Fue un asco —dijo, riendo de pronto—. Fue horrible. Jamás me había sentido tan incómodo en mi vida. O sea, desde el principio era obvio que me estaba usando, pero sí la has visto, ¿no? Está buenísima. O sea, más que buena. O sea, buena a la enésima potencia.

—Ok, Tucker, ya entendí.

—Uno pensaría que estando tan buena, la cosa sería mucho mejor, ¿no? Pero es medio difícil poder disfrutarlo cuando la otra persona no deja de golpearte y de decirte lo pésimo que eres y todo lo que estás haciendo mal.

—Sí, eso sería un asco. —Sólo me reí porque él también se estaba riendo—. ¿Por qué lo hiciste? No pudo haber sido solamente porque está buena.

Tucker volvió a sonrojarse.

—¿La verdad? Richter y yo tuvimos una especie de guerra por ella cuando estábamos en secundaria.

—¿Por Ria? —me reí otra vez.

—Sí, por eso Miles la odia —dijo Tucker—. O sea, los dos sabíamos que no tenía caso, pero él nunca entendió por qué Ria eligió los músculos en vez del cerebro. El día de la fogata, se me acercó y empezó a coquetearme...

Así que eran Tucker y Ria los que estaban en esa recámara, y yo por poco los sorprendo.

Estupendo.

—...y luego, pasó. Yo sabía que sólo lo estaba haciendo para vengarse de Cliff, todo mundo lo sabe, porque cada año es lo mismo. Y sabía que después me las tendría que ver con él. Por eso Richter los llevó a mi casa y los puso a hacerme todas esas cosas, porque Cliff le había pagado, así que, la verdad, fue mi culpa.

—Cállate, Tucker.

—Ok.

Nos quedamos en silencio, mirando el césped verde y brillante de la casa del vecino de enfrente. Después de unos minutos, Tucker dijo:

—¿Todavía crees que pasa algo raro con McCoy?

—Sí —dije—. Nunca te conté, pero hace poco hablé con la mamá de Miles.

Le conté todo lo que June me había dicho. También sobre la vez que abordé a Celia afuera del gimnasio, y que Miles era un obstáculo.

—Creo que McCoy va a hacer algo. Pero no sé cuándo, ni cómo. Y tengo miedo de que algo malo pase si no logro descubrirlo.

—Y, ¿estás segura... —dijo lentamente— de que todo esto está pasando realmente?

Entorné los ojos.

—Nunca estoy segura de nada, Tucker, sólo te estoy contando lo que sé. Pero a principios de este año, tú me dijiste que Celia y su mamá se llevaban mal, ¿no?

—Bueno... o sea, las he visto en la escuela algunas veces, y he oído cosas, pero tampoco es como si fuera el mejor amigo de la familia.

—Mira, aunque esté inventando algunas cosas, estoy segura de que algo está pasando. Sé que McCoy está trastornado y sé que está haciéndole algo a Celia. Y siento que... si no hago algo al respecto, nadie más lo hará.

Tucker se quedó en silencio un momento. Luego, dijo:

—No sé si debiera decirte esto, pero... sé dónde vive McCoy. No encontrarás nada incriminatorio en su oficina o en la escuela. Si hay algo, lo encontrarás en su casa.

—Sr. Gelatina Aguada —dije, poniéndome la mano sobre el corazón—. ¿Estás... sugiriendo que nos metamos a su casa?

Tucker se encogió de hombros.

—No para robar nada, sólo para echar un vistazo.

—¿Le digo a Miles que nos acompañe? Tiene más experiencia allanando casas que nosotros.

—¿Está enterado de todo esto?

—Si de verdad McCoy quiere hacerle daño, pensé que él se cuidaría mejor de lo que yo puedo hacerlo —dije—. Además, sabe de lo mío desde octubre.

—Ay, bueno —dijo Tucker, después de un instante—. Sí, creo que sería estúpido no pedirle que nos acompañe. Vive a unas cuantas calles de McCoy.

—¿Qué?

—Sí. McCoy vive en *Lakeview Trail.*

Capítulo Cuarenta y uno

Al día siguiente, papá me llevó a la escuela. Todos me veían mientras caminaba por los pasillos, justo como los había imaginado todo el año. Mi cabello se había convertido en una plaga, igual que pasó en *Hillpark*; la gente me veía y salía corriendo.

Traté de hacer mis revisiones como siempre, pero cuando llegué a mi casillero, había tantos ojos observándome que fue difícil controlar el pánico. El único lugar seguro era la clase de Inglés, donde el Sr. Gunthrie ejercía tan bien su reinado que todos me ignoraban por completo.

Miles también me ignoró. Estaba sentado, con la cabeza agachada, escribiendo frenéticamente en su libreta.

Las letras se veían gruesas y oscuras, y llenaban páginas enteras.

Al más puro estilo de Miles el imbécil. No me dirigió la palabra hasta que lo obligué, mientras caminábamos juntos hacia el gimnasio. Era el día del juego de beisbol que llevaba temiendo todo el año: *East Shoal* vs. *Hillpark*, y al mismo tiempo era una de las razones por las que había decidido regresar a la escuela. La otra razón fue una amenaza conjunta hecha entre mamá y la Sepulturera de quemarme en las llamas del infierno si me quedaba en casa (eso fue lo que le dije a papá, pero me dijo que estaba exagerando).

Tenía que enfrentarme a esto. Pero antes de poder pensar en ello, necesitaba asegurarme de que Miles estaba bien.

Miré alrededor para revisar que no hubiera nadie, y luego pregunté:

—¿Qué pasa, Miles?

Se pasó una mano temblorosa por el cabello, y sus ojos iban de un lado a otro recorriendo la rotonda.

—Es... perdón... no he podido pensar mucho hoy. Todos lo saben. Llevan todo el día hablando de eso, y no puedo entender cómo lo saben...

Sabían lo de su mamá. Tomé su mano y la quité de su cabello, sosteniéndola entre las mías.

—¿Qué es lo peor que pueden hacer con esa información? Sólo faltan dos meses para que termine el año.

—Sí, pero lo saben —dijo—. No me gusta que sepan cosas de mi mamá porque van a empezar a hacer juicios. Y, ¿alguien volverá a tomarme en serio? ¿Qué me pedirán que haga ahora? Tendré que hacerlo, por ridículo que sea. No puedo negarme, porque entonces pasaré de ser el genio matón al nerd acosado otra vez, y ya nadie estará seguro. Yo ya no estaré seguro.

Volví a mirar alrededor; el simple hecho de que Miles dijera que no se sentía seguro me hacía pensar que McCoy estaba escondido en una esquina con un encendedor y una lata de spray para el cabello.

Después de un rato, dijo:

—Anoche, mamá me llamó por teléfono a *Finnegan's*.

—¿Por qué?

—Por mi papá. Fue a verla, y me dijo que no la visitara nunca más.

—Miles...—No era buena para consolar a las personas. Así que hice lo que ya había hecho otras veces, y lo involucré en mis planes.

—Creo que Celia fue quien se lo contó a todos —dije—. Igual que de mí. Y también pienso que fue McCoy el que se lo dijo a ella.

La expresión de su cara se relajó, como pasaba siempre que procesaba información en vez de sentimientos. A cualquier otro, le parecería que se veía aburrido o irritado. A mí, me parecía que se veía relajado. Como un gato satisfecho.

—Suena lógico. Él tiene acceso a los historiales. Seguramente fue más difícil averiguar sobre mi mamá, pero...

Me froté la cabeza.

—De verdad no creí que Celia fuera a hacerte daño. Pensé... que seguía muy enamorada de ti.

—Supongo que ya se hartó.

—Tucker y yo creemos que podemos averiguar el plan maestro de McCoy, pero necesitamos tu ayuda.

—¿Para qué?

—Vamos a meternos a su casa.

Miles me mostró la majestuosa ceja levantada, y eso me hizo sentir mejor. Esa expresión significaba que las cosas estaban más o menos bien.

—¿Están seguros de que quieren hacer eso?

—Tucker dijo que no vamos a encontrar nada incriminatorio en la escuela, y tiene razón. Si hay algo, estará en la casa de McCoy. Aunque estoy segura de que podría entrar a su casa derribando a balazos la puerta, tipo John McClane, pensé que tal vez tú podrías hacer un trabajo un poco más discreto.

—Así que, básicamente, estás diciendo que vas a ir aunque me niegue a acompañarte, pero que estás casi segura de que te atraparán.

—Sí. Básicamente.

—Pero sabes que no quiero que te atrapen.

—Sí.

—Así que me estás chantajeando.

—Sip.

Entrecerró los ojos.

—Puedo hacerlo —dijo—. ¿Cuándo sería?

—No sé. ¿Estás seguro de que no te importa que vaya Tucker? ¿Pueden portarse bien?

—Tal vez.

—¿Ayudaría en algo si te dijera que todo esto fue idea de Tucker?

Ahora las dos cejas estaban levantadas.

—No me jodas.

—Tomaré eso como un sí.

Se inclinó y me besó en la sien. Me besaba tan de vez en cuando, que no pude evitar sonreír.

—Te veo en la pista —dijo, alejándose sin más explicación.

Capítulo Cuarenta y dos

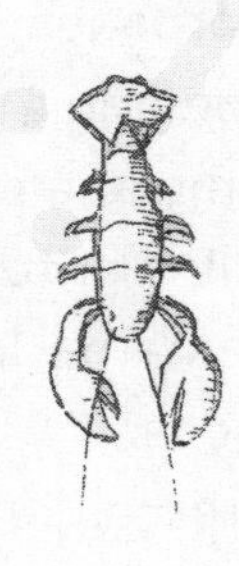

Cuando llegué al campo de beisbol, unos minutos después, las gradas ya estaban llenas de aficionados de *Hillpark* vestidos de rojo, y reconocí a muchos aun desde lejos. Formaban una masa ondulante roja, y la cabeza de un dragón se elevaba en medio de ellos. Sus escamas brillaban bajo el sol y sacaba llamas por la boca. El lado de *Hillpark* estaba separado del lado de *East Shoal* por el puesto de golosinas y por la cabina de prensa instalada detrás de la meta.

Estaba muy atenta por si veía a Miles.

Pero lo que vi fue a Cliff y a Ria, caminando hacia las gradas desde el puesto de golosinas. Cuando se acercaron, me quedé petrificada, como un venado alumbrado por las luces de un auto. Eso me pasaba por no haber revisado antes el perímetro. Si lo hubiera hecho, no me los habría topado, no me vería como una estúpida, no...

—Ten cuidado, nena, es peligrosa —le dijo Cliff a Ria, extendiendo su brazo como para protegerla de algo. *Protégela de ti mismo, estúpido.* Apreté los dientes y traté de ignorarlos.

—No soy peligrosa —dije, en voz baja.

—Sí, claro, y tu novio no es un nazi —dijo Ria, burlonamente.

Por un segundo me pregunté qué había visto Miles en ella. Debió haberse portado horriblemente con él, porque esa era la única razón para que la odiara de esa forma.

Ahora entendía por qué los apodos enojaban tanto a Miles, y ya no pude aguantarme.

—No le digas así.

—¿Ah, no? —Ria parpadeó, con sus inocentes y enormes ojos—. Porque hoy parece pedirlo a gritos.

Sentí cómo se acumulaba el enojo en mi pecho.

—Y tú pareces pedir a gritos que te digan perra.

Cuando me di cuenta de lo que había dicho, las palabras ya habían salido de mi boca.

Ria casi tira su refresco. Su voz cambió de tono. Ahora era insensible, afilado y mortal.

—¿Cómo me dijiste?

Ya no podía echarme para atrás.

—Dije que eres una perra. Acostarse con otros tipos para darle celos —dije, señalando a Cliff—, es precisamente la definición de la palabra *perra*, creo.

Los nudillos de Ria se pusieron blancos sobre su vaso de refresco. Esperé con todas mis fuerzas que no se abalanzara sobre mí, porque mis piernas no se iban a mover muy rápido, aunque lo intentara.

—Retráctate —dijo, con voz tirante—. Retráctate de una puta vez, o te juro que...

No escuché el resto de la amenaza. Bajé la cabeza, pasé junto a ellos y caminé hacia el puesto de golosinas, o hacia donde fuera que estuviera Miles. Haber venido a este juego ya no parecía una idea tan maravillosa. Tomé grandes bocanadas de aire, pensando en los problemas en que podía meterme por decirle cosas así a alguien como Ria. Ya me los podía imaginar elaborando un plan en este mismo instante. Carajo. Ay, carajo.

Necesitaba encontrar a Miles.

No tuve que buscar mucho tiempo. Lo vi caminando hacia las gradas del lado de los visitantes. El corazón se me subió a la garganta y el estómago se me cayó hasta los pies, dejando un espacio enorme en mi pecho, donde debía haber cosas vitales.

Era un nazi.

O estaba vestido como uno. Con el traje café, las botas y guantes negros, la gorra y el flagrante brazalete. Llevaba un sable colgado a uno de sus lados y se había puesto sobre el hombro la bandera de Alemania que había tomado de la exhibición "Banderas del mundo", a la entrada de la escuela. Se quitó la gorra y se limpió la frente. Se había peinado el cabello hacia atrás, y por primera vez no se le veía desordenado.

Cuando nuestras miradas se encontraron entendí que esto estaba pasando de verdad. Al verme, su mirada no se puso vidriosa, dura ni fría. Se suavizó más allá de la comprensión. Eran sus ojos. Pero el resto no era Miles.

Caminé de prisa hacia él, me detuve a unos tres metros, y me apreté el pecho para que no me viera temblando.

—¡Te van a arrestar! —dije, sin atreverme a levantar la voz más allá de un susurro— ¿Qué haces?

—No pueden arrestarme por usar un disfraz —dijo Miles, arrugando la frente—. Además, soy la mascota, ¿ves? —Tocó ligeramente el sable enfundado en su cadera.

—¡Miren, es la Esquizo Ridgemont!

Un grupo de chicos de *Hillpark* pasó caminando junto a nosotros, viéndose muy sorprendidos de que estuviera viva. Miles se volteó rápidamente, gritándoles cosas en alemán, y los chicos no dijeron nada más.

—Sé que crees que tienes que seguir haciendo este tipo de cosas, pero... —Me jalé el cabello—. Pero estás vestido como un nazi. ¿Qué hay de todo lo que le dijiste a Cliff? ¿No que no querías que te dijeran así? —hice una pausa, dudando—. ¿Cuánto... ¿cuánto te pagaron por hacer esto?

Miles no respondió.

Alguien se rio en voz alta, y escuché que dijo:

—El nazi y la comunista.

—¡Cállate! —grité— ¡Malditos desconsiderados! ¡Estoy tratando de tener una conversación! —Me giré hacia Miles, volviendo a bajar la voz—. No tienes que rebajarte así.

Eso era un pretexto terrible. Él lo sabía, y yo sabía que él lo sabía. La verdad era que los nazis me daban terror, y había uno enfrente de mí.

—Por favor, quítate ese uniforme —susurré—. Por favor.

Me miró con una expresión rara, y avanzó unos pasos, acercándose a mí; pero yo retrocedí. Se quitó la gorra y parpadeó por la luz del sol en sus ojos.

—Ok. Sólo dame unos minutos. Mi ropa está en los vestidores de la alberca.

Se alejó caminando hacia la escuela. Yo escapé a la cabina de prensa donde Ian y Evan estaban a cargo de los controles del tablero de beisbol, y les dije dónde estaba Miles y que planeaba esconderme con ellos hasta que terminara el partido.

—¿No ibas antes a *Hillpark*? —preguntó Evan.

Asentí.

—Sí, desafortunadamente.

—¿Qué pasó? ¿Por qué te corrieron?

—Porque, mmm... escribí la palabra comunistas con pintura en aerosol en el piso del gimnasio. Las cosas se salieron de control; en ese entonces, tenía algunos problemas. Pero ahora todo está bien.

—Tranquila —dijo Ian, riéndose—. De verdad no nos importa tu... ¿problema? Supongo que así le diremos.

—Es bueno saberlo.—Una oleada de alivio me recorrió el cuerpo. Miré hacia las gradas donde estaba la gente de *Hillpark*, y luego vi a Ian y a Evan, y recordé lo horrible que había sido la primera vez: cómo desconfiaba la gente de mí, cómo se burlaban por la forma en que giraba rápidamente la cabeza cada vez que entraba a un salón, y por mis interminables fotografías, y cómo no me había sentido tan sola desde que tenía siete años y mi único amigo se había ido a Alemania.

Vi de reojo a alguien subiendo por las escaleras de la cabina de prensa. Un uniforme café pasó volando y aterrizó en los controles del tablero.

—¡Tu novio nazi ya no lo necesitará!

Me di la vuelta rápidamente, y alcancé a ver el cabello rubio de Ria. Bajé la mirada hacia el uniforme de Miles, y luego volteé a ver a Evan y a Ian, y los tres comprendimos lo que pasaba al mismo tiempo.

—¡Theo! —gritó Evan al puesto de golosinas debajo de nosotros— ¡Ven y encárgate de esta cosa un momento!

Los tres salimos corriendo hacia la escuela, cada uno llevando en la mano una prenda del uniforme de Miles. Atravesamos los pasillos traseros del gimnasio, pasamos por los vestidores y llegamos a la alberca.

Finalmente había pasado. McCoy había usado a Cliff y a Ria como distracción, y de seguro Miles estaba en el suelo de azulejos en un charco de su propia sangre.

Cuando llegamos a la alberca, las luces estaban apagadas. Una silueta estaba sentada en la banca junto a la piscina, empapada y vestida sólo con unos calzoncillos.

—Traigan toallas —les dije a Evan y a Ian, que salieron corriendo hacia los vestidores.

Me senté junto a Miles. No tenía sus lentes puestos y sus ojos estaban desenfocados.

—Odio el agua —murmuró.

—Lo sé.

Se veía como un gato empapado. Tenía el cabello pegado a la cabeza y la piel de gallina. Su torso estaba cubierto de moretones que le llegaban hasta las costillas. Había uno horrible verde-amarillo-azul que le atravesaba diagonalmente la espalda. Eran viejos, no se los habían hecho hoy.

—¿Qué pasó? —pregunté.

—Fui a los vestidores a cambiarme —dijo—, y me emboscaron. Me quitaron los lentes y me lanzaron a la alberca. Cuando salí ya se habían ido, pero estaba resbaloso y volví a caerme dentro. Ahora estás aquí. Fin de la historia.

Se empezó a rascar las piernas y los brazos, y se picoteaba la piel como si tuviera algo. Recordé las venditas adhesivas. El olor a algas de estanque. *Animalia Annelida Hirudinea*.

Sanguijuelas.

—No puedes permitir que te hagan cosas así —dije.

—No será por mucho tiempo.

Lo dijo suavemente, con una voz que parecía como si cada una de las partes que había conocido de Miles: el imbécil, el niño de siete años y el genio, se hubieran juntado en una sola. Esto era algo nuevo y desconocido. Algo que me asustaba. Tal vez se refería a que no faltaba mucho para que terminara la escuela, y a que cuando saliéramos de la preparatoria tendría más libertad para hacer lo que tuviera que hacer.

¿Estás segura, estúpida?

Eres tan estúpida.

Nunca habla sobre la universidad ni sobre el futuro.

¿En serio eres tan ingenua?

Lo único que quería y sabía hacer, era trabajar para sacar a su mamá de ese hospital. Pero primero tenía que deshacerse de Cleveland. Tenía un plan. Estaba segura.

No sabía hasta dónde estaba dispuesto a llegar.

Un presentimiento me hizo estirarme y tomarlo del brazo, sujetándolo muy fuerte como si pudiera mantenerlo aquí donde estaba, sano y salvo.

No podía perderlo otra vez.

No... no podía dejar que se perdiera.

De pronto, sentí más miedo del que había sentido en toda mi vida, más que cuando Miles Sangriento se había aparecido en la fogata de Celia, y cuando mamá dijo que me enviaría lejos. Esto era peor que McCoy lastimando a Miles. A McCoy podía impedírselo. Podía gritar y gritar, y aunque no me creyeran, por lo menos se detendrían a ver qué pasaba.

Pero no tenía ningún poder sobre Miles. No cuando se trataba de esto.

Ian y Evan regresaron cargados de toallas y con el uniforme de Miles. Ninguno de los dos dijo nada sobre los moretones mientras él se secaba y se ponía los pantalones y la playera.

Nos marchamos de la alberca. Cuando pasamos por el gimnasio principal, escuché voces adentro, pero sólo era McCoy. Estaba caminando debajo del tablero, hablando en voz alta como si se estuviera preparando para dar un discurso. No estaba Celia, ni tampoco su mamá. El miedo me recorrió el cuerpo al sentirlo tan cerca, y saber que lo único que lo separaba de Miles era una puerta cerrada.

Luego el miedo desapareció otra vez, y McCoy volvió a ser un hombre solitario, en un cuarto vacío, hablando solo.

—¿Qué pasa? —preguntó Miles.

Aunque le dijera lo que pasaba, no creo que lo entendiera.

—Nada —respondí.

¿Va a estar bien?

Los pronósticos no son muy favorables.

¿Puedo hacer algo para que esté bien?

Es muy poco probable.

... ¿puedo hacer algo?

No cuentes con ello.

Capítulo Cuarenta y tres

Entendí a qué se refería Miles cuando me dijo que la gente le pagaría por hacer cosas ridículas. En la clase de Química, alguien le pagó treinta dólares para que le dijera en alemán a la Srta. Dalton una terrible grosería, que por suerte ella no entendió. Le dieron veinte dólares para que pusiera cinta adhesiva en el puente de sus lentes y se vistiera con pantalones cortos y calcetas con rombos por tres días. El imbécil de Cliff le pagó cincuenta dólares por darle un puñetazo en la mandíbula, que se transformó en varios puñetazos y una patada en el estómago. Los trillizos dijeron que Cliff quería darle en los genitales, pero que la constante mirada de Miles lo había desviado del blanco radicalmente.

Todos los días tiraba a la basura otro pedazo de su orgullo y dignidad por unos cuantos dólares, pero no podía hacer nada para detenerlo.

Creo que nadie hubiera podido.

Capítulo Cuarenta y cuatro

—Ridgemont —dijo el Sr. Gunthrie, cerrando de un golpe su periódico sobre el escritorio.

—¿Sí señor?

—Estoy harto de esa maldita luz que no deja de parpadear.

La lámpara sobre mi escritorio lo hacía, burlándose de él.

—¿Quiere que haga algo al respecto, señor? —pregunté. Apenas podía mantener los ojos abiertos. Últimamente mi sueño no era nada reparador.

—Sí, maldita sea. El conserje ya la cambió tres veces. Súbase y dígame lo que ve.

No me atreví a preguntarle por qué no les pedía a los de mantenimiento que la revisaran. Mientras el resto de la clase continuó trabajando, yo me subí a mi escritorio y levanté la placa del techo junto a la lámpara. Me asomé en la obscuridad, poniendo las manos a cada uno de los lados de la abertura y parándome de puntas.

—Algo ha estado mordiendo los cables —dije, mirando con los ojos entrecerrados el oscuro espacio, intentando enfocar la vista en el cable pelado. No sólo había sido mordisqueado, sino que estaba completamente partido en dos.

Algo siseó cerca de mí.

Giré la cabeza y vi a la pitón, sacando la lengua. Entorné los ojos. No tenía tiempo para esto. Estas malditas alucinaciones tenían que dejarme en paz de una maldita vez.

Bajé la cabeza pero dejé las manos arriba para mantener el equilibrio. Algo me tocó el brazo, pero no hice caso.

—Oye, Miles, ¿me ayudas a subir? Creo que hay ratones aquí arriba. Quiero ver de cerca lo que es.

Miles se dio la vuelta, se levantó a medias de su escritorio, y me miró.

La serpiente volvió a sisear.

Miré a la serpiente. Miré a Miles.

La serpiente. Miles.

La serpiente.

Miles.

—Alex —dijo, extendiendo su mano—. No... te muevas.

Varios chicos gritaron y sus escritorios se movieron rechinando contra el piso cuando brincaron y salieron corriendo del salón. El Sr. Gunthrie se levantó de un salto, maldiciendo en voz alta y gritando algo sobre las serpientes y Vietnam.

La pitón se enrolló en mi brazo, pasó detrás de mi cabeza y me envolvió el hombro izquierdo y el pecho. Dio una vuelta por mi cintura, y luego bajó por mi pierna izquierda. Su cuerpo se desparramaba fuera del techo como si fuera agua escamosa, más ligera de lo que parecía.

—Mierda. —Miles ya se había parado completamente—. Rayos, Alex, es la serpiente.

—¿Puedes verla? —dije, a través de mis dientes apretados.

—Sí, puedo verla.

—¿Qué hago?

—Mmm... déjame pensar... —Se llevó las palmas a la frente y empezó a hablar rápidamente—. Pueden vivir más de veinte años, se alimentan de roedores grandes o de otros mamíferos, miden alrededor de tres metros y medio, pero pueden llegar a medir hasta seis. —Gruñó en voz alta y siguió hablando aún más rápido—. Su nombre trinomial es *python molorus bivittatus*, puede domesticarse, no es venenosa, puede matar a un niño cuando es joven y aplastar un hombre adulto cuando crece...

—¡Miles! ¡Cállate! —Mi voz se elevó una octava, y el corazón me latía fuertemente contra las costillas. La serpiente se volvió hacia mí. Me aguanté las ganas de gritar.

—¡Que alguien llame a "Control de animales"! —gritó Theo.

—¡No, eso tardará mucho! —Tucker apareció de pronto junto a mí—. Tiene hambre. Ven, Alex, tienes que bajar de ahí.

—¿Cómo sabes que no va a... —sentí un escalofrío cuando la cabeza ondulante de la serpiente rozó mi pantorrilla—...matarme?

—Tiene hambre —insistió Tucker, ignorando la pregunta—. Yo puedo quitártela de encima; pero tienes que bajar.

—¿Quitármela? —grité.

—¡Por favor, baja! ¡Por favor! Todo va a estar bien.

—¡Por Dios, Beaumont! ¿Qué diablos te pasa? —Miles empujó a Tucker y estiró su mano hacia mí. Bajé lentamente mi mano izquierda del techo para estirarme y tomar la suya.

—No más datos —susurré.

—No más datos —respondió—. Baja despacio.

Me moví lentamente.

La serpiente siseó.

—¡Tucker! —Agité la otra mano, la que estaba pegada al brazo en el que la serpiente se había enredado. Tucker parecía sorprendido, pero tomó mi mano—. ¿A dónde vamos?

—Al armario del conserje —dijo.

—Llévanos, llévanos.

Nos dirigimos hacia la puerta, pasando junto a nuestros compañeros estupefactos y un aterrorizado Sr. Gunthrie.

Apreté sus manos con todas mis fuerzas. Salimos al pasillo y fuimos a las escaleras.

—Creo que me estás rompiendo los dedos —dijo Miles.

—Cállate.

Bajamos con cuidado las escaleras. Nos detuvimos en la parte de abajo, giramos con mucha lentitud, y luego fuimos al "Culto del armario de Tucker". La serpiente se sentía como la prenda de ropa más pesada que me hubiera puesto en toda mi vida.

—Mmm... Miles. —Apreté su mano con más fuerza—. ¿Te he dicho lo mucho que no quiero que me manden a "Cascadas rojas"? Aunque estoy casi segura que mamá me encerrará ahí de todos modos, y esta situación me ha hecho comprender la gravedad de la situación…

—"Cascadas rojas" —repitió Miles—. ¿Qué es "Cascadas rojas"?

Por Dios, no nos íbamos a poner a jugar en este momento.

—El hospital psiquiátrico adonde está tu mamá.

—Alex, el hospital se llama "La Arboleda". ¿De dónde sacaste el nombre "Cascadas rojas"?

Contuve la respiración bajo el peso de la serpiente, tratando de mantener la calma.

—Eso decía el letrero: "Cascadas rojas".

—El letrero dice: "La Arboleda".

El pánico se apoderó de mí, e hice entrar en pánico a Miles.

—Oye —dijo, rápidamente—. ¿qué hiciste con mi regalo de navidad?

—¿Cuál regalo? —pregunté, exhalando— ¿El cupcake? Me lo comí.

—No, el *cupcake*, no. Ay, maldita sea, se me olvidó explicarte. —Flexionó su mano dentro de la mía—. Lo dejé sobre tu escritorio antes de que empezaran las vacaciones.

—¿La piedra? ¿La que ha estado guardada en mi casillero todo el semestre?

—Sí.

—¿Fuiste tú?

—Es una piedra del Muro de Berlín. Pensé que te gustaría.

Lo miré, sintiendo cómo la serpiente me apretaba de nuevo, y sólo pude decirle:

—Cállate.

—Por Dios, Alex, lo siento tanto —dijo Tucker—. Nunca pensé que pasaría algo así… creí que se moriría pronto…

—¿En serio tienes un club adentro del armario, Beaumont? —gruñó Miles.

—¡No! ¡Obvio no! ¿En serio crees que tengo amigos? —Tucker lo miró furiosamente por encima de mi cabeza—. Tú tienes un club. Yo tengo una pitón. Ya puedes dejar de restregármelo en la cara, ¿ok?

—¡Cállense los dos!

De algún modo logramos llegar al armario del conserje. Tucker entró corriendo a la parte trasera del cuarto y abrió un congelador. La serpiente levantó la cabeza, saboreando el aire. Tucker sacó un mapache congelado, lo balanceó cerca de la serpiente y luego lo lanzó al piso.

La serpiente me soltó, deslizándose.

Perdí el equilibrio y caí sobre mi trasero en medio del pasillo.

Miles salió del armario y me miró.

—Me diste un pedazo del Muro de Berlín —dije, susurrando.

—¿Qué?

—Que me diste un pedazo del Muro de Berlín.

—Sí, Opa me lo dio. Lo tenía desde hace mucho, y pensé que te gustaría.

—Miles. —Lo tomé por la playera y me elevé hasta su nivel—. Me diste un pedazo del símbolo de la caída del comunismo en europa.

—Yo... bueno... sí.

—"Cascadas rojas" no es "Cascadas rojas".

—No, se lla...

Lo interrumpí.

—Una maldita serpiente estuvo a punto de matarme.

—Sí.

—Creo que voy a desmayarme.

Mis manos soltaron su playera, la sangre se me subió a la cabeza y el mundo se oscureció.

Capítulo Cuarenta y cinco

Estuve en la enfermería el resto de la primera hora y toda la segunda, viendo a los de "Control animal" caminar por el pasillo. Tuve que responder muchas preguntas, y luego hablaron por teléfono con papá. (Al parecer, mamá pensó que me había imaginado a la serpiente, pero luego se enteró de que la mitad de mis compañeros de la clase de Inglés estaban aterrorizados, y la otra mitad estaba tan emocionada que no podía quedarse quieta). Miles ayudó a Tucker a deshacerse del refrigerador para la comida de la serpiente, pero no quisieron decirme cómo hicieron para pasarlo frente a los profesores y los de "Control animal". Miles se veía serio. Tucker estaba sudando.

—¿Qué hicieron? ¿Mataron a alguien? —les pregunté— ¿Tuvieron que esconder un cuerpo también?

Se miraron. Tucker se jaló el cuello de la playera.

—No exactamente.

—No te preocupes —dijo Miles al mismo tiempo.

Decidí que era mejor no seguir preguntando.

Regresé a clase durante la tercera hora, y todo el mundo se abalanzó sobre mí para pedirme que les contara la historia. Había tanto alboroto que el profesor dijo que no íbamos a aprender nada y nos dio la clase libre.

El problema al contar la historia era que me hacía revivirla, y no quería recordar la sensación de haber estado a punto de morir con las costillas trituradas. No quería acordarme de cómo la serpiente había pasado de falsa a real en cuestión de cinco segundos. Mirar retrospectivamente un evento y darte cuenta de lo fácil que hubieras podido morir, sin haber siquiera comprendido los límites de lo que te mató, se parecía un poco a recibir una cubeta de agua helada en la cara. Prácticamente inofensivo, pero aun así espantoso.

Pasé el almuerzo revisando mi comida en busca de veneno y pensando en que había estado a punto de desaparecer para siempre.

¡Puf! ¡Caput!

Adiós universidad.

Adiós a los demás años de mi vida.

Me hubiera muerto en esta pecera de langostas.

Capítulo Cuarenta y seis

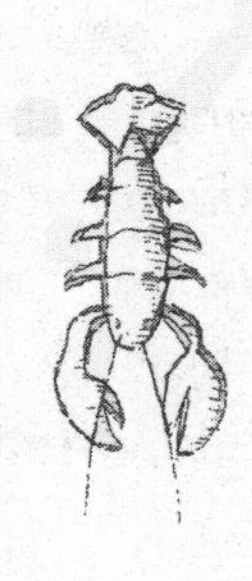

El viernes estaba trabajando en *Finnegan's* cuando un montón de estudiantes de *East Shoal* irrumpió en el lugar. Estaban todos los del club, y también Cliff y Ria, abarrotando cada rincón del restaurante.

Finnegan siempre iba al restaurante los viernes por la noche, cosa que me molestaba porque significaba que no podía tomar fotos, ni revisar el perímetro o inspeccionar la comida. Se sentaba en su oficina, asegurándose de que hiciéramos lo que debíamos hacer. Era un tipo promedio: estatura y complexión normal, cabello castaño oscuro y ojos color gris azul. Me hacía pensar en un buitre, con el cuello muy largo y encorvado en ángulos extraños.

Miles entró y se sentó con el resto de club. Gus preparó su hamburguesa con papas a la francesa, y la deslizó por la ventana de la cocina antes de que se las pidiera.

—Gracias —dijo Miles cuando puse el plato frente a él. Art y Jetta estaban sentados al otro lado de la mesa, y los trillizos estaban en la mesa de junto.

—Siento no poder quedarme a platicar con ustedes —dije—. Finnegan está aquí. Si ve que no estoy trabajando, va a crucificarme. —Mientras hablaba, jalé con dos dedos la manga de la camisa blanca de Miles. Un patético reemplazo de un beso, pero era lo más que podía hacer con Finnegan observándome.

—Haz como si estuviéramos ordenando otra cosa —dijo Theo—. Y responde esta pregunta—. Vas a ir al baile de graduación, ¿no?

Miles giró una papa a la francesa entre sus dedos pulgar e índice.

—No... no puedo. —Saqué mi libreta e hice como si estuviera escribiendo algo—. Tengo trabajo esa noche.

—Ay, pero Jetta puede hacerte el vestido perfecto —se quejó Theo—. ¿Por favor? Ve, por favor. Pide el día libre. Yo lo hice, y eso que jamás pido días libres.

—En serio no puedo, Theo; perdón. —No tenía dinero para eso, y Miles tampoco.

—No voltees —susurró Art—. Cliff está mirándote furioso.

Vi de reojo a Cliff y a Ria viéndome fijamente a unas mesas de distancia.

—Pueden hacer lo que se les dé la gana —dije—. Lo más probable es que quieran hacer más bromas de que soy una encantadora de serpientes.

A estas alturas ya no esperaba nada más de ellos. Luego del incidente con la serpiente, los vi en la cafetería haciendo una recreación para sus amigos de lo que había pasado. Según su versión, me desmayé inmediatamente, y Miles había tratado de matar a la serpiente a palos cuando todavía estaba enredada en mi cuerpo. Las actuaciones fueron de diez, pero si se iban a burlar de mi experiencia cercana a la muerte, por lo menos podrían haber sido más precisos en los detalles.

Los ignoré y regresé al mostrador, fingiendo buscar otra libreta, aunque en realidad quería encontrar la bola 8 mágica de *Finnegan's*. ¿La serpiente siempre había sido real, o solamente algunas veces? ¿Había más cosas que eran reales y que yo había tomado como alucinaciones? Aunque la respuesta a esa pregunta hubiera sido *sí*, la bola 8 mágica no me iba decir qué habían sido exactamente...

El lugar detrás de la caja registradora donde generalmente estaba la bola 8 mágica estaba vacío. Tomé a Tucker por el brazo.

—Oye, ¿dónde está la bola 8?

—¿Qué?

—La bola 8. La bola 8 mágica de *Finnegan's*. No la encuentro.

Tucker me miró extrañado, y dijo:

—*Finnegan's* no tiene una bola 8 mágica.

Y se alejó rápidamente.

Miré el mostrador tratando de asimilar lo que acababa de escuchar. Había usado esa bola 8 tantas veces, que ni siquiera podía recordar todas las preguntas que le había hecho. Y jamás, ni una sola vez, había sospechado que fuera una alucinación. Ni siquiera parecía una alucinación. No tenía nada extraño. El agua azul no era morada, naranja ni verde. Nunca dijo cosas raras. Sólo era una vieja bola 8 mágica, con una raspadura roja. Sólo estaba ahí.

Levanté la mirada. El restaurante era una criatura viviente, lista para comerme viva. Sujeté el borde del mostrador y respiré profundamente varias veces.

—¡Alexandra! —Finnegan estaba inclinado hacia adelante en la silla de su computadora, estirando su cuello de buitre por la puerta de la oficina para poder verme—. ¡Vuelve al trabajo!

Busqué rápidamente la jarra de agua. Tucker ya llevaba una Coca y un té en las manos. Al pasar junto a él asentí con la cabeza, y volví a llenar las bebidas en el camino. Cuando llegué a la mesa de Cliff y Ria, todos se portaron extrañamente amables conmigo. Me gustaba que fuera así. Era como si no me vieran. Yo los ignoraba y ellos a mí. Genial.

Hasta que di la vuelta para ir a la siguiente mesa. Mi pie se atoró con algo y tropecé. La jarra de agua me golpeó en la mandíbula después de haber derramado su contenido en el suelo. Los labios me temblaron por el dolor, y la sangre color cobrizo me cubrió la lengua.

Maldije en voz baja, y al levantarme escuché varias risas sobre mi cabeza. Cliff volvió a meter el pie debajo de la mesa.

Miles se levantó de su asiento y sacó a Cliff del suyo, golpeando su espalda contra la mesa. Ria y los demás gritaron cuando los vasos se cayeron.

—¿Qué carajos te pasa? —gruñó Miles. Todos los músculos de sus manos y brazos sobresalían tan tensos como su mandíbula. Esto era peor que los gritos. Esto era mucho peor que lo de la clase de Inglés. Sus lentes se habían deslizado hasta su nariz, y tenía a Cliff sujetado contra la mesa mirándolo fijamente—. ¿Cuándo vas a parar? ¿Qué te hizo ella?

—Cálmate, Richter.

—Cálmate tú, tonto Clifford. —Miles volvió a azotarlo contra la mesa—. El problema es conmigo. Así que, aquí estoy.

Me levanté y recogí la jarra de agua.

—Miles, detente. No vale la pena. No es importante.

Miles volteó a verme.

—Te lastimó.

Pasé mi mano por el sitio donde me había mordido el labio. Los dedos se me llenaron de sangre.

—Voy a estar bien. Sólo me mordí el labio. Fue un accidente.

Miles se veía decepcionado, pero soltó a Cliff.

—Maldita sea, Richter, ¿si sabes que tu novia está mal de la cabeza? —dijo Cliff, arreglándose el cuello de la playera—. Pero me imagino que ya estás acostumbrado a eso, ¿no? Supongo que te recuerda a tu querida *Mutter.* —Hizo una pausa y cruzó los brazos, con una expresión de genuina concentración en la cara—. Si lo piensas es bastante asqueroso, porque eso significa que estás enamorado de tu mamá.

Sentí la onda expansiva recorriendo el lugar. Empezó con Miles, que empujó ligeramente a Cliff, y eso repercutió en todo su cuerpo. El restaurante se quedó en silencio. Tucker estaba en la esquina, tan concentrado en la escena, que se había olvidado de que estaba sirviendo té, y el contenido de la taza se estaba desbordando.

En el mundo de los insultos de preparatoria, el de Cliff había sido bastante patético, pero la reacción de Miles lo convirtió en algo terrible. Hasta Ria se veía asustada. Los músculos en la garganta de Miles se veían como si estuviera tratando de tragar saliva o hablar, pero sus labios estaban tan apretados que se veían blancos. Cerró los ojos.

—Miles —dije.

Exhaló fuertemente por la nariz, abrió los ojos y volteó a verme.

Cliff lo golpeó en la oreja.

Miles se tambaleó hacia un lado, sujetándose la cabeza. Solté la jarra de agua y me abalancé sobre Cliff antes de que pudiera volver a golpearlo. Ria se levantó inmediatamente y me tomó por la playera jalándome el cabello, mientras Cliff trataba de liberarse de mí. Luego llegó Art, para mantener fuera de la pelea a otros dos jugadores de futbol. Jetta, los trillizos y Tucker estaban alrededor de Cliff, tratando de ayudarme, y todo el lugar se convirtió en un infierno.

Finalmente, alguien me sujetó por debajo de los brazos y me sacó de la pelea. Cuando me di cuenta, estaba atrás del mostrador y Gus estaba junto a mí, el gigantesco y barrigón Gus, con un cigarrillo entre los labios. Me vio, y asintió con una expresión de preocupación.

De lástima.

Odiaba esa mirada.

Luego, regresó a las mesas para terminar la pelea, dejando detrás de él a un Finnegan furioso. Su cara pasó del rojo al morado y al blanco. Había platos rotos, bebidas volando por todo el lugar y sangre saliendo de mi labio.

Finnegan solo pudo decir dos palabras antes de que perdiera el habla.

—Estás despedida.

Capítulo Cuarenta y siete

A mamá no le pareció divertida la situación.

En cuanto me vio el labio, supo lo que había pasado. Como si Finnegan tuviera una especie de vínculo telepático con ella o algo así.

O, más bien, como si Finnegan tuviera una hermana llamada la Sepulturera.

Me mandó a mi recámara con mis fotografías y mis objetos, y me obligó a quedarme ahí el resto de la noche. Carla me hizo compañía, acurrucada en mis piernas, con mis brazos alrededor de ella. No entendí la gravedad de la situación hasta el sábado por la tarde, cuando Miles tocó a la puerta para disculparse.

—No quería que te despidieran —dijo.

Lo había invitado a pasar, pero seguía parado sobre el tapete de bienvenida, afuera de la puerta, con las manos metidas en los bolsillos. Tenía unas ojeras enormes, y se le estaba formando un moretón en el pómulo izquierdo, que tal vez se lo habían hecho en *Finnegan's*.

—No es tu culpa que Cliff te haya golpeado en la oreja —dije—. Es una bola demoledora de cien kilos. ¿En serio pensaste que me iba a quedar esperando a que volviera a golpearte?

Me miró.

—La respuesta es "no, no lo pensaste", porque "no, no me iba a quedar esperando". Además, tarde o temprano Finnegan encontraría un pretexto para correrme. Me alegra que me haya despedido por algo que valió la pena.

—Hubiera podido hacerme cargo de Cliff —dijo Miles—. Tengo bastante experiencia en recibir palizas. Pero tú necesitabas ese trabajo.

Quise discutir con él, pero algunas veces simplemente tenía razón. No sólo me habían despedido, sino que había sido por empezar una pelea. Ya podía olvidarme de usar a Finnegan como referencia laboral.

Volteé hacia la casa para asegurarme de que nadie estuviera escuchando. Comprobé que mamá había ido a la tienda con Carla, y papá se había quedado dormido en el sillón leyendo una revista de *National Geographic*. Salí al porche y cerré la puerta detrás de mí.

—Pues ya es demasiado tarde —dije, sonriendo patéticamente—. Pero, bueno, eso significa que tendré más tiempo para averiguar lo que está haciendo McCoy, ¿no crees?

Estaba bromeando, pero Miles frunció la frente.

—¿Todavía quieres ir a su casa?

—Tengo que averiguar lo que está pasando. Mientras no me atrapen, todo estará bien. —Estaba segura de que estaría bien si Miles nos ayudaba. Esperé la respuesta, pero su frente sólo se frunció más hasta que se quitó sus lentes para frotarse los ojos.

—Recuerdo cuando te levanté, ¿sabes? —dijo, finalmente.

—¿Qué?

—Con las langostas. Me acuerdo que te levanté. Pesabas mucho.

—Mmm... ¿gracias?

Meneó la cabeza.

—¿Cuándo quieres entrar?

—Un día antes de los premios deportivos de primavera.

—Es muy pronto.

—Lo sé. La secretaria le dijo a Tucker que ese día McCoy se quedará en la escuela hasta tarde organizando cosas, así que es seguro que no estará en su casa. Le dije a mi mamá que tengo que ir a la escuela para ayudar al club a arreglar el gimnasio.

Me hubiera escapado, pero desde hace días mis papás me vigilan todo el tiempo.

Miles exhaló fuertemente por la nariz.

—Ok —dijo—. ¿Paso por ti?

—Tucker dijo que él lo haría. Como vives tan cerca te veremos allá.

—Bien. —Dudó un instante, y luego se dio la vuelta para marcharse.

—¡Espera! —dije, sujetando su manga con mis dedos—. ¿Estás enojado?

Solo giró medio cuerpo.

—Estoy muchas cosas —dijo, bruscamente—. No sé.

—Podrías... podrías quedarte aquí un rato. No tienes que irte a casa.

—No debería... —empezó a decir, cuando el Firenza de mamá dio vuelta en la esquina y se detuvo en la entrada, encerrando la camioneta de Miles. Carla iba en el asiento de pasajeros y mamá me llamó para ayudarla con las compras.

—Bueno —dijo, y juraría que sonaba aliviado—, creo que puedo quedarme un rato.

Capítulo Cuarenta y ocho

Un día antes de los premios deportivos de primavera, Tucker pasó por mí justo cuando las sombras de los árboles empezaban a inclinarse hacia la dirección contraria. Corrí hacia su camioneta todoterreno lo más rápido que pude, sin revisar el perímetro, para que mamá no tuviera tiempo de ver quién iba manejando. El ave fénix de *Hannibal Rest* volaba sobre mi cabeza, pero no se lo dije a Tucker.

—No tenía que traer nada, ¿verdad? —pregunté, revisándome. Tenis Converse, pantalones de mezclilla y playera a rayas.

—Nop. Richter dijo que conoce una forma rápida de entrar.

Tucker se echó en reversa y empezó a manejar hacia Lakeview.

—¿Por qué le sigues diciendo "Richter"? Ya le has dicho "Miles" otras veces.

Tucker se encogió de hombros.

—Supongo que es la costumbre. No sé si algún día pueda decirle de otra forma.

Llegamos a Lakeview en diez minutos. Tucker pasó frente a la calle de Miles y avanzó dos calles más, hacia un callejón sin salida donde seguramente iban a morir los arcoíris y los unicornios. La camioneta de Miles ya estaba estacionada en la acera. Tucker se estacionó detrás de ella y señaló hacia una casa pequeña más adelante.

—Es ahí.

Probablemente esa casa había visto mejores tiempos, pero ahora la hierba crecía sin control por ambos lados. Su color original debió haber sido rojo y blanco, pero el blanco estaba descarapelado y amarillento, y el rojo se había decolorado hasta llegar a un rosa *Pepto-Bismol.*

Bajamos del carro y nos reunimos con Miles.

—No se ha aparecido por aquí desde que llegué —dijo Miles.

—¿Cuánto tiempo tenemos? —pregunté.

—Una hora. Ian y Evan dijeron que detendrían a McCoy en la escuela por lo menos hasta las cuatro. Con eso es suficiente.

—¿Estás seguro de poder entrar? —preguntó Tucker.

Miles resopló.

—Ten un poco de fe, Beaumont. Entré a tu casa, ¿no?

Tucker entornó los ojos.

—Bueno, adelante.

Los dos empezaron a caminar por la banqueta. Pero en cuanto di el primer paso, un destello rojo detrás del asiento del conductor de la todoterreno de Tucker me llamó la atención. Giré la cabeza, preguntándome si era alguna alucinación, y luego entendí de lo que se trataba... conocía ese tono de rojo.

—Esperen.

Los dos se detuvieron mientras caminaba hacia la camioneta y abría la puerta trasera. Carla estaba escondida entre los asientos, acurrucada de tal forma que no la había visto para nada durante el camino. Me miró, con unos ojos enormes y asustados. Tenía en la mano un rey negro de ajedrez, brillante por la saliva y con marcas de mordidas.

—¡Carla!

—¡Perdón! —dijo— ¡Pensé que irías a tu escuela y quería verla! ¡Nunca dejas que te acompañe a ningún lado!

Me jalé el cabello.

—¿Es en serio? Agh... no puedo llevarte a casa ahora.

—¡Déjame acompañarte! —dijo, tratando de salir de la camioneta, pero la empujé de regreso. No la quería caminando por las horribles calles de *Lakeview Trail.*

—¿Dónde estamos? —preguntó.

—Quédate aquí. ¿Me oíste? No salgas del auto. —Me la quedé

viendo con mi mirada más penetrante—. No te muevas de aquí. ¿Entendiste?

Asintió, pero igual trató de echar un vistazo rápido afuera. Tenía el presentimiento de que no había oído una sola palabra.

—¿Qué pasa? —gritó Miles.

Señalé a Carla y cerré la puerta de un golpe. Volvió a sentarse en el asiento y se cruzó de brazos, haciendo pucheros.

—Carla vino a escondidas —dije—. No vi cuando se subió al carro. Le dije que se quede ahí dentro y nos espere.

Miles y Tucker se miraron, pero no dijeron nada.

Caminamos hacia la puerta frontal de McCoy. Revisé el perímetro, mirando hacia la todoterreno para asegurarme de que Carla no se saliera. Miles fue directo a una cornisa formada por uno de los bordes del techo del porche. Pasó la mano por la cornisa unos instantes, y luego tomó una llave.

—¿Cómo sabías que estaba ahí? —preguntó Tucker.

Miles se encogió de hombros.

—Probablemente tiene llaves por toda la casa. —Movió de una patada el tapete de la entrada, y apareció otra llave debajo—. ¿Ves? —Volvió a poner el tapete en su lugar, metió la llave en el cerrojo y abrió la puerta.

Adentro, el olor a moho lo cubría todo como una gruesa capa de perfume barato. Tucker estornudó. Miles cerró la puerta detrás de nosotros.

—Se ve tan... normal —dijo Tucker.

Pasamos junto a unas escaleras y llegamos al comedor rodeado de vitrinas.

—Sí, normal para un jubilado de ochenta años —comenté.

Había muebles antiguos en todos los rincones de la casa, algunos rotos y otros en buenas condiciones. Creí haber visto una máscara de gas de la Segunda Guerra Mundial entre una báscula rota y una vieja lata de galletas, pero tomé la mano de Miles y me forcé a creer que era una alucinación.

Revisamos toda la planta baja de la casa, desde el comedor, pasando por la sucia y estrecha cocina, hasta llegar a la sala que tenía la alfombra de lana naranja más horrible que había visto en mi vida. Por un segundo me sentí tentada a dejarle una nota a McCoy para expresarle mi profunda y sincera sorpresa al ver que tenía el valor de poner una alfombra así en su casa.

Nada parecía fuera de lo normal, excepto por la máscara de gas y unos imanes en forma de esvásticas en el refrigerador.

—No he visto nada —dije.

—No. —Tucker se encogió de hombros—. Pero todavía no hemos subido.

Giré otra vez hacia las escaleras y vi algo rojo.

—¡Carla! —grité, lanzándome sobre ella. Sabía que no se quedaría en el auto. Se parecía demasiado a mí como para estarse quieta. Se quedó petrificada a media escalera, y volteó a verme.

—¡Te dije que te quedaras en el auto! —dije.

—¡Pero quiero ayudar! —dijo, gritando y dando un pisotón.

—Baja de ahí en este instante.

—¡No!

—¡Carlamagna!

—¡Suenas igual a mamá! —Subió rápidamente el resto de las escaleras. Corrí tras ella, con Miles y Tucker atrás de mí. Entré por la puerta por la que había entrado Carla.

Y entonces me quedé paralizada.

—Mira cuántos vestidos —canturreó Carla.

El cuarto era como un museo. Había cientos de vestidos: de graduación, de baile, de coctel, formales e incluso de boda, puestos sobre un montón de maniquíes, todos con pelucas rubias. Las paredes estaban atascadas de fotos de una sola persona: Scarlet.

Se me revolvió el estómago. Se parecían a mis paredes.

Había un enorme escritorio de madera al otro lado del cuarto, cubierto de papeles y más fotos en portarretratos. En la esquina había unos zapatos de tacón plateados.

—¿Qué mierda es esto? —dijo Tucker al entrar, y luego también Miles.

Puse mi brazo sobre Carla y la coloqué atrás de mí, mientras

Tucker, Miles y yo revisábamos los papeles sobre el escritorio. Había todo tipo de cosas: facturas, documentos escolares que parecían oficiales, declaraciones de impuestos sin terminar y un crucigrama resuelto a medias.

—Sólo hay basura —gruñó Tucker, tomando un montón de papel para impresora. Ni siquiera parecía que McCoy tuviera una computadora, mucho menos una impresora.

—Sigan buscando —dije—. Tiene que haber algo...—Tomé una fotografía por la esquina y la saqué del montón de papeles, con cuidado de no mover nada.

Era una fotografía de Celia y un hombre mayor de cabello oscuro, abrazándola por los hombros. Ambos estaban sonriendo. ¿Era su papá? Alguien había quemado los ojos del hombre, y los bordes de su cara estaban arrugados y rojos.

Pero, ¿por qué le había quemado McCoy los ojos al papá de Celia? ¿Por qué le quemaría los ojos a quien fuera? ¿Cómo es que se podía caer tan profundo en la madriguera sin darse cuenta de que se necesitaba ayuda?

Y lo más importante de todo, ¿qué haría si nos encontrara aquí, revisando sus cosas?

Puse la foto en el mismo lugar de donde la había sacado, tomé a Miles y a Tucker y los llevé a la puerta. Teníamos que salir de ahí en ese instante.

—No vamos a encontrar nada más. Vámonos. —Un par de ojos me vieron por el oscuro espacio bajo el escritorio—. ¡Carla! ¡Vámonos!

Nadie hizo preguntas. Miles sacó la llave de su bolsillo y cerró la puerta detrás de nosotros.

—Oh, oh —dijo Tucker.

McCoy y su chatarra de carro se acercaban despacio por la calle. Miles puso la llave sobre el marco de la puerta, y luego nos tomó a los dos y nos sacó del porche. Nos empujó a Tucker y a mí atrás de unos arbustos muertos que estaban a un costado de la casa, y luego él también se escondió. Las ramas afiladas se me encajaban en los brazos y la cabeza, y el sudor me caía por el cuello. McCoy se estacionó en la entrada, bajó de su auto y entró a la casa.

—¿Ya se fue? —susurró Miles, con el cuello volteado hacía mí para que los arbustos no le picaran los ojos.

—Sí —dije.

Haciendo el menor ruido posible, salimos de los arbustos y fuimos corriendo hacia las camionetas de Miles y Tucker.

Carla no estaba conmigo. Me detuve en seco, jalando a Miles.

—¿Qué? ¿Qué pasa? —preguntó.

—¡Carla! ¿Dónde está Carla? —Miré alrededor, y hacia la casa de McCoy—. Estaba con nosotros cuando salimos, ¿no? ¿Tú la viste salir?

—Alex... —dijo Miles, jalándome hacia adelante.

—Miles, si Carla se quedó adentro, ¡tenemos que regresar por ella!

Miles volvió a jalarme, pero yo me resistí. Estúpida, estúpida Carla, ¿por qué nos había seguido? No podía creerlo. Sabía que sólo tenía ocho años, pero no creí que fuera tan estúpida.

Miles me tomó por los hombros y me arrastró hacia las camionetas, girándome hasta quedar atrapada entre él y su carro. Tucker estaba detrás de él, con la cara distorsionada por esa horrible expresión de lástima.

—Alex.

La voz de Miles era suave pero firme. Sus ojos azules y brillantes me atravesaron.

—Carla no es real.

¿Por qué te fuiste?

Capítulo Cuarenta y nueve

El mundo se puso de cabeza.

—¿Q-qué? —pregunté, tartamudeando.

—Carla no es real. No hay nadie ahí. Nunca hubo nadie.

Miles me llevó al otro lado de su camioneta. Las palabras retumbaron en mis oídos, y todo se detuvo. El viento dejó de agitar las ramas; y hasta el insecto sobre el parabrisas de Miles se quedó inmóvil.

—No. —Retiré mi brazo de las manos de Miles. La sorpresa se propagaba por mis extremidades—. No. Estás mintiendo. Estaba ahí… ¡estaba justo ahí! —Yo la había visto salir de la casa con nosotros; estaba segura—. No me mientas, Miles. Con un carajo, no te atrevas a mentirme.

—No está mintiendo. —Tucker se acercó a mí por el otro lado, con las manos levantadas.

—Es real, Tucker. Es… tiene que serlo… —Volví a mirar hacia la casa de McCoy, esperando ver a Carla salir por el otro lado, jugando. Le gritaría por haberme asustado, y no volvería a perderla de vista hasta que llegáramos a casa.

Pero no apareció.

—Ve a casa, Beaumont —le dijo Miles a Tucker—. Yo me hago cargo de ella.

—Alex —dijo Tucker otra vez, acercándose a mí. Retrocedí, secándome las lágrimas. No podía llorar. Carla no estaba aquí. Estaba en casa. Pero mientras más me secaba, más lágrimas salían.

A casa. Tenía que ir a casa.

Me subí a la camioneta de Miles, y me puse el cinturón de seguridad.

—Todo va estar bien —dijo Tucker, inclinándose por la ventana, sosteniendo mi mano y hablando suavemente.

—¿Qué es lo que va a "estar bien"?

Miles cerró la puerta de su lado, y encendió la camioneta. Tucker se desvaneció con el resto de la escena.

Miles no paraba de hablar, pero no podía escuchar lo que decía.

Carla estaba ahí. Siempre lo había estado.

La puerta frontal chocó contra la pared del pasillo cuando la abrí.

Mis papás estaban cenando en la mesa de la cocina, como si no pasara nada. Cuando me vieron en la entrada, levantaron la cabeza. De pronto me di cuenta que no podía respirar.

—Carla —dije, ahogándome.

Mamá se levantó primero. Todavía tenía su servilleta en una mano, y se acercó a mí sosteniéndola, como si fuera un bebé que acababa de escupir. Retrocedí.

—¿Por qué no me dijiste?

—Alex, cariño...

—¿Cómo puede ser que no sea real?

Escuché a alguien llorando atrás de mí. Carla estaba parada en el pasillo, sosteniendo su tablero de ajedrez con manos temblorosas. Era el tablero al que le tuvieron que comprar nuevas piezas negras porque yo las había tirado todas por el excusado. Tenía un alfil entre los dientes. Cuando volvió a llorar, el alfil se cayó al piso.

—¿Qué pasa, Alex? —preguntó Carla, con una voz tan temblorosa como sus manos— ¿De qué hablas?

—Carla... —se me formó un nudo en la garganta y la visión se me puso borrosa otra vez—. Pero... pero me acuerdo cuando la trajeron del hospital. Me acuerdo cuando le daba de comer, y cuando la cuidaba y recuerdo verla crecer y... siempre había regalos debajo del árbol de navidad para ella y siempre tenía un lugar en la mesa... y tiene que ser...

—Carla era real —dijo mamá. Su voz sonaba tirante y tensa, en un modo que jamás había escuchado—. Pero murió hace cuatro años.

Papá también se levantó. No me gustaba que todos estuvieran de pie.

—Carla murió antes de cumplir cinco años. As... —la voz de papá se quebró—Asfixia —dijo—. Nunca debí dejarla jugar con mi tablero de ajedrez...

Retrocedí, escondiéndome de Carla, que volvió a llorar. El tablero de ajedrez se le cayó de las manos, y ahora todas las otras piezas se unieron al alfil negro que estaba en el piso.

—Voy a llamar a Leann —dijo mamá, yendo hacia el teléfono—. No debimos esperar tanto tiempo. Esto ha ido demasiado lejos. Tiene que haber algún medicamento más fuerte.

—No necesita tomar más medicinas. —Una mano me tomó por el brazo. Miles estaba parado justo donde había estado Carla, mirando furioso a mamá. La ira irradiaba de su cuerpo, profunda y fría—. Lo que necesita son unos padres a los que les importe y tengan el valor de decirle qué es real y qué no.

Mis papás lo miraron, ambos inmóviles y en completo silencio.

—Miles —susurré.

—¿Cómo es posible que no le hayan dicho? —su voz aumentaba de tono a cada segundo—. Carla murió hace años, y ¿creen que está bien fingir que no fue así? ¿Pensaron que Alex no se enteraría? ¿Está demasiado loca para eso?

—No, no es así... —empezó a decir mamá.

—¿Ah no? ¿Qué justificación puede haber? —Miles encajó sus dedos en mi brazo—. Más vale que sea una muy buena, porque lo que hicieron es una locura. Una verdadera crueldad. Se supone que debería poder confiar en ustedes y ser las personas a las que ella pudiera recurrir cuando no supiera la diferencia. ¡Pero en vez de eso tiene que tomar un montón de fotografías, y cuando les dice algo la amenazan con mandarla al manicomio!

Los ojos de mamá se llenaron de lágrimas.

—¡No tienes ningún derecho a venir a mi casa y decirme cómo debo tratar a mi hija!

—¿Ah, no? Porque yo conozco varios padres pésimos, ¡y ustedes son unos de ellos!

—Tratamos de hacerlo —dijo papá, finalmente, con una voz que apenas se escuchaba—. Tratamos de decirle. Cuando pasó, Alex estaba en el hospital, acababa de tener una crisis y no estaba muy bien. Parecía que no entendía nada de lo que decíamos. —Me miró—. Como si no pudieras escucharnos. Al principio creímos que estabas en shock. Creímos que habías entendido. Pero luego regresaste a casa, y empezaste a hablar con ella. Entonces nos dimos cuenta de que... no había sido así.

El cuarto era demasiado pequeño, estrecho y caliente. Un sollozo espantoso escapó de mi garganta antes de que pudiera contenerlo. Me puse la mano sobre la boca. Eso hizo que el enojo de Miles desapareciera; su cara se transformó con la expresión de lástima que odiaba. No quería que nadie me viera así, y mucho menos Miles. Nunca él. Salí corriendo hacia la puerta trasera. Apenas podía ver, pero sabía exactamente a dónde iba.

Abrí la puerta, bajé los escalones y crucé corriendo el patio.

Cuando llegué al puente de la bruja roja, me deslicé por el dique del arroyo y me escondí abajo del puente, donde nadie pudiera verme. Sentía que los pulmones me quemaban, y los ojos me ardían por las lágrimas.

Ojos Azules. Miles Sangriento. Scarlet. La bola 8. Y ahora Carla.

Carla. Carlamagna. Mi propia hermana. Si Carla no era real, entonces ¿qué era real?

¿Todo lo demás era una invención? ¿El mundo que conocía estaba sólo dentro de mi cabeza? Si alguna vez despertaba, ¿estaría dentro de una celda acolchonada, babeándome?

¿Acaso seguiría siendo yo?

Carla había sido una constante. Jamás sospeché que no fuera real. Siempre había sido real. Suave y cálida, y estaba ahí cuando más la necesitaba.

No podía respirar. Me apreté el estómago con una mano y traté de inhalar, pero la bilis subió por mi garganta bloqueando el aire y la garganta se me cerró.

—¡Alex! ¡Alex, tranquilízate! —Miles se deslizó por el dique, se paró frente a mí y me tomó por los hombros—. Respira. Sólo respira y relájate.

Tomó mi mano y la apretó contra su pecho, sobre su corazón. Latía desesperadamente bajo mi palma.

¿Eso era real? ¿Su corazón? ¿Él era real?

Miré esos ojos azules que siempre creí demasiados buenos para ser verdad. ¿Lo eran? ¿Miles era real? Porque si Carla no era real y él tampoco, entonces ya no quería esto. No quería nada de esto.

—Oye.

—¿Eres real? —pregunté.

—Sí, lo soy —dijo, firmemente. Apretó mi mano contra su pecho con más fuerza. Su corazón latía como un tambor.

—Soy real. Esto...—puso su otra mano sobre la primera—, es real. Me ves interactuar con otra gente todo el día, ¿no? Hablo con la gente; influyo en las cosas del mundo. Hago que las cosas sucedan. Soy real.

—Pero, ¿y si todo este lugar...—tuve que volver a tomar aire—...y si todo está dentro de mi cabeza? ¿*East Shoal*, Scarlet, este puente y tú? ¿Y si no eres real porque nada de esto es real?

—Si nada es real, entonces, ¿qué importa? —dijo—. Vives aquí. ¿Eso no lo hace suficientemente real?

Capítulo Cincuenta

Miles y yo nos quedamos sentados debajo del puente de la bruja roja hasta bien entrada la noche. Mis papás no habían venido a buscarme. Supongo que sabían que no iría muy lejos. O confiaban increíblemente en las habilidades de Miles para encontrarme. O tal vez no querían enfrentarse a ninguno de los dos.

En la casa, la luz de la cocina seguía encendida. Me detuve en el patio trasero durante un largo minuto para revisar el área. Parecía una estupidez hacerlo ahora, pero no pude evitarlo. Casa, puerta, calle, árboles.

Entramos por la puerta del frente. La cerré con fuerza para hacerle saber a mis papás que habíamos regresado. No quería otra confrontación. No quería que mamá y Miles volvieran a atacarse.

En mi cuarto, volví a revisar el perímetro y abrí uno de mis álbumes.

Sólo había fotos de Carla. Carla sonriendo. Carla jugando ajedrez, Carla dormida con su violín bajo el brazo.

Le enseñé el álbum a Miles.

—¿Qué ves?

Echó una ojeada a las páginas.

—Muebles, tu patio trasero, tu cocina, tu calle. ¿Qué se supone que debería ver?

Le quité el álbum, lo cerré y lo puse sobre la cómoda. Ningún medicamento sería lo suficientemente potente para esto.

Miles miró el reloj sobre mi buró. Era casi la una de la mañana.

—¿Se va a enojar tu papá? —pregunté.

—Probablemente. Se enoja por todo.

Vi algo blanco y rojo por encima de su hombro; Miles Sangriento estaba parado en la esquina, sonriéndome con sus dientes manchados de sangre.

Cerré los ojos con fuerza.

—¿Tienes?... mmm... ¿tienes que irte?

—¿Estás bien? —dijo, rozándome el brazo.

Abrí los ojos.

—Estoy bien. Estoy bien. —Me volteé hacia la cama y la ventana.

Carla estaba parada afuera, con una horrible mueca de tristeza en la cara. Las dieciséis piezas de ajedrez salían de su boca, como si fueran tumores finamente esculpidos. Ahogué un grito y brinqué; Miles me rodeó con sus brazos.

—¿Qué estás viendo?

—Carla está en la ventana. Y... tú estás en la esquina.

—¿Yo?

Asentí.

—El tú que vi en la fogata de Celia. Por favor, no preguntes.

—Puedo quedarme.

Asentí. Me paré y caminé hacia el clóset, abriendo la puerta en la cara de Miles Sangriento. Me quité la playera y los pantalones y me puse la pijama.

Miles se sentó en el borde de la cama y se quitó los zapatos.

—Y, ¿tus papás?

—No vamos a hacer nada. Además, puede ser que no sean reales.

—Creo que tu mamá me odia —dijo.

—Yo la odio un poco —dije, dándome cuenta con sorpresa de que lo decía en serio—. Necesitaba escuchar lo que le dijiste. Gracias por decírselo.

Cerré la puerta del clóset y sentí el asqueroso aliento de Miles Sangriento sobre mi oído y mejilla. Me alejé de él y me acosté en la cama junto a Miles, que también se acostó y puso su brazo sobre mi cintura. No sabía qué posición tomar: si le daba la espalda, Carla me miraba desde la ventana. Si me ponía de frente, Miles

Sangriento me acechaba en el clóset.

Esto no era real. Ellos no eran reales.

Miles se acercó más a mí y escondió su cara en mi cabello. Podía decir que no entendía las emociones todo lo que quisiera, pero algunas veces parecía que lo hacía mejor que todos los demás.

El duro armazón de sus lentes me presionaba la sien. Me gustaba esa presión. Me recordaba que estaba ahí.

—¿Miles?

—¿Sí?

—No te vayas.

—No lo haré.

Capítulo Cincuenta y uno

La luz de la mañana se filtró en el cuarto, iluminando mis objetos y las pecas en la cara de Miles. Las sábanas estaban enredadas en nuestros cuerpos. Una de sus manos estaba debajo de mi playera, y se sentía cálida sobre mi estómago, y la otra estaba metida debajo de su barbilla. Su cuerpo bloqueaba casi toda mi visión del cuarto, así que tuve que levantarme lentamente para poder revisar los alrededores.

Miles Sangriento se había ido.

Carla tampoco estaba.

Detuve el pensamiento en cuanto la descubrí trepando sobre mí, y no permití que siguiera avanzando: Carla se había ido, y ni toda la fuerza o deseos del mundo la traerían de regreso. No realmente.

La puerta se entreabrió. Era mamá. Crucé la mirada con ella, esperando que entrara furiosa, nos gritara y me pusiera bajo arresto domiciliario por lo de ayer, por haber salido tan tarde y haber dejado que Miles durmiera en mi cuarto. Pero no lo hizo.

Asintió y se marchó.

Miles suspiró. Sus lentes estaban torcidos sobre su nariz. No quería despertarlo, pero tampoco estar sola. Lo besé en la mejilla y volvió a suspirar.

—Miles.

Gruñó, abriendo los ojos.

—Buenos días—dije.

—¿Cómo dormiste? —preguntó.

—Bien, supongo.

No habría podido dormir nada si él no se hubiera quedado despierto hasta asegurarse de que me había dormido. La noche era un recuerdo vago; no recordaba ningún sueño, sólo destellos de cabello rojo, piezas de ajedrez y música de violín.

—¿Tú?

—Mejor que de costumbre.

Me estiré para acomodar sus lentes, y sonrió un poco.

—¿Tenemos que ir hoy a la escuela?—pregunté— ¿Por lo menos podemos faltar a las premiaciones?

—Las premiaciones es lo único a lo que no podemos faltar —dijo—. Tengo que estar ahí para el club, y si tú no vas estarías incumpliendo tu servicio comunitario.

—Pero McCoy estará ahí. No te quiero cerca de él.

McCoy le quemará los ojos.

—Si no vamos, McCoy tendrá una razón para llamarme a su oficina, entonces estaré solo con él y será mucho peor.

Por Dios, estaba burlándose de mí y yo no podía parar.

—Entonces tienes que mantenerte lejos de él. No dejes que se te acerque. Ni siquiera dejes que te mire.

—Ya sé. —Su puño estaba apretado contra mi estómago—. Ya sé.

Si me quedaba viéndolo más tiempo, empezaría a llorar, así que me levanté y pasé por encima de él para buscar mi uniforme entre todo el desastre del piso.

Cuando terminé de cambiarme la ropa, Miles me estaba esperando en la puerta principal mientras yo me escabullía en la cocina.

Papá estaba solo, mirando por la ventana de la cocina sobre el fregadero. Di unos golpecitos en el marco de la puerta para llamar su atención.

—Tu mamá está hablando por teléfono con Leann —dijo. Vi el reloj. Eran las siete de la mañana... eso tenía que ser un nuevo récord.

—Voy a la escuela —dije.

Se dio la vuelta y dijo:

—Lexi, no creo que sea...

—No quiero estar aquí todo el día.

—Tú mamá no quiere que vayas.

—Sólo hoy, ¿por favor? —No iba a dejar que Miles se fuera solo, y sabía que si seguía presionando, papá cedería—. Si te hace sentir mejor, Miles estará conmigo todo el día.

Se metió las manos a los bolsillos.

—De hecho, sí me hace sentir mejor. Pero sabes que mamá se enojará si dejo que te vayas.

Esperé un poco.

Agitó una mano en señal de derrota.

—Vete. Pero prométeme que vendrás a casa si te sientes asustada o con pánico o... o si pasa cualquier cosa. ¡Díselo también a Miles para que pueda traerte de regreso!

Tuvo que levantar la voz para decir la última parte, porque yo ya estaba caminando hacia la puerta.

Creer que algo existía y luego descubrir que no era cierto era como llegar al final de las escaleras y pensar que faltaba un escalón más. Sólo que al tratarse de Carla, las escaleras medían 8 kilómetros, y tu pie jamás volvía a tocar el suelo.

Estar en la escuela después de ese tipo de caída era irreal, como si estuviera cayendo tan rápido que nadie podía verme.

Casi todos nos ignoraron. Después de que terminaron las clases, Miles y yo fuimos al gimnasio y nos sentamos detrás de la mesa del tablero. Dio algunas órdenes y todos se pusieron a trabajar para las premiaciones.

—¡Celia! —gritó Miles— ¿Por qué llegas tarde?

Celia entró corriendo al gimnasio, con su cabello castaño lacio alrededor de su pálida cara.

—¡Perdón! —dijo, mientras se acomodaba sobre las gradas, secándose los ojos— Richar... el Sr. McCoy quería hablar conmigo.

El corazón me dio un vuelco. ¿Por qué quería hablar con ella? ¿Qué estaban haciendo en su oficina? ¿Por qué tenía McCoy en su casa una fotografía de Celia y de su papá?

Miles la miró, examinándola.

—¿De qué?

Celia se retorció.

—De nada.

—Celia. ¿Qué te dijo?

—Nada que te importe, imbécil.

Un pedazo de la antigua Celia había resurgido. Resopló y fue a sentarse al final de las gradas, después se tapó la cara con las manos y empezó a llorar.

Esto era peor de lo normal. Mucho peor.

Tuve que forzarme para respirar. Si McCoy se le acercaba a Miles, me lanzaría sobre él como una serpiente. Como la pitón.

Sé la serpiente, dijo la vocecita. *Sé la serpiente. Exprímele la vida*.

Miles miró hacia las puertas del gimnasio que llevaban a la rotonda.

—McCoy no tarda en llegar —dijo. No sabía si estaba preocupado o tenía miedo.

—¿Crees que todavía esté en su oficina? —pregunté.

Miles asintió.

Celia estaba teniendo un ataque de nervios, y probablemente McCoy estaría afilando su hacha de verdugo.

Si iba ahora, tal vez podría adelantarme y detenerlo incluso antes de que saliera de su oficina. Podría funcionar.

—Regreso en un segundo —le dije a Miles—. Voy al baño. Si llega McCoy, aléjate de él, ¿ok?

—Ok.

En cuanto estuve fuera de la vista de Miles, empecé a correr. La rotonda estaba salpicada de rojo: pintura roja chorreaba por los trofeos, las fotografías y la pared. Una larga línea roja y ondulada conducía desde el gimnasio hasta la oficina principal al final del pasillo. La seguí.

Sé la serpiente.

Pasé por el escritorio frontal, ignorando las objeciones de la secretaria, y entré a la oficina de McCoy.

Estaba sentado detrás de su escritorio, viéndose inusualmente preparado. Traje, corbata, manos dobladas frente a él, ojos enrojecidos. La oficina era como cualquier otra, con diplomas enmarcados y colgados en las paredes, libros en libreros y una computadora encendida sobre el escritorio.

—Está bien, Mary —dijo McCoy a la secretaria, que asintió y regresó a su silla.

—¿Qué va a hacer? —pregunté, cerrando los puños a los costados.

McCoy se quitó una pelusa de la manga de su traje.

—¿A qué se refiere?

—Sé que ha estado llamando a Celia a su oficina durante los últimos cuatro años. Sé que ha estado tramando un plan con su mamá. Y sé que odia a Miles. Sé que está tratando de deshacerse de él porque… porque la mamá de Celia dijo que era un obstáculo.

—Me temo que no sé de lo que habla, señorita Ridgemont.

—Sabe exactamente de lo que hablo. —Miré hacia la puerta para asegurarme de que su secretaria no estuviera escuchando—. No estoy loca, ¿ok? Sé sobre Scarlet y sobre sus obsesiones. No voy a ignorar esto. Y no voy a dejar que lastime a Miles.

McCoy acomodó la placa con su nombre sobre su escritorio.

—Está equivocada. No planeo hacerle nada al Sr. Richter.

—Si no es usted, ¿entonces quién? ¿Celia?

—No sé lo que Celia Hendricks tiene que ver en todo esto.

—Mire, psicópata…

—Entiendo que ha tenido un año difícil pero, ¿está segura de que ha tomado sus medicinas correctamente?

—De hecho, sí me las he tomado. No es mi mamá, así que, por favor, no vuelva a preguntarme eso. Ahora dígame que le hará a Miles.

—Le repito, señorita Ridgemont que no voy a tocar un pelo de la cabeza aria del Sr. Richter. —Hizo una pausa, y tuve que hacer uso de toda mi fuerza de voluntad para no desviar la vista de esa penetrante mirada—. Debería regresar al gimnasio. Sería una pena que suspendiera su servicio comunitario justo al final del año.

Vacilé un instante. Si McCoy anulaba mis horas de servicio comunitario, definitivamente me enviarían a algún hospital como "La Arboleda", o algo todavía peor, y probablemente perdería todos mis créditos de clases por este año. Tenía ventaja sobre mí; lo único que yo tenía era una historia fragmentada y una psiquiatra en números frecuentes.

Entrelazó los dedos, sonriendo benévolamente.

—Creo que por fin nos estamos entendiendo.

No es cierto, imbécil. Pero no podía decir eso. No podía decir nada si quería salir de ahí en una sola pieza. Me quedé parada frente a su escritorio, temblando de rabia.

—Que tenga buena día, señorita Ridgemont.

Regresé al gimnasio en silencio.

No podía detener a McCoy yo sola, pero si le contaba a alguien sobre esto, ¿quién me creería? Podría sonar vagamente creíble viniendo de alguien como Tucker, pero de mí... Era imposible. Si se me ocurría mencionar una sola palabra de algo tan grande, mamá me internaría antes de poder decir que era broma.

Entré al gimnasio por el otro lado de las gradas, cerca del tablero. Los atletas y sus papás ya estaban sentados. Los miembros del club estaban en el cuarto cerca de las puertas. Miles estaba parado debajo del tablero, dándome la espalda, y Celia junto a él, como si tuviera una correa.

McCoy ya estaba ahí, parado junto al micrófono en medio del gimnasio y hablando.

Pero si él estaba aquí, ¿con quién había hablado en su oficina?

—Buenas tardes, damas y caballeros. Quiero darles la bienvenida a nuestra premiación deportiva anual de primavera. Empezaremos con el equipo de beisbol, ganador del campeonato de este año, que tuvo una magnífica temporada...

Mi zapato rechinó contra el piso. Celia se giró y me vio; todavía estaba llorando, pero con más fuerza que antes.

Su mamá estaba parada bajo las sombras de las gradas al otro lado del gimnasio, con su traje sastre y su largo cabello rubio. Pero su cara... había visto antes esa cara. En el periódico. En las vitrinas afuera del gimnasio. En la misma cara de Celia, porque cuando estaban lado a lado, el parecido era inconfundible.

Pero Scarlet... Scarlet estaba muerta. Scarlet había muerto hace cuatro años.

—Recuerda, Celia —dijo, y su voz se escuchó en todo el gimnasio—, estoy haciendo esto por ti.

Celia no reaccionó.

—Richard y yo ya nos hicimos cargo. Pronto todo esto habrá terminado.

Celia no reaccionó porque no podía reaccionar, dado que Scarlet estaba muerta.

—Puedes seguir adelante.

El tablero emitió un chirrido siniestro. Scarlet sonrió. McCoy subió un poco el nivel de su voz en el micrófono cuando el tablero chirrió por segunda vez. Nadie se dio cuenta. No podía ser la única que veía esto. Estaba pasando... tenía que estar pasando... con excepción de Scarlet... Scarlet no le sonreía a Celia; me sonreía a mí, levantando una uña puntiaguda y roja hacia el tablero.

Levanté la vista. La pared chorreaba pintura roja y cada letra medía tres metros; las dos palabras aplastaban el tablero entre ellas como dientes sangrientos:

CASCADAS ROJAS

El tablero chirrió demasiado fuerte y McCoy ya no pudo ocultar el ruido con su voz. Celia se hizo a un lado, brincando hacia las gradas y Miles volteó hacia ella para reclamarle.

Los soportes del tablero se rompieron.

Mis pies trastabillaron y la fuerte risa de Scarlet retumbó en todo el gimnasio.

Corrí desde el marco de la puerta y me abalancé sobre la espalda de Miles.

Capítulo Cincuenta y dos

El problema de morir en un accidente trágico y repentino, como ser aplastado por un tablero es:

Que no te lo esperas.

Yo sí lo esperaba. Y creo que por eso estoy viva.

Capítulo Cincuenta y tres

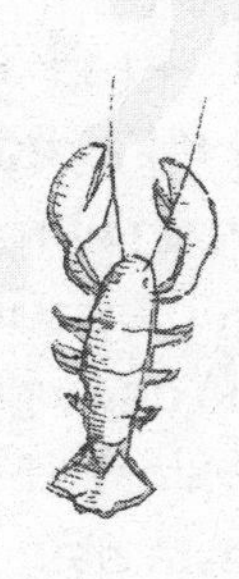

Abrí un ojo, y luego el otro.

Mi cabeza estaba atrapada en un aparato de fierro y tenía la boca llena de algodón. La luz del cuarto era tenue, pero suficiente para poder ver el borde de mis piernas y pies debajo de las sábanas de la cama y el hueco oscuro en la esquina donde estaba la puerta. En la esquina, una máquina hacia un ruido blanco, y el olor a antiséptico llenaba el cuarto.

Estaba en el hospital. Cama, baño, máquinas colgando del techo y una cámara con foco rojo junto a la puerta. Nada de esto era una alucinación. Mi cuerpo seguía dormido. Flexioné los pies y los dedos para asegurarme de que podía hacerlo, y luego miré alrededor.

Las cortinas estaban corridas y la cama junto a la mía estaba vacía. Del otro lado, una silueta envuelta en una cobija dormía profundamente en una silla que parecía haber sido diseñada por un torturador experto.

Era mi mamá.

Tosí para aclarar mi garganta. Se despertó sobresaltada, mirándome sin expresión hasta que se dio cuenta de que yo también la estaba mirando. Acto seguido estaba frente a mí, quitándome el cabello de la cara.

—Ay, Alex. —Los ojos ya se le habían llenado de lágrimas. Me abrazó con cuidado, como si fuera a romperme.

—¿Qué pasó?

—El tablero te cayó encima —dijo, sollozando—. ¿No lo recuerdas?

—Más o menos. —Me acordaba que corrí, luego sentí dolor y la luz se apagó a mi alrededor como si me hubieran atrapado entre las páginas de un libro.

—Dijeron... que no estaban seguros de que fueras a despertar. Un sollozo escapó de su garganta, y se tapó la boca con la mano.

—¿Dónde está Miles? ¿Está bien?

—Sí. Sí, cariño, está bien.

—¿Está aquí?

—No en este momento.

Tenía que averiguar dónde estaba y asegurarme de que estaba bien.

—¿Cuánto tiempo estuve dormida?

—Tres días.

—Mamá —dije, más bien movida por la sorpresa. Las lágrimas caían por sus mejillas.

—Tenía tanto miedo. Cuando tu papá me dijo que habías ido a la escuela, quería traerte a casa, pero dijo que no pasaría nada...

—No fue su culpa.

—Lo sé.

—Tampoco fue mi culpa.

—Lo sé. Lo sé. —Se secó los ojos con el cuello de su blusa—. No te culpo, por supuesto que no. Sólo quiero mantenerte a salvo, y... creo que ya no sé cómo hacerlo.

Con cuidado, asegurándome de que no me doliera mucho, me levanté, apoyándome en los codos. Mamá entendió lo que quería hacer y puso sus brazos a mi alrededor, abrazándome.

¿Por qué había esperado tanto tiempo para decirme lo de Carla? ¿Fue porque era demasiado difícil pensar en ello? ¿O porque yo era más feliz cuando Carla estaba alrededor?

¿Esa era la razón por la que quería que fuera al hospital psiquiátrico? ¿No para deshacerse de mí, sino para salvarme de mí misma, porque ya no sabía cómo hacerlo?

—Te compré... unas... leches con chocolate... —dijo, sollozando, cuando me soltó—. Las puse en el refrigerador, porque sé que te gustan frías.

Y yo que pensaba que envenenaba mi comida.

Al parecer, llorar sí dolía. Las lágrimas me pinchaban. Sentía el pulso en mi cabeza y cómo se iba calentando mi cara.

—Te amo, mamá.

Se inclinó y me besó en la frente.

Capítulo Cincuenta y cuatro

Al día siguiente, cuando mamá salió a almorzar, recibí una visita inesperada.

Era Celia. Estaba parada en la entrada del cuarto, viéndose un poco más parecida a su antiguo yo; cabello rubio, falda muy corta y capas de maquillaje rematadas por un labial color fresa.

—¿Sabes? —dije, terminando de beber el agua en mi vaso anti-derrames—, todos dicen que la historia siempre se repite, pero no esperaba que fuera tan literal.

Su mandíbula se tensó y sus puños se cerraron dentro del dobladillo de su blusa. Un público difícil. Se quedó parada, mirándome como si fuera a sacar un par de cuchillos de abajo de las sábanas y usarla como tiro al blanco.

Finalmente dijo:

—¿Cómo supiste?

—Estoy loca, ¿no te enteraste? —dije—. Aquí la pregunta verdaderamente importante es, ¿por qué no le dijiste a nadie?

Celia se encogió de hombros.

—No... no sé. No creí que a nadie le importara. Dirían que sólo estaba tratando de llamar la atención. O que era mi culpa. O... no sé.

De pronto parecía muy, muy vieja.

—Estoy harta de esto. Estoy cansada de estar sola, de la forma en que me mira la gente y de las cosas que dicen. Y estoy harta de tener que enfrentarme sola a todo.

—Pues no lo hagas —dije—. Tienes derecho a pedir ayuda.

—¿Por qué nadie nos dice eso?

—Porque... a lo mejor no lo saben.

—¿Crees que soy una mala persona? —preguntó Celia, bajando el tono de su voz.

—No —respondí—. Tampoco creo que estés loca.

Sonrió.

Unas horas después, la enfermera entró al cuarto y dijo:

—¡Todos estamos muy sorprendidos de que nadie haya venido a visitarte todavía!

Capítulo Cincuenta y cinco

Más tarde, el club fue a visitarme cuando mamá y la enfermera estaban en el cuarto, así que estoy segura de que fue real. Me llevaron dulces, flores y libros de historia. Cosas que creyeron que me alegrarían. Se sentaron alrededor de la cama casi todo el día, relatando con gran detalle y entusiasmo lo heroica que me había visto empujando a Miles justo antes de que el tablero le cayera encima, y que todos se volvieron locos y el tema todavía seguía saliendo en las noticias.

Al parecer, McCoy no tenía la vista puesta en Miles. El tablero iba dirigido a Celia, quien se quitó porque creyó que yo la iba a atacar. McCoy trató de estrangular furiosamente a Miles y el Sr. Gunthrie lo sacó de ahí arrastrándolo. Se me quitó un peso de encima. McCoy había metido la pata. La amenaza ya se había terminado.

—Pero nunca vas adivinar por qué trató de tirarle el tablero encima —dijo Evan—. Sí sabes que McCoy llamaba a Celia a su oficina todo el tiempo, ¿no?

—Al parecer McCoy estaba obsesionado con la mamá de Celia. —dijo Theo, yendo al grano—. Y ella murió aplastada por esa cosa hace algunos años. Como no podía estar con ella, se conformó con Celia, pero ella no estaba… a la altura de sus expectativas, o algo así. Así que finalmente decidió inmortalizarla tirándole encima el mismo tablero que mató a su mamá. La policía encontró un montón de cosas incriminatorias en su casa. Diarios, planes y videos de Celia. Cuando llegaron a la escuela, después de que McCoy había tratado de estrangularla, Celia les contó lo que pasaba, enfrente de todos. Fue horrible.

—Fue súper raro —añadió Evan—. Pasaba desde hace dos años, y nadie sabía. ¿Por qué no le dijo a nadie?

—A lo mejor pensó que no podía —dije.

Theo asintió.

—Sí lo creo. Después de los premios, hablé con Stacey y Britney. Según esto el papá de Celia volvió a casarse hace algunos años. Su madrastra tenía planeado correrla de la casa en cuanto se graduara, y su papá estaba de acuerdo. Stacey y Britney dijeron que Celia casi nunca les contaba nada, y eso que ellas eran sus únicas amigas.

—¿Tiene una madrastra?

—La he visto algunas veces —respondió Theo—. Tiene cabello castaño corto, y parece muy amable, pero no me sorprende saber que no lo es.

¿Por eso Tucker y Miles no me cuestionaban cuando decía que había visto a Celia y a McCoy hablando con la mamá de Celia? ¿Porque pensaban que estaba hablando de su madrastra? ¿Qué otras alucinaciones había pasado por alto por un malentendido?

—¿Cómo es posible que nadie sospechara antes de McCoy? —pregunté.

—Ha sido elegido tges veces como digectog númego uno de la ciudad —dijo Jetta—. Y su ofigcina estagba impecagble.

—Por lo visto era bastante bueno para eliminar evidencias —dijo Ian—. Si no hubiera tenido todas esas cosas en su casa, probablemente podría haber dicho que Celia estaba inventándolo todo. Pero igual lo hubieran atrapado por haber tratado de estrangular al Jefe.

Theo resopló.

—Cuando Celia testifique en la corte contra él, tendrá toda una casa llena de pruebas sólidas que la respalden.

—¿Alguien sabe si está bien? —pregunté.

—Un psicópata abusó de ella durante dos años —dijo Art—. Así que no, no creo que esté bien.

Sólo cuando amenacé con arrancarme los puntos de la cabeza

me dijeron lo que Miles había hecho.

—Se puso completamente blanco —dijo Art—. Nunca había visto a alguien perder todo el color. Luego me gritó para que cortara la electricidad, y corrió hacia ti para tratar de levantar el tablero. Tuvimos que quitarlo de ahí por la fuerza para que no se electrocutara.

Todos se veían un poco culpables.

—Queríamos ayudarte —dijo Theo.

—El Sr. Gunthrie regresó inmediatamente después —dijo Evan—, con los paramédicos y todo. Te quitaron el tablero de encima, pero Miles seguía ahí, y entonces hizo un ruido raro...

—Y el Sr. Gunthrie nos dijo que lo encerráramos en el vestidor de hombres antes de que hiciera algo estúpido, como atacar a McCoy en frente de todos esos policías —terminó Ian.

Tomé un gran sorbo de leche con chocolate, tratando de tranquilizarme.

—¿En dónde está? No lo he visto. Sabe que ya desperté, ¿no?

Se miraron con incertidumbre.

—No lo hemos visto desde los pgemios —dijo Jetta—. No ha hablado con nadie.

—Fuimos a su casa, pero su camioneta no estaba en la entrada. —Evan miró a Ian y a Theo, y todos asintieron—. Y fuimos también a *Meijer*, pero no ha ido a trabajar.

—Pensé que podría estar en *Finnegan's* —dijo Art—. Aunque le prohibieron la entrada, pero no creí que eso fuera a detenerlo.

—Entonces, ¿nadie lo ha visto desde que se cayó el tablero?

Todos negaron con la cabeza.

Un peso gigantesco me hundió el estómago. Tal vez la amenaza de McCoy se había ido, pero había otra cosa que amenazaba a Miles.

Algo con lo que yo no podía luchar.

Capítulo Cincuenta y seis

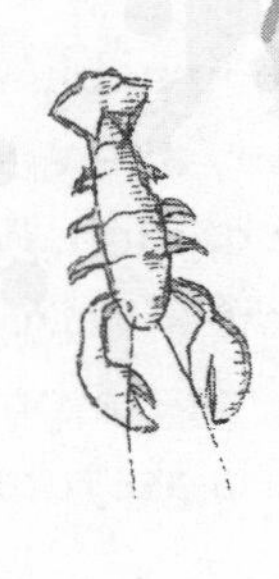

Me moría de ganas por tomar mi bola 8 mágica. Por Carla. Por la seguridad suave, oscura y tranquila. Por obtener respuestas a preguntas que ni yo misma podía responder. Por escapar de este mundo y ocultarme muy dentro de mi propia cabeza, en donde nunca había tenido que preguntarme si las cosas eran reales o no.

Pero no podía dejar solo a Miles.

El miércoles por la noche —seis días después de la caída del tablero, tres días después de haber despertado y medio día antes de que me dieran de alta del hospital— Tucker entró a mi cuarto, con su abrigo empapado por la lluvia.

—Ah, ¿por fin decidiste venir a visitarme? —dije, dando los últimos toques a mi nueva obra de arte hecha con colores Crayola. Era el dibujo de un T-Rex. Me recordaba algo, pero aún no sabía a qué exactamente—. No creí que te fueras a tardar tanto en venir a verme.

—Alex.

El tono de su voz llamó mi atención y me hizo levantar la mirada.

—¿Qué? ¿Qué pasa?

—Es Miles. Creo que va a hacer algo estúpido.

Bajé las piernas de la cama y empecé a buscar los zapatos que mamá me había traído.

—¿Has hablado con él? ¿Qué te dijo?

—No ha ido a la escuela. —Las palabras de Tucker eran cortas y rápidas—. No lo había visto hasta antes de venir aquí. Fue a mi casa, se veía muy alterado, como si alguien lo estuviera persiguiendo. Me pidió perdón. Pero no podía hablar bien.

Me levanté, tomé a Tucker de la mano y lo jalé hacia la puerta.

—¿Qué más? —dije, asomándome por el marco de la puerta.

—Quería... quería asegurarse de que estabas bien. Dijo que no podía venir.

Ignoré los serruchos invisibles cortando las paredes de mi estómago.

—Dame tu abrigo.

—¿Qué?

—Dame tu abrigo. Vas a sacarme de aquí.

—¡Pero estás herida!

—No me importa si pierdo una pierna, Tucker. Vamos a ir a casa de Miles, y tú me vas a llevar. Dame tu abrigo.

Me lo dio y me lo puse, abrochando el cierre hasta arriba. Me peiné el cabello hacia atrás y me puse el gorro para cubrirlo.

—Tú ve delante.

Capítulo Cincuenta y siete

Mis revisiones del perímetro fueron útiles, pero lo que en realidad nos ayudó a salir del hospital fue el conocimiento de jerga médica de Tucker.

Sabía que nunca podría pagarle por haberme ayudado a escapar del hospital, y jamás podría agradecerle lo suficiente el haberse preocupado por mí cuando se enteró que Miles y yo estábamos juntos, en lugar de enojarse.

Atravesamos corriendo el estacionamiento empapado por la lluvia hasta la todoterreno de Tucker y no nos detuvimos hasta llegar a la calle. No me preguntó qué creía que estaba pasando. Miles y él habían sido mejores amigos, así que probablemente ya lo sabía.

La lluvia oscura me impedía ver las calles de *Hannibal's Rest*, pero supe que habíamos pasado frente a mi calle porque el ave fénix estaba sentada sobre el semáforo, con sus plumas rojas y brillantes bajo la lluvia. Giramos bruscamente en la entrada de *Lakeview Trail* y Tucker se estacionó frente a la casa de Miles. Vi la camioneta de Miles estacionada en la entrada, pero no estaba el Mustang.

—Tenemos que entrar —dije, saliendo rápidamente de la todoterreno.

—¿Qué?

—¡Hay que entrar a la casa! ¡Vamos!

Trepamos juntos la cerca del patio frontal, deseando con todas mis fuerzas que Ohio no estuviera afuera, o que no pudiera escucharnos ni olernos por la lluvia. El perro monstruo nos destrozaría. La puerta principal de la casa estaba cerrada y todas las luces del primer piso estaban apagadas, excepto una luz en el piso de arriba.

Jalé a Tucker hacia la casa del perro, congelándome cuando vi la gigantesca silueta de un enorme *Rottweiler*, aparentemente dormido. Pero había algo poco natural en la quietud de Ohio.

Sentí escalofríos en todo el cuerpo. Ésta era; había llegado la noche. Me subí a la perrera y me estiré para alcanzar la tubería, como había visto a Miles hacerlo cuando salió de su casa esa noche. Había sido reforzada con pedazos de madera que salían en ángulos extraños y se convertían en puntos de apoyo para los pies y agarraderas idóneas. Seguramente Miles los había puesto ahí. El truco para poder escalarlos era no ceder ante el dolor terrible que me recorría todo el cuerpo.

En cuestión de minutos, Tucker y yo estábamos en el empapado techo del porche caminando hacia el cuarto con la luz prendida.

La ventana estaba lo suficientemente abierta para poder meter los dedos y abrirla. Tucker y yo entramos, tambaleándonos.

Lo primero que hice fue observar los detalles pequeños: las libretas tiradas fuera del clóset; el pedazo del Muro de Berlín sobre la cómoda desmoronándose por un lado como si le hubieran quitado una parte; las paredes escritas en las paredes. Había un portarretratos sobre el buró con una foto en blanco y negro de un hombre que era casi idéntico a Miles, con una ceja levantada y una chamarra de aviador negra, parado junto a un avión de combate de la Segunda Guerra Mundial.

—No está aquí —dije—. Tenemos que inspeccionar el resto de la casa.

—¿Y Cleveland? —preguntó Tucker.

—Creo que no está. Su carro no está estacionado afuera.

Tucker no parecía muy seguro.

—Vamos.

Caminé hacia la puerta y la abrí. Me recibió un olor a rancio, y me di cuenta de que la recámara de Miles estaba impregnada de su olor a pastelillos y jabón de menta.

Tucker me siguió por un pasillo estrecho con puertas a los lados, todas abiertas. La lluvia y el viento aullaban afuera. El lugar se sentía tan frío y triste que me pregunté cómo podía vivir Miles aquí. Tucker caminó hacia el lado contrario del pasillo, donde había unas escaleras que llevaban al primer piso. Un único foco en el techo proyectaba una aureola sobre su cabello negro.

Contuvo la respiración.

—Ay, mierda.

—¿Qué?

—Ay, mierda, Alex, mierda —dijo, bajando las escaleras de dos en dos.

Yo corrí hacia la parte superior de las escaleras y miré hacia abajo.

Miles estaba sentado contra la pared, encorvado.

Bajé las escaleras en un segundo. Tucker ya había marcado a emergencias y estaba hablando con una operadora. Me arrodillé junto a Miles, con ganas de tocarlo, pero con temor de lo que podría sentir. La sangre caía lentamente sobre sus lentes; el peso extra los había ido deslizando hacia abajo hasta quedar colgados de una oreja.

¿Estaría frío? ¿Tan muerto y vacío como la casa que lo rodeaba?

Esto no podía estar pasando. Todo era una alucinación mía. Si me esforzaba lo suficiente, podía hacer que desapareciera.

Pero no pude. Y era real.

Puse mi mano temblorosa sobre su corazón. No sentí nada. Apreté mi oído contra su pecho, cerré los ojos y recé, recé de verdad, por primera vez en mi vida, a cualquier dios que me estuviera escuchando.

No te vayas. No te vayas.

Entonces escuché algo. Y sentí el movimiento casi imperceptible de la respiración de su pecho.

Tucker me jaló hacia atrás.

—¿Está respirando? —pregunté— ¿De verdad está respirando?

—Sí —dijo Tucker—, sí está respirando.

Capítulo
Cincuenta y ocho

Mientras los paramédicos sacaban a Miles de la casa en una camilla, nos sentamos en los escalones de la entrada. La policía encontró el carro de Cleveland cerca de ahí, estrellado contra un árbol y a Cleveland tambaleándose borracho y enojado. No fue difícil deducir lo que había pasado.

Tucker me llevó de regreso al hospital. Para mí sorpresa nadie me gritó, pero sí se me abrieron algunos puntos, mi presión arterial se elevó y tuve que quedarme dos días más en el hospital bajo confinamiento estricto.

No me importó, porque al día siguiente llegó mi nuevo compañero de cuarto.

Capítulo Cincuenta y nueve

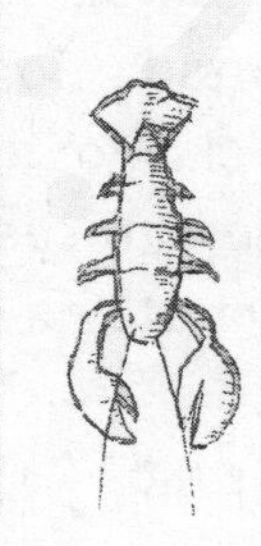

—Señor Langosta, ¿usted cree que mi cabello tiene un tono más parecido al rojo comunista o al suyo?

El sol de la mañana alumbraba el piso de mosaicos y las sábanas blancas, bañando el cuarto con su luz cálida. La máquina de ruido blanco debajo de la ventana ahogaba el sonido de los monitores junto a la cama. El único otro ruido provenía de las pisadas ocasionales en el pasillo y de una televisión encendida en algún lado.

—Camión de bomberos.

Lo dijo en voz tan baja que apenas lo escuché. Al principio ni siquiera estaba segura de que estuviera despierto, porque sus ojos apenas estaban abiertos, pero luego se pasó la lengua por los labios.

—Camión de bomberos —dijo otra vez, un poco más fuerte—. Fresas, semáforo, catarina, *Kool-Aid*, tomates, tulipanes...

Levantó lentamente su brazo y lo estiró, buscando algo en su buró.

—Mis lentes.

Yo tenía sus lentes colgando de mi dedo índice. Tomé su mano suavemente y los puse sobre su palma. Se los quedó en las manos un momento y luego se los puso. Parpadeó algunas veces y miró hacia el techo.

—¿Estoy muerto?

—No, afortunadamente. Sé que tenías grandes deseos de morir, pero no funcionó.

—¿Qué pasó con eso de que los buenos mueren jóvenes? —dijo, con voz entrecortada. Sonreí, aunque sentía como si me estuvieran martillando el lado izquierdo de la cara.

—No somos buenos, ¿recuerdas?

Frunció la frente y trató de sentarse, pero se volvió a acostar a causa del dolor.

—Dios... ¿qué me pasó?

—Te dieron una paliza y te aventaron por las escaleras. ¿Quieres explicarme qué estabas haciendo?

—La verdad no me acuerdo. Estaba enojado...

—Sí, esa parte ya la había adivinado.

—No debería haber pasado así. Yo lo provoqué. —Miró alrededor y vio la otra cama—. ¿Tú también estás en este cuarto?

Asentí.

—Le caemos bien a alguien.

Giró cuidadosamente la cabeza para poder verme, haciendo un gesto de dolor.

—Tu cara.

Volví a sonreír; me preguntaba cuándo se daría cuenta.

—Sólo es el lado izquierdo —dije—. El doctor sacó todos los pedazos de vidrio y dijo que cuando baje la hinchazón y lo enrojecido volveré a verme igual que antes. Sólo que con un montón de cicatrices.

Miles frunció la frente.

—¿Estás bien?

—Genial —dije—. Contusión, electrocución, cicatrices... nada que no pueda manejar, créeme. Deberías estar más preocupado por ti. Sé que te gusta mantener alejada a la gente, pero después de esto creo que tendrás tu propio club de fans.

—¿De qué hablas? —preguntó, volviendo a pasar la lengua por sus labios—. ¿Hay agua por aquí?

Me estiré para tomar el vaso de agua que la enfermera había traído. Mientras bebía, le expliqué lo que había pasado con Cleveland después de que empujó a Miles por las escaleras.

—Cuando lo atraparon estaba muy enojado. Supongo que

creyó que iban a ayudarlo o algo, porque le dijo a la policía su dirección exacta y lo que había pasado. Para ese entonces ya había una ambulancia en tu casa, así que la policía ató todos los cabos —hice una pausa y doblé las piernas—. Como sea, Cleveland ya está en la cárcel. El juicio se llevará a cabo cuando sus tres testigos estrellas estén listos para testificar.

Miles abrió la boca para decir algo, pero luego sonrió y meneó la cabeza. Busqué una palabra que describiera lo que estaba sintiendo, esta mezcla de alivio, euforia y tranquilidad, pero no se me ocurrió ninguna.

Las palabras eran su fuerte, no el mío.

Un momento después, la enfermera entró para revisar sus vendajes y preguntarle cómo se sentía y si necesitaba algo.

—Bueno, si te sientes bien, tal vez tus amigos puedan pasar a verte —dijo la enfermera.

—¿Quié..?

—¿Podemos pasag? —dijo Jetta, metiendo su cabeza rizada por la puerta y mirando alrededor. Se podía ver al resto del club por encima de su hombro.

—No hagan mucho ruido. —La enfermera se abrió camino por entre el club para salir del cuarto.

—¡Hola, Jefe!

—*¡Mein Chef!*

—¡Te ves de la patada!

Miles los miró a todos —Art, Jetta y los trillizos— reunidos al pie de su cama, y frunció la frente.

—¿Qué hacen aquí?

—Somos tus amigos —dijo Theo, lentamente, como si le estuviera explicando una verdad fundamental a un niño—. Estábamos preocupados por ti.

—¿Ves? —dije—. Sí les caes bien.

—¿Quién dijo que nos caía bien? —preguntó Evan.

—Sí, nunca dijimos que nos caías bien —dijo Ian, sonriendo—.

Sólo preferimos verte vivo.

—¿Qué sería de nosotros sin nuestro valiente líder? —añadió Theo.

—¿Por qué no están en la escuela? —preguntó Miles.

—Nos saltamos las clases —dijo Art—. No fue difícil.

—Ustedes dos son casi héroes —dijo Theo—. La noticia salió en todos los periódicos. ¿Ya vieron todos los regalos que les han enviado? —dijo, señalando montones de cartas y flores sobre la mesa junto a la ventana. No han parado de llegar desde que la noticia se hizo pública.

—Sigo sin entender por qué envían regalos —dijo Miles, bruscamente.

—Fue tu mamá —dijo Theo—. Nos contó todo; por qué hacías esas cosas en la escuela y por qué trabajabas todo el tiempo.

—¿Por qué nunca nos dijiste nada? —preguntó Ian, pero Miles ya no lo escuchó. Estaba mirando hacia la puerta, por encima de Jetta.

—Mamá.

June entró al cuarto, con un gran bolso entre las manos, viéndose como un ciervo atrapado por las luces de un auto. Dio algunos pasos. Me pregunté si ésta era la primera vez que salía de "Casca"... de "La Arboleda". También me pregunté si sólo la habían dejado salir por Miles.

Todos salimos del cuarto.

Me detuve en la puerta y miré la escena. June abrazaba fuertemente a Miles, meciéndolo. No podía ver su cara, pero podía escucharlo reír, llorar y decir algo con su cara presionada contra la blusa de June. Un momento después, una mujer vestida elegantemente entró al cuarto. Esperé en la entrada para escucharla decir que todo estaría bien, y luego salí al pasillo.

Los trillizos habían bajado a comer algo y los demás estaban en la sala de espera. Fui con ellos; mis papás estaban en algún lugar del hospital, y quería contarles lo que acababa de pasar.

Estaban en el mismo piso que yo, sentados en una sala pequeña y aislada, solos excepto por mi doctor y la Sepulturera. Sus voces sonaban tensas y duras. La ansiedad me revolvió el estómago. No me habían visto, así que me recargué sobre la pared y me acerqué más, colocándome en la esquina.

—Creo que en este momento es nuestra única opción.

Eso lo había dicho la Sepulturera, como si ella decidiera en mis asuntos.

—¿Cómo pudo haber sabido que se iba a caer? —preguntó mamá—. A menos que...

—Pero dijeron que fue el director quien aflojó los soportes —dijo papá—. Quería tirarlo encima de esa chica. Lexi no tuvo nada que ver en eso, sólo reaccionó.

—Aun así. —Maldita seas, Sepulturera. Cállate. Cierra la boca—. Este incidente no pudo haber sido bueno para ella. Está inestable. He notado que ha ido empeorando en el transcurso del año.

—Pero nosotros también la hemos visto —presionó papá—. También han pasado cosas buenas. Se las está arreglando. Tiene amigos, y hasta tiene novio. No me sentiría bien si le quitáramos todo eso.

—Creo que Leann tiene razón, David —dijo mamá.

La Sepulturera intervino otra vez.

—En mi opinión profesional, éste es un momento crucial, y necesita estar en un lugar seguro y vigilado, donde pueda recuperar el control. No me refiero a restringirla, y me da gusto saber que ha aumentado su estructura de apoyo. Pero eso no cambia las cosas.

No pude seguir escuchando. Regresé al cuarto. La abogada ya se había ido pero Miles y June seguían riendo y sonriendo.

—¡Querida Alex, ahí estás! —dijo June, señalándome— ¡Ven, siéntate aquí un momento; tenemos tanto de que hablar!

—Me siento un poco cansada. Creo que voy a dormir un rato —dije.

—Descansa todo lo que necesites —dijo June, sonriendo cálidamente—. Después tendremos mucho tiempo para hablar.

Me metí a la cama y jalé las cobijas. La cara y el costado de mi cuerpo me dolían terriblemente. Me pregunté cuánto tiempo me quedaba. Porque por mucho que lo odiara, y odiara todo esto, y la odiara a ella, la Sepulturera tenía razón.

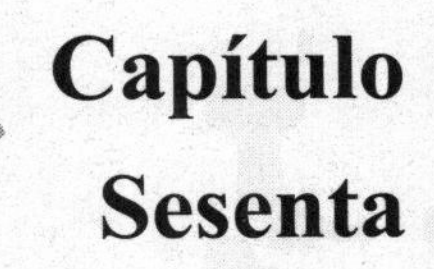

Capítulo Sesenta

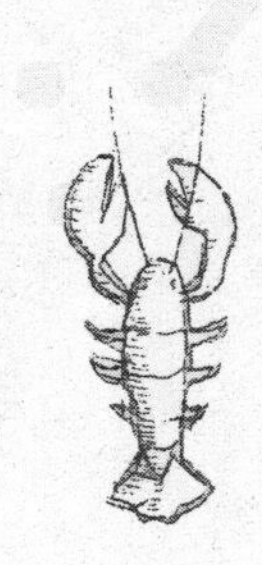

Me desperté a media noche. Miles Sangriento estaba al pie de la cama, con sus ojos azules enormes y penetrantes, y sangre saliendo por todas sus pecas. Había también una niña con cabello rojo color sangre y miles de heridas en la cara, con los ojos tan enormes como los de él y tomándolo de la mano. Se quedaron parados un buen tiempo, mirándome. Ninguno dijo nada, pero ambos sonreían con dientes llenos de sangre.

Capítulo
Sesenta y uno

Más tarde volví a despertarme. Todavía era de noche y Miles estaba escribiendo en su libreta. Cuando me acosté sobre mi espalda para incorporarme, levantó la vista.

—¿Te sientes mejor? —preguntó, sonriendo.

—No, la verdad no.

Cerró su libreta y la puso sobre sus piernas.

—Ven aquí.

Caminé hasta el borde de su cama, puse mis piernas junto a las suyas y recargué mi cabeza sobre su hombro. Miles me abrazó.

El mundo era un gran vacío. ¿Cuál había sido el sentido de este año? Último grado, todas esas solicitudes universitarias... ¿hubiera sido mejor ir al hospital después de lo de *Hillpark*? Yo fui la que se negó. Dije que podía manejarlo; que lo tenía bajo control. Lo único de lo que se podía acusar a mis papás es de confiar demasiado en mí.

Miles esperó pacientemente, fingiendo interés en cepillar mi cabello con sus dedos.

—Mis papás van a enviarme a "Casca"... a ese hospital. Los escuché hablando sobre eso.

—Pero ya tienes edad suficiente. No pueden decidir por ti —dijo, en voz baja—. No tienes que ir si no quieres.

Entonces aparecieron las lágrimas, derramándose antes de que pudiera detenerlas, quemándome la cara mientras caían.

—No quiero —dije—. Pero creo que lo necesito. No puedo distinguir la diferencia yo sola. Ya no.

No sabía si estaba entendiendo algo de lo que decía a través de mis sollozos, pero me abrazó más fuerte y me besó a un lado de la frente. No dijo nada. Tampoco trató de persuadirme.

Él había escapado de la pecera. No sabía si yo algún día lo lograría.

Capítulo Sesenta y dos

Más tarde, cuando me había tranquilizado un poco, Miles se inclinó hacia un lado de la cama y tomó su mochila. Abrió el cierre y sacó algunas cosas.

—¿Puedo ver tu libreta? —pregunté.

Levantó la ceja.

—¿Por qué?

—Porque sí.

Me la dio. La mayoría de las cosas estaban escritas en alemán, pero había algunas partes en español. El nombre de June estaba escrito en todas las páginas.

—¿Por qué utilizas el apellido de soltera de tu mamá? —pregunté.

—¿Cómo sabes?

—Cuando Tucker y yo estábamos buscando información sobre Scarlet en la biblioteca, tu madre apareció en un artículo. Fue la mejor de su clase.

—Ah. Sí. Cuando fuimos a Alemania empezamos a usar su apellido.

—Ah. —No era necesario que diera más explicaciones. Hojeé algunas páginas más y dije—. Tengo que confesarte algo... Ya la había leído.

—¿Qué? ¿Cuándo?

—Mmm... cuando Erwin murió y me llevaste a casa. Tú fuiste a la escuela a dejar unos papeles, y yo eché un vistazo.

—¿Por qué no me dijiste? —preguntó, pero sin quitarme la libreta.

Me encogí de hombros, sintiendo una punzada en la clavícula.

—Pues, obviamente, porque no quería que supieras que la había leído. No parecías ser la persona más comprensiva del mundo. —Hojeé algunas páginas más—. ¿Qué significan las partes en alemán?

—Anotaciones de mi diario —dijo—. No quería que otras personas pudieran leerlas.

—Pues, buen trabajo —dije—. Aunque en la otra libreta sí pude leer mi nombre varias veces.

—Ah, sí —dijo, riendo de nuevo—. Sí, el primer día de clases estaba un poco enojado. No creí que fueras la persona correcta. Fue algo estúpido, pero creo que al principio no creí que fueras tú porque no actuabas para nada como me lo había imaginado.

—Jaja, perdón. Yo también pensé lo mismo de ti.

Di vuelta a las páginas hasta llegar al final.

Lo que amaste de niño, lo amarás por siempre.

—Creo que eres mucho mejor que en mi imaginación —dije, hojeando las páginas.

—Tú también —dijo—. Mi imaginación... bueno, la poca imaginación que tengo, no está a la altura de la realidad.

—Lo mismo digo. La realidad es mucho mejor.

Capítulo Sesenta y tres

Tenía que regresar una vez más. Tal vez pensaron que ya había sacado toda la locura de mi cuerpo. A lo mejor sintieron lástima por mí. O quizá, al haber accedido a ir a "La Arboleda", mi nivel de persuasión había aumentado. Cualquiera que fuera la razón, me dieron permiso para ir a la graduación escolar.

Obviamente, hubo algunas condiciones. La primera: no pude asistir a la ceremonia, pero pude observarla desde las puertas del auditorio. La segunda: tuve que ir acompañada de dos enfermeros de "La Arboleda" (léase: fortachones en batas blancas) para cuidarme a cada instante. Sí, ok, me iban a llevar a "La Arboleda" inmediatamente después de la ceremonia pero, ¿era necesario que se vieran tan amenazadores? La tercera fue la peor: Debido a la horrible experiencia con McCoy y a que la junta directiva quería evitar posibles percances, tuve que estar esposada todo el tiempo. Por lo menos me habían dado permiso de usar una sudadera para poder esconderlas. Una pensaría que serían más indulgentes, tomando en cuenta que la única razón por la que iba al hospital es porque yo había accedido.

Cuando llegamos al auditorio, todos estaban ya en sus asientos. Los papás y familiares estaban a la derecha e izquierda del escenario del auditorio. Reconocí a June por la aureola dorada en su cabello rubio. Mis compañeros estaban sentados en la sección de en medio. Todos iban vestidos de verde *East Shoal*.

El escenario estaba iluminado con luces brillantes. Después de la salida de McCoy, el Sr. Gunthrie ocupó su lugar como director;

su traje gris lo hacía verse como un golem. Era bastante creíble pensar que el Sr. Gunthrie era un ser animado por magia.

Los cuatro delegados estudiantiles de último grado estaban junto a él, moviendo los dedos nerviosamente. Tucker estaba sentado junto al tesorero de la clase, con sus lentes brillando en la luz y retorciendo su discurso entre las manos.

Miles estaba ahí, con su listón dorado de mejor estudiante de la clase colgado sobre los hombros. Tenía las manos sobre las piernas y los ojos enfocados en algún lugar del borde del escenario.

El Sr. Gunthrie empezó la ceremonia con sus gritos ensordecedores habituales. Las luces se apagaron hasta que ya no pude distinguir a la gente en el auditorio.

El presidente de la clase se levantó y dio su discurso. El vicepresidente dijo unas palabras, seguido de la banda que tocó el himno de la escuela, y luego el Sr. Gunthrie empezó a nombrar a mis compañeros. Los primeros en pasar fueron los estudiantes de honor. Tuve que apretar los dientes para no reírme cuando Miles le dio la mano al Sr. Gunthrie, incluso desde donde yo estaba parada pude ver la sonrisa tipo gato risón en la cara de Miles y la imperturbable expresión del Sr. Gunthrie.

Cuando llegó el momento en que mi nombre hubiera sido mencionado, me balanceé hacia adelante sobre la punta de mis pies, sintiendo que me quemaba por dentro. Había trabajado tan duro por ese diploma...

Uno de los enfermeros me tomó por la sudadera y me jaló suavemente hacia atrás. Solté un gruñido de protesta, volví a apoyarme sobre los talones y me quedé quieta mientras el resto de mis compañeros se graduaba. Ian y Evan fingieron haber recibido mal sus diplomas, y luego trataron de darle la mano al Sr. Gunthrie al mismo tiempo. Theo parecía lista para subir al escenario y bajarlos. Art pasó a recibir el suyo, y luego todos se sentaron menos el Sr. Gunthrie.

—Antes de terminar la ceremonia, escuchemos unas últimas palabras. Las primeras las dirá el Sr. Tucker Beaumont, segundo mejor de la clase.

Una ronda de aplausos poco entusiastas se escuchó en el auditorio. Tucker caminó hacia el podio con la cara roja, y sentí una oleada de orgullo. Era el Sr. Gelatina Aguada, que había irrumpido en la casa de McCoy, intervenido en la pelea de *Finnegan's* y que me había ayudado a rescatar a Miles. Que me había perdonado por todo lo que le había hecho, y mucho más. No sabía si merecía un amigo como él, pero me alegraba de tenerlo.

Se detuvo un momento para ajustar el micrófono y alisar su arrugado discurso, luego carraspeó y miró a todos.

—Creo que empezaré con un cliché —dijo—. ¡Lo logramos!

El auditorio estalló en gritos de entusiasmo y triunfo.

Tucker sonrió.

—Bueno, habiendo dicho eso, creo que todos podemos decir que este año fue el más loco que hayamos vivido. —Miró a Miles, que sólo respondió levantando una ceja—. Aunque no hayan estado ahí en todos los momentos, seguramente se habrán enterado. Y fueron parte de ellos. Sobrevivieron. Y la verdad es que si pueden sobrevivir a pitones saliendo de los techos, pueden sobrevivir a lo que sea.

Se escucharon varias risas. Tucker se acomodó los lentes y respiró profundamente.

—La gente dice que los jóvenes se creen inmortales, y estoy de acuerdo con eso. Pero creo que hay una diferencia entre creer que eres inmortal y saber que puedes sobrevivir. Creernos inmortales sólo nos lleva a la arrogancia, y a pensar que nos merecemos lo mejor. Sobrevivir significa estar en medio de lo peor y ser capaz de continuar a pesar de todo. Significa esforzarte por lo que más quieres, aun cuando parece estar lejos de tu alcance, aun cuando todo está contra ti. Y luego, después de haber sobrevivido, lo superas. Y empiezas a vivir. —Tucker volvió a respirar profundamente y se inclinó contra el podio, sonriendo—. Somos sobrevivientes. Ahora hay que vivir.

El auditorio volvió a estallar en aplausos, y Tucker apenas podía esconder su sonrisa cuando regresó a su asiento, girando sus borlas plateadas del segundo mejor de la clase. Yo tampoco pude evitar sonreír. *Sobrevivientes*. ¿Había otra palabra mejor para la gente que logró salir viva de este lugar?

El Sr. Gunthrie esperó a que los aplausos y gritos se apagaran, y luego dijo:

—Damas y caballeros, los dejo con el mejor de la clase, Miles Richter.

El silencio repentino en el auditorio fue todavía más evidente por el ruido ensordecedor que lo había precedido. Nadie aplaudió. No sabía si era porque tenían miedo, si estaban enojados o sorprendidos.

Miles se puso de pie y miró a su alrededor casi como Tucker lo había hecho, sólo que sus manos estaban quietas. Golpeó suavemente con sus dedos la cubierta de madera del podio. *Tap, tap, tap, tap*. El Sr. Gunthrie carraspeó fuertemente, pero Miles seguía en silencio.

Luego volteó hacia donde yo estaba parada, y sonrió.

—Sé que la mayoría de ustedes no quieren escuchar nada de lo que voy a decir —empezó—. Y sé que el resto lo espera con ansias. Y también sé que estas dos cosas significan que todos me están escuchando atentamente. Y eso es exactamente lo que quiero. James Baldwin dijo, 'La creación más peligrosa de cualquier sociedad es un hombre sin nada que perder'. —Miles suspiró y se quitó el birrete de la cabeza. Lo miró por un momento, y luego lo lanzó a un lado del escenario. Detrás de él, la cara del Sr. Gunthrie se puso de un tono morado jaspeado—. Siempre he pensado que esas cosas se ven ridículas —dijo Miles en el micrófono. Unas cuantas risas vacilantes se escucharon entre el público, como si no supieran si estaba bromeando o no—. Durante mucho tiempo, no tuve nada que perder. Yo era esa creación peligrosa. Sé que la mayoría de ustedes piensan que soy un imbécil —volvió a mirarme otra vez—, y tienen razón. Lo soy. No el tipo de imbécil que destruye autos y mata a sus mascotas, pero sí uno arrogante y pretencioso. Sí creo que soy mejor que ustedes porque soy más inteligente. Soy más inteligente y tengo más determinación para hacer lo que me propongo.

No sabía qué indicaciones había recibido Miles para su discurso, pero el tono de la cara del Sr. Gunthrie significaba que las estaba ignorando por completo.

—Antes, yo pensaba todas esas cosas —continuó—. Todavía lo hago, más o menos. Estoy aprendiendo a... no a cambiar, porque con toda honestidad les digo que me gusta como soy. Tampoco a cambiar lo que hago, sino quien soy. No. Estoy aprendiendo a... ¿reprimirlo? ¿Desplazarlo? ¿Controlar mi frustración? Sea lo que sea, está funcionando. Ya no me siento como esa creación peligrosa. Ya no tengo la motivación para hacer las cosas que hacía aquí. A todos los que les hice daño... les pido perdón. Lo que sea que haya hecho, y por la razón que haya sido, lo siento. *Meine Mutter*[9] —imaginé a Cliff retorciéndose en su asiento—, siempre me enseñó que disculparse es lo correcto.

Podía imaginar la sonrisa radiante en la cara de June.

—Quiero decir algunas cosas más. La primera va dirigida al maravilloso segundo de la clase. —Se volteó hacia Tucker—. No quise decir lo que te dije. Eras mi mejor amigo, y yo lo eché a perder. Te merecías algo mejor. La segunda es para el club de apoyo al atletismo recreativo de *East Shoal*. Creo que si no hubiera sido por ustedes, me hubiera matado hace mucho tiempo. —Probablemente nosotros éramos los únicos que sabíamos que estaba hablando muy en serio—. La tercera es para todos ustedes. Antes les tenía miedo. En serio. Me importaba lo que pensaban de mí y lo que podían hacer para lastimarme. Pero, ya no. Así que en cuanto a lo segundo, intenten ver hasta dónde llegan en una pelea conmigo, y en cuanto a lo primero, estoy enamorado de Alexandra Ridgemont, y no me importa lo que piensen.

Volvió a verme y el mundo se solidificó bajo mis pies.

—Siento que hay otra cosa, pero no puedo recordar qué es...

Sus dedos volvieron a golpear el podio. Se encogió de hombros

9 Mi madre.

y empezó a caminar hacia su asiento. Luego aplaudió diciendo:

—¡Ah, sí! —y se dio la vuelta rápidamente, acercándose el micrófono a la cara justo a tiempo para decir— *¡Fickt euch!*[10]

En algún lugar en medio del mar de estudiantes, las manos de Jetta se elevaron mientras gritaba triunfante:

—¡*Mein Chef!*

No entendí por qué empezaron a aplaudir los demás —tal vez por haberse dado cuenta de que el discurso de Miles había sido muy vulgar— el caso es que sus voces hicieron temblar el piso.

El Sr. Gunthrie se puso de pie, tal vez para quitar a Miles del escenario, pero ya se había escapado y estaba bajando las escaleras. Mis enfermeros me sacaron al pasillo. Escuché que las puertas del auditorio se abrieron otra vez, pero antes de que Miles nos alcanzara ya estábamos afuera, parados en el frío aire de la noche.

—¡Espera!

—¡Sólo quiero hablar con él! —dije, mirando a Miles por encima de mi hombro—. Por favor. No voy a hacer nada.

Los enfermeros se miraron, y luego me vieron a mí.

—Tienes dos minutos —dijo uno de ellos—. Tenemos que irnos antes de que empiece a salir la gente.

—Ok. Entendido.

Soltaron mis brazos. Me di la vuelta y corrí hacia Miles.

—No pensé que te dejarían regresar —dijo.

—Soy muy persuasiva.

Se rio, pero su risa sonaba vacía.

—Te he enseñado bien.

—¿Estás bromeando? Si hubiera hecho las cosas a tu manera, estaría encerrada desde hace mucho tiempo.

Miles no respondió nada, pero se estiró para tocar mi cara, el lado de mi cara en carne viva y mutilado. Tomé su mano.

—¿Desde cuándo te volviste tan acariciador? —pregunté, pero no estaba escuchándome. Se quedó mirando fijamente las esposas, y los broches de metal que colgaban entre ellas—. Son sólo

10 ¡Jódanse!

una precaución —dije, antes de que preguntara—. Tuve que usarlas para poder venir. Por lo visto, la escuela fue lo suficientemente sentimental para dejarme venir, pero no para arriesgarse a una demanda.

—No me gusta —dijo.

—Pues únete al club.

—¿Cuándo te vas?

—Esta noche. De hecho, en este momento. Supuestamente me iría en la mañana, pero como la escuela me dio permiso de venir, atrasaron mi entrada...

Su frente se frunció aún más.

—No tengo nada que me retenga.

—Bien. Mañana iré a visitarte.

—A... ¿A "La Arboleda"?

Su ceja se levantó.

—¿Qué? ¿Creíste que te ibas a librar de mí tan fácilmente? Ya deberías de saber que soy tan tenaz como una cucaracha.

Lo miré y parpadeé.

—Seguro tienes cosas mejores que hacer.

Se encogió de hombros.

—Se me ocurren unas cuantas, pero pueden esperar.

—¡Tenemos que irnos! —gritó uno de los enfermeros.

Agité las manos para hacerles saber que los había escuchado, y luego me giré hacia Miles.

—Bueno... supongo que... —di un paso hacia adelante, escondiéndome en su toga—. ¡Deja de verme así!

Se rio —pude escucharlo y sentirlo— y me abrazó con fuerza. Jabón y pastelillos. Después de un momento, me separó de él.

—¿Estás llorando?

—No —dije, sollozando—. Cuando lloro me duele la cara, así que no lo hago.

—Ajá.

Ahora que lo pensaba, la cara sí me estaba doliendo.

—No quiero irme —dije.

Miles no dijo nada. No había mucho que decir. Todo se había terminado. No tendríamos más aventuras. Era hora de irse.

Se inclinó y me besó. Luego volvió a abrazarme. Tomé la parte frontal de su toga con ambas manos y lo jalé hacia abajo para poderle susurrar algo al oído.

—*Ich liebe dich auch.*[11]

Regresé a donde estaban los enfermeros esperándome junto al carro. Me subí al asiento trasero, me puse el cinturón de seguridad y me di la vuelta. Miles estaba parado solo en la oscura acera, frotando con la mano el lugar donde mis lágrimas habían manchado su toga verde. Agité la mano, sin entusiasmo, jalando la otra mano por la muñeca.

Miles se despidió agitando su otra mano, pero volvió a bajarla como si pesara mucho para tenerla levantada. Observé como se iba haciendo cada vez más pequeño, junto con la acera, el estacionamiento, la escuela y la gigantesca cancha. Pasamos una hilera de árboles y después desapareció.

Me di la vuelta en mi asiento y escuché la plática de los enfermeros y el ruido constante del motor. En la radio sonaba *We didn't start the fire*.

Recargué la cabeza en la ventana, observando la noche cálida, y sonreí.

11 Te quiero demasiado.

Epílogo

La liberación de la langosta

—**Y** eso fue lo que pasó —dije.

—Para ser una historia tan larga, hubo muchos detalles —dijo Lil, cortando un poco más mi cabello y esponjándolo. Me llegaba justo a los hombros, y mi cabeza se sentía más ligera.

—Bueno, sí son muchas cosas para recordar, pero no podía olvidarme de algunas partes, ¿no? ¿Qué clase de historia sería entonces?

—Ajá.

Lil casi nunca creía las historias que le contaba. Según ella, *East Shoal* y todo lo que había pasado sólo era producto de mi imaginación. Pero no importaba; hoy iba a salir de aquí.

—Y, ¿qué le pasó a Miles? —preguntó Lil.

—¿A qué te refieres con "qué le pasó" a Miles? Viene a visitarme todos los fines de semana.

—¿Ah sí?

—Si viniera entre semana, lo verías.

Se paró frente a mí, y sus cejas formaron una pequeña línea. No creía que fuera real. Nunca lo había creído.

Lil terminó de cortarme el cabello y me ayudó a hacer mi maleta. Había empezado a meter cosas desde la mañana, cuando todavía no me preocupaba mucho el espacio. El desastre me parecía encantador, pero Lil se veía disgustada.

El resto de mi cuarto estaba vacío. Todo estaba listo para salir de aquí, excepto el pedazo de Muro de Berlín sobre mi escritorio. Lo tomé, pasando los dedos por la dura superficie. Los sitios donde siempre pasaba mi pulgar habían empezado a alisarse. Más de una vez Lil me había despertado y regañado por haber dormido abrazada a la piedra. Intentaba decirle que no lo hacía a propósito, que seguramente me despertaba a mitad de la noche para ir por ella. Pero tampoco me creía.

Cuando pasamos por la sala de recreación, el lugar donde había pasado todos los fines de semana con Miles a lo largo de los meses, me despedí de los demás pacientes: mis amigos, tan raros y tan absurdamente normales como yo. A Miles le parecía lo más normal del mundo visitarme tan seguido, aun cuando tenía que desviarse tanto.

Ahora, por fin podía irme con él. Sólo tenía que firmar los papeles de salida en el escritorio, caminar el último kilómetro hacia la puerta y sería libre.

Cuando salí del edificio, parpadeando por el sol de otoño, miré hacia enfrente y vi una pickup azul cielo estacionada. Miles estaba recargado sobre ella, con una apariencia familiar. Llevaba puesta una vieja playera de beisbol y una chamarra de aviador. Pero desde la graduación, algo había cambiado en su cara. Cada vez que lo veía parecía un poco más radiante, más feliz, más emocionado por lo que la vida le tenía preparado.

—Ese es Miles Richter —le dije a Lil—. Y te informo que no es producto de mi imaginación.

Tomé mi maleta, la abracé y me acerqué a Miles.

Me detuve frente a él, sonriendo. Él también sonrió y se agachó para besarme. Sentí algo en el estómago que me decía que nada volvería a ser igual. Como si el buen karma estuviera poniéndose al día conmigo. Como si alguien hubiera abierto la tapa de mi pecera de langostas y por fin estuviera respirando el aire sorprendentemente fresco.

—¿Lista para irnos? —Su sonrisa parecía eterna y su voz tenía un ligero acento alemán—. Todos se mueren de ganas por verte.

Sus dedos recorrieron distraídamente las cicatrices del lado izquierdo de mi cara, que ahora estaban desvaneciéndose y ya no me dolían. No traté de detenerlo.

Me subí a la camioneta, saboreé el aroma a jabón de menta y pastelillos. Lancé mis cosas a la parte trasera.

—Apuesto a que han inventado varias historias —dije.

—Uy, sí, claro que lo han hecho —dijo, mirándome, mientras cerraba la puerta del lado del pasajero. Sus ojos increíblemente azules brillaron bajo el sol—. Créeme, lo han hecho. Aunque claro que no son tan buenas como la realidad.

Se subió a la camioneta y la encendió.

Eché un solo vistazo hacia atrás cuando Miles empezó a alejarse manejando. La música empezó a flotar en el aire. La *Obertura 1812* de Tchaikovsky.

Me di la vuelta y cerré los ojos.

—Nunca lo son.

Agradecimientos

En primer lugar quiero agradecer a mi editora, Virginia Duncan, por haber encontrado la verdad en mi desastre de historia y haberla sacado, pataleando y gritando, a la luz. Sin ti, este libro no tendría columna vertebral.

A Sylvie Le Floc'h, por su diseño de la obra, tanto exterior como interior, que me sorprende totalmente cada vez que abro el libro; a Tim Smith, por sus correcciones tan exactas (y por haber entendido mi referencia a Norm Abram); a Katie Heit y a todos en Greenwillow y Harper Collins, por ser una familia tan acogedora.

Gracias a mi agente, Louise Fury, por arriesgarse con este libro raro (y con mis futuros libros), y por saber exactamente cuándo refrenarme y cuándo dejarme libre. La verdad no creía en los agentes de ensueño hasta que tú apareciste. A Kristin Smith, por haber trabajado tan duro para hacer de éste un libro perfecto, y por regresarle su voz a Alex. Al increíble Team Fury, por su apoyo incondicional, y a la maravillosa gente tanto de la Agencia L.Perkins como de la Agencia Bent.

Un millón de gracias a Erica Chapman, pues gracias a que creyó en Te Inventé comenzó todo esto. (Ya sé que tratará de ser humilde y negarlo, pero yo la ignoraré.)

A todos mis compañeros críticos que me mantuvieron caminando: Darci Cole, Marieke Nijkamp, Leigh Ann Kopans, Dahlia Adler, Caitlin Greer, Lyla Lee, Jamie Grey, Gina Ciocca, Megan Whitmer, Jenny Kaczorowski y Angi Nicole Black. Y gracias a Christina Bejjani, quien me mantiene cuerda dentro del pequeño mundo de la edición. También agradezco a la Clase del 2k15, los Temerarios Quinceañeros y a los grupos de debate Somos Uno cuatro. Hicieron más fácil este viaje.

Gracias a todos mis amigos que cargaron este libro en sus carpetas de diez centímetros de ancho para poder leerlo durante las clases, y a todos los que me pidieron que los mencionara en mis agradecimientos, porque creyeron que un día tendría una sección de agradecimientos en la cual mencionarlos.

Gracias a Dominic y a Andrea, por enseñarme las mejores formas de aterrorizar a un hermano menor (todavía no me repongo de todas esas cosas asquerosas que me hicieron beber). Y, por último, gracias a mis padres, quienes se quejaron y gruñeron cada vez que les decía que estaba reescribiendo el libro, pero sólo porque sabían que sería algo importante cuando lo terminé.